MON VOYAGE AU CŒUR DE LA Ve RÉPUBLIQUE

Des mêmes auteurs

Roland Cayrol

Le Président sur la corde raide. Enjeux du macronisme, Paris, Calmann-Lévy, 2019.

Les Raisons de la colère. L'élection de la dernière chance, Paris, Grasset, 2017.

Médias, opinion et présidentielles (dirigé avec Jean-Marie Charon), Paris, Éditions de l'INA, 2012.

Tenez enfin vos promesses ! Essai sur les pathologies politiques françaises, Paris, Fayard, 2012.

Opinion, sondages et démocratie, Paris, Presses de Sciences Po, 2011.

La Revanche de l'opinion. Médias, sondages, Internet, entretiens avec Pascal Delannoy, Paris, Éditions Jacob Duvernet, 2007.

La Nuit des politiques, Paris, Hachette Littératures, 2006.

Télévision, Politique et Élections (dirigé avec Arnaud Mercier), *Les Dossiers de l'audiovisuel*, n° 102, La Documentation française, 2002.

Sondages, mode d'emploi, Paris, Presses de Sciences Po, 2000.

Médias et démocratie. La dérive, Paris, Presses de Sciences Po, 1997.

Le Grand Malentendu. Les Français et la politique, Paris, Seuil, 1994.

Les Médias. Presse écrite, radio, télévision, Paris, PUF, collection Thémis, 1991.

La Nouvelle Communication politique, Paris, Larousse, 1986.

(*Suite en fin d'ouvrage*)

Roland Cayrol
avec Arnaud Mercier

MON VOYAGE AU CŒUR DE LA Ve RÉPUBLIQUE

CALMANN LÉVY

Portrait de Roland Cayrol p. 332

CALMANN LÉVY
ÉDITEUR DEPUIS 1836

Couverture
Conception graphique : Olo.éditions
Photographie : © Philippe Matsas/Leextra via opale.photo.

ISBN 978-2-7021-8744-9

À mes enfants, Olivier, Nathalie, Antoine, Clémentine
À mes petits-enfants, Vincent, Mathilde, Leonard
À Gabriele et à Annabelle

R. C.

À Florence, Guillaume et Jean-Raoul

A. M.

PRÉFACE

La genèse du livre

« Tu sais tant de choses sur la vie politique française, tous ses petits secrets et ses coulisses, que tu n'as pas le droit d'en priver les Français. » C'est par ces mots que j'ai tenté en 2021 de convaincre Roland d'écrire un livre qui ressemblerait à ses mémoires, sans en être tout à fait. Le connaissant depuis mes années de doctorat au Cevipof, ayant publié avec lui à plusieurs reprises, ayant souvent partagé avec lui mes analyses de la vie politique, j'étais intimement convaincu qu'il devait coucher sur le papier les anecdotes dont il sait régaler ses proches, avec sa verve et son humour. Celles que je connaissais déjà mais celles aussi que je ne connaissais pas encore avant de collaborer à l'écriture de ce livre. Car en travaillant de concert, j'ai découvert que l'ami Roland était encore plus pudique que je ne l'imaginais, qu'il ne disait pas tout.

Heureusement il s'est livré ici comme jamais. Il n'a pas fendu l'armure, comme Jospin, il n'a pas changé, comme Sarkozy ; il a juste accepté de vaincre sa réticence à parler de lui, parce qu'il n'y a rien qu'il déteste plus que de donner l'impression de se vanter. Ah si ! Il y a une chose qu'il déteste plus encore : trahir la confiance donnée. C'était d'ailleurs l'argument principal pour refuser de faire ce livre. Il a fallu l'insistante patience ou la patiente insistance de quelques proches, dont sa femme Annabelle, pour faire tomber ses réticences. Car à ma suggestion première, il avait *illico* retourné un refus poli mais ferme : « Je ne veux pas balancer et flinguer à tout va ! » Ça tombait bien, personne ne le lui demandait.

On ne trouvera donc pas dans cet ouvrage de révélations crapoteuses, de petites phrases assassines, de déballages fracassants. Non. Il s'agit plutôt de récits de vie, d'anecdotes politiques au plus haut sommet de l'État et d'analyses politologiques, tissés ensemble pour donner vie à plus de cinquante années d'un politologue engagé au cœur de la Ve République.

La trame du livre se veut l'entrelacement de trois récits. D'abord l'histoire personnelle de Roland (sans évidemment tomber dans les travers d'une hagiographie ou d'une artificielle célébration rétroactive de l'enfance du héros marocain qui déjà tout petit…). Il s'agit de livrer quelques connaissances sur son enfance au Maroc et ses années de formation à Sciences Po et à la faculté de droit de Paris ou au sein du Club Jean-Moulin, pour comprendre dans un deuxième temps comment et pourquoi il a épousé d'abord une vie militante, puis une vie de chercheur et une vie de sondeur, en articulant harmonieusement ces trois moments. Il s'agit enfin de faire le récit d'épisodes politiques dont il a été le témoin ou le protagoniste sous la Ve République mais aussi dans d'autres pays.

Les lecteurs découvriront donc ici la vérité intime d'un homme public qui est toujours resté discret, pour ne pas dire secret, sur certains de ses engagements, sur les interactions qu'il a pu avoir avec les personnalités politiques et publiques les plus influentes. Comment a-t-il piloté la campagne présidentielle de Michel Rocard en 1969 ? Quelle réaction a eue Valéry Giscard d'Estaing lorsque Roland est venu le prévenir qu'il allait être battu en 1981 ? Comment a réagi François Mitterrand lorsque Roland lui apprend son élection le 10 mai 1981 ? Quel message Roland a-t-il cherché à faire passer à Dominique de Villepin et Jacques Chirac lorsqu'ils ont voulu dissoudre l'Assemblée nationale en 1997 ? Que faisait donc Roland lors de réunions secrètes dans la crypte de la cathédrale de Santiago du Chili de Pinochet ? Comment a-t-il pu contribuer à mettre en place un système de sondages politiques semi-clandestins dans la Roumanie de Ceauşescu ? D'où lui est venue cette idée étrange de vouloir écrire trois polars politiques, assassinant le président Mitterrand ou Jean-Marie Le Pen ? Comment diable a-t-il été décoré du Mérite agricole ?

Celles et ceux qui suivent les analyses politiques de Roland Cayrol depuis longtemps, à la radio ou à la télévision, du *Téléphone sonne* à *C'est dans l'air*, apprécient sa tolérance, sa finesse d'analyse, sa clairvoyance et son humour. Ils retrouveront ici toutes ces qualités mais ils verront aussi plus loin. Car de la trame de ce récit se dégage le portrait d'un humaniste convaincu, d'une personnalité qui, malgré les feux de la rampe, n'a pas dévié, n'a pas été atteint par la griserie des sommets. Il est chercheur et sondeur, il a publié des livres et des articles académiques, tout en démocratisant son savoir dans tous les genres de médias. Il n'y voit aucune incompatibilité.

N'en déplaise aux pisse-vinaigre de la science politique qui se croient purs et rejettent avec mépris le label de « politologue », sceau infamant de la collaboration avec les journalistes, à leurs yeux. Roland se veut l'inlassable défenseur de l'opinion publique, matérialisée par les sondages, technique qu'il a contribué à perfectionner et à populariser durant toutes ses années chez Louis-Harris puis à la tête de l'institut CSA.

Roland a toujours voulu dialoguer et apprendre des autres, transmettre et convaincre, analyser les mœurs politiques sans complaisance mais sans trancher ni excommunier, se nourrir intellectuellement sans négliger les plaisirs de la table et de la dive bouteille, parler savamment cigare aux lèvres sans jamais être fumeux, observer avec bienveillance notre société et les pensées des Français sans se départir d'une lucidité critique qui aide à de salutaires prises de conscience, et souvent à nous faire rire de nos travers et de ceux de notre classe politique.

On retrouve tous ces ingrédients qui font sa personnalité et son regard, dans le présent ouvrage. Pour arriver à cela, nous avons enregistré de longues heures de conversation, dans un dialogue constant pour obtenir un premier matériau brut, que j'ai patiemment retranscrit et complété. Roland a pu y adjoindre ensuite les anecdotes et analyses que la relecture faisait resurgir du tréfond de sa riche mémoire. À l'heure des dernières relectures, Roland, puis moi derechef, avons poli cette pierre brute pour donner au livre ce que nous espérons être son éclat, et permettre de vous narrer son contenu sous forme d'un récit personnel plutôt que d'un jeu de questions/réponses – Roland se réservant la possibilité, sans passer par le dialogue initial, de prendre directement la plume dans certains chapitres ou passages.

Moi qui le connaissais assez bien, depuis 1990, j'ai appris plein de choses sur lui et sur les petits secrets de la Vᵉ République. Aussi suis-je certain qu'il en ira de même pour vous, lecteurs, et que vous aurez plaisir à découvrir la trajectoire intellectuelle et politique d'un des politologues médiatiques les plus visibles, connus et reconnus. Vous retrouverez aussi sa vision du monde, ses analyses, son humour, déployés dans le temps long d'une vie et d'une carrière incroyablement riches, qu'il était enfin temps d'exposer à toutes celles et ceux qui l'apprécient devant leur écran ou leur transistor depuis tant d'années.

Il est heureux qu'il ait vaincu ses résistances initiales à se dévoiler. J'en suis ravi. Vous le serez aussi sans doute.

Arnaud Mercier

AVERTISSEMENT

Vous le savez par les pages qui précèdent, j'ai hésité avant d'attaquer l'écriture de ce livre.

Je remercie mes amis Gilles Achache, éditeur charmant mais obstiné, d'avoir le premier émis l'idée de cet ouvrage, et Arnaud Mercier, collègue talentueux et non moins obstiné, d'avoir puissamment contribué à ce projet.

Je ne sais si le lecteur voudra bien prendre intérêt, peut-être plaisir, à la lecture du récit du parcours, des rencontres et des anecdotes qui ont jalonné mes décennies de politologue, de sondeur, d'analyste, d'homme de médias.

Je suis, pour ce qui me concerne, finalement heureux de l'occasion qui m'est ici offerte de présenter le film d'une « carrière », comme on dit, l'analyse que je tire de notre système politique et du monde médiatique, et le bilan d'une expérience de vie professionnelle, tant en France qu'à l'étranger.

Pardon d'évoquer souvent, au passage, des « amis » – on rencontre tant de gens, dans cette vie, qu'heureusement beaucoup deviennent des amis ! Pardon en revanche aux amis, sans doute moins centraux dans mon

« parcours », que je ne cite pas – tel n'était tout de même pas l'objet de ce livre !

Sans, je crois, m'être (trop) pris au sérieux, j'ai tenté de dégager la cohérence de mes travaux et de mes engagements. Ceux d'un humaniste, qui croit aux apports de la science politique à la compréhension de l'histoire et de son actualité.

Ceux d'un sondeur, qui croit tant au pouvoir des citoyens qu'il a passé son temps à leur donner la parole, par ses enquêtes d'opinion, permettant de donner chair à une « opinion publique » et d'amener les politiques à la prendre en compte.

Ceux d'un homme, épris de démocratie, qui veut toujours croire aux vertus de la politique lorsqu'elle est au service des citoyens.

Roland Cayrol

Chapitre I

MES PRÉSIDENTS DE LA Ve

Bien sûr, jeune militant étudiant, engagé pour la paix en Algérie, j'ai été marqué par les présidences du général de Gaulle (1959-1969) et de Georges Pompidou (1969-1974). J'ai tout à la fois combattu, à mon humble niveau, le général, détesté, dès avant que j'aie 17 ans, son « Je vous ai compris » au Forum d'Alger, le 4 juin 1958, à destination des pieds-noirs favorables à l'Algérie française (dont je ne me suis jamais senti proche, même si, de fait, mes grands-parents et mes parents étaient des Français natifs d'Algérie), sa tournée des popotes de l'armée française d'occupation, puis ses atermoiements de près de quatre ans face au drame algérien.

Bien sûr, je n'ai guère été enchanté non plus par ses choix de politique intérieure, la place occupée par son clan de proches compagnons liés à l'Algérie française, qui l'avaient porté au pouvoir par un coup de force, son Premier ministre Michel Debré, lui-même chantre de l'Algérie française, et puis Antoine Pinay, l'idole des petites classes moyennes épargnantes, aux Finances…

Et puis, plus tard, Mai 68 nous opposerait frontalement, jusque dans la rue.

Outre, évidemment – et c'est absolument essentiel –, que c'était l'homme du 18 juin 1940 et de la guerre, j'ai été séduit par sa politique extérieure, sa volonté de redonner son « rang » à la France par rapport aux États-Unis, ses discours de Phnom Penh, de Cancún ou de Montréal. À cause de cela, lorsque nous regardions dans un café, près de la rue Soufflot, les allocutions du général à la télé, même dans les pires moments de désaccord sur l'Algérie, nous ne pouvions nous départir d'une vraie admiration pour cet homme d'exception inouï, pour son verbe haut et choisi, et d'un accord sur sa politique étrangère d'indépendance et de soutien aux peuples dans leur libération par rapport à la domination étrangère. S'il avait pu appliquer ces beaux principes à l'Algérie ! Je sais bien, la légende gaullienne prétend qu'il avait au moins l'autonomie en tête dès le début, et qu'il lui aurait fallu quatre années pour amener ses partisans à y croire ; mais je n'ai jamais adhéré à cette légende.

Pompidou a été son continuateur – le génie et la pesanteur historique en moins, la roublardise et la bonhomie en plus (mise en valeur de manière insistante dans sa communication photographique et audiovisuelle) – avec un goût pour l'industrie et la finance que n'avait pas de Gaulle.

Donc oui, dans ma socialisation, l'époque gaullo-pompidolienne a compté, mais je n'ai jamais rencontré ni côtoyé ces deux personnages.

J'ai en revanche connu six présidents de la République. Ce sont donc « mes » six présidents que je voudrais ici évoquer.

Celui que j'ai eu le plus souvent l'occasion de fréquenter aura été François Mitterrand, c'est pourquoi je le raconterai un peu plus longuement.

Il n'est bien sûr pas question de livrer des propos secrets, forcément tenus pour le rester, mais d'apporter un éclairage sur la relation qui peut – ou pas – se nouer entre un chercheur (et/ou un sondeur) et un dirigeant politique.

Si je suis amené, dans les pages qui suivent, à raconter quelques anecdotes, ce ne sera donc pas pour « révéler » des déclarations politiques marquantes (bien que sur le moment les échanges en question n'aient jamais été placés sous le sceau du « off »), mais pour restituer un climat, une ambiance de rencontres et de conversations. Non pas entre un dirigeant politique et un homme engagé – je reviendrai dans ce livre sur mes engagements politiques –, non pas entre un homme d'État et un journaliste, mais bien entre un président et quelqu'un qui exerce la profession, spécifique, de politologue. Une donnée que, dans mes relations, j'ai toujours eue en tête, et que les présidents ont évidemment toujours sue.

On m'a souvent demandé si je n'avais pas été tenté par une carrière politique. Mais enfin, demanderait-on à un spécialiste de zoologie s'il souhaite devenir un animal ?

Non, certes non, je n'ai jamais envisagé de devenir élu du peuple, ni responsable à un niveau quelconque d'une formation politique. Je me sens trop libre pour accepter les chaînes (fussent-elles douces) d'une organisation forcément contraignante. Je me suis toujours voulu un homme libre, et je pense que je suis parvenu à toujours le demeurer. Libre de mes choix, de mes analyses, de mes opinions.

Et ma passion en politique est d'abord celle de mon métier d'observateur, de décortiqueur, d'enseignant de la politique.

Je regarde, depuis des décennies, les politiques. Je peux avoir pour eux des moments de sympathie (y compris lorsque je suis, au fond de moi, en désaccord avec leur ligne politique !). J'imagine qu'il en va de même des zoologues : ils doivent bien aimer (et parfois détester) les animaux qu'ils étudient !

J'ai toujours distingué mes opinions personnelles de mon analyse des situations. Par exemple, j'y reviendrai, les soirs d'élection, à la radio ou à la télévision, j'explique ce que je crois comprendre, professionnellement. Sans y mettre le moindre *affect* politique personnel.

Et j'ai toujours une ligne de conduite, dans ma relation avec les politiques : j'entends ne rien leur « passer » ! *A priori*, je ne les « crois » pas, j'entends les mettre à l'épreuve, je souhaite me servir de leurs contradictions pour aller plus loin. Je manie avec eux l'innocence, la relance insolente, le doute permanent. Non pas comme une posture ; c'est tout simplement chez moi une attitude profonde.

Je n'ai pas d'amis, en politique, lorsque je suis politologue. Je veux surtout tenter de comprendre. Je ne suis pas un « spectateur engagé ». Je pense faire un métier qui consisterait à mieux faire comprendre la politique et ses méandres. Et donc, d'abord, de la comprendre moi-même, en l'analysant !

Je sais bien qu'on pourra me trouver parfois « moraliste », parfois exagérément ironique. Il faut bien que je l'accepte, puisqu'on me le dit. Et c'est sûrement, au fond, assez vrai.

Mais en aucun cas cynique, je pense. On me verra, plutôt, souvent optimiste – je ne pourrai décidément jamais me départir d'une croyance indéboulonnable en la démocratie politique. Ces années n'auront jamais entamé cet optimisme fondamental, même si je me suis fortement lassé des jeux politiciens, des combinaisons quotidiennes, des alliances contre nature.

Si j'osais, je dirais que la volonté de lucidité tempère mon optimisme. Je me sens profondément comme un « optimiste lucide ». Je dirais que j'essaie de faire preuve d'un… optimisme réduit aux acquêts : un fort optimisme idéologique, teinté tout de même par les acquis (parfois tristounets) de ma connaissance des pratiques de la vie politique.

Mais revenons à nos présidents de la Ve République.

Valéry Giscard d'Estaing

Mes premières visites au palais de l'Élysée ont eu lieu sous le mandat de Valéry Giscard d'Estaing. Rarement pour rencontrer le président, bien que cela fût arrivé, en tête à tête ou avec certains de ses conseillers. Plus souvent pour discuter avec des collaborateurs.

« Giscard », comme on disait, était toujours surpris de ne pas convaincre, séduire, plaire autant qu'il estimait savoir le faire. Bernard Rideau, son responsable de la communication, faisait très attention à bien manier la litote, à noyer le poisson quand il l'estimait nécessaire, c'est-à-dire lorsque de vrais nuages noirs apparaissaient dans le ciel de l'opinion. Rédacteur à l'intention de son patron d'une note mensuelle sur le sujet, Rideau insistait ainsi sur ce qui se passait bien pour le président, et renvoyait… aux notes des mois suivants pour se prononcer sur les secteurs où l'action présidentielle semblait marquer le pas !

J'ai, plusieurs fois, dû jouer le rôle de celui qui devait dire « la vérité » à VGE (une « vérité » simple à connaître puisqu'elle s'étalait dans les sondages publiés par la presse !), parce que l'entourage du président craignait de se faire rabrouer s'il était porteur de mauvaises nouvelles, en l'occurrence de moins bons sondages.

J'ai toujours été surpris par cet aspect de la personnalité de Giscard, par ailleurs tout empreint de modernité. Cette volonté d'être toujours moderne – il acceptait donc les sondages et la communication – n'empêchait pas chez lui ce sentiment (contentement de soi, certitude d'avoir raison, brin de vanité ?) le conduisant à ne pas vouloir regarder toutes les réalités de l'opinion en face.

De ce point de vue, son Premier ministre, Raymond Barre, était fort différent, envers le sondeur et ses résultats.

Je me rappelle être venu régulièrement lui commenter sa courbe de popularité, et qu'il prenait la chose joyeusement. Un jour, j'arrive dans son bureau à l'hôtel de Matignon, et il m'accueille en riant déjà : « Alors, monsieur Cayrol, vous êtes encore venu me dire que ma cote baisse ? » À quoi je devais répondre : « Eh bien oui, monsieur le Premier ministre ! »

Valéry Giscard d'Estaing était un homme complexe. Inspecteur des finances, héritier d'une droite classique et policée, modéré en tout. Mais il aura été le président du septennat où les inégalités sociales auront le plus régressé, et où les changements sociétaux auront été rapides et marquants (avortement, divorce par consentement mutuel, majorité à 18 ans...). Aspirant à une simplicité censée le rendre proche des Français (Giscard jouant au football, Giscard maniant l'accordéon), il n'a pas voulu voir le ridicule dans lequel il tombait parfois : les invitations à dîner chez des « Français moyens », la réception d'éboueurs à un petit déjeuner servi dans la vaisselle d'argent de l'Élysée, cette manière si peu spontanée de faire parler son épouse à la télévision lors d'une soirée de vœux du 31 décembre.

On retrouve ces caractéristiques dans les trois volumes qu'il a publiés[1] – le meilleur ouvrage, sans doute, sur l'exercice du pouvoir sous la Ve République. Il va jusqu'à raconter la question qu'il se posa au moment de sortir du char dans lequel il arrivait à la Bastille, pour le 14 Juillet *newlook* qu'il avait souhaité (oubliant les Champs-Élysées) : devait-il descendre l'escalier de la tourelle du char en avant – au risque de se casser la figure – ou en arrière – quitte à présenter son postérieur au peuple ? Ou jusqu'à narrer dans le détail le sérieux malaise dont fut tout à coup victime le chancelier Helmut Schmidt dans son bureau à l'Élysée, alors que le palais n'avait ni médecin de garde ni protocole pour ce type d'incident.

---

1. Valéry Giscard d'Estaing, *Le Pouvoir et la Vie*, Paris, Compagnie 12, 1988, 1991 et 2006.

C'était un peu tout cela, l'impression que laissait la présidence de la République de cette époque à un jeune chercheur puis, à partir de 1977, à un jeune sondeur : un curieux mélange d'arrogance et de modernité, d'ouverture et de ridicule, de compétence et d'archaïsme.

Dernier souvenir du sondeur, que je livre car il me paraît significatif du personnage. C'est à l'extrême fin du septennat, puisque la scène se passe le vendredi 8 mai 1981, deux jours donc avant le second tour de l'élection présidentielle (où Giscard va être battu par Mitterrand).

À l'époque, la loi interdit la publication de sondages pendant toute la semaine qui précède un scrutin. La publication des sondages d'intentions de vote est prohibée, mais pas la confection desdits sondages ! Les sondeurs peuvent donc continuer à sonder et à vendre leurs études aux preneurs, et parmi eux, aux candidats. Mon institut avait donc vendu un sondage d'intentions de vote pour le second tour à Valéry Giscard d'Estaing et à François Mitterrand, chacun sachant bien entendu que l'autre était aussi client de l'étude.

À l'heure dite, le vendredi, j'appelle donc Giscard. Et avec tous les égards, je lui rends compte que, dans notre étude, il est donné battu. De peu, mais battu.

À ma surprise, le président me répond qu'il n'est pas étonné. Et il me rassure : « J'ai toute confiance dans votre professionnalisme et donc dans vos résultats. » Puis il ajoute aussitôt : « Mais il y a une chose que vous n'avez pas pu mesurer, parce qu'elle est apparue tout récemment. Il se développe un incroyable mouvement d'opinion décisif en ma faveur, tous mes amis m'en font état, partout en France. » Et il conclut : « Je vous fiche mon billet [j'ai encore dans l'oreille ce "Je vous fiche mon billet"] que je serai réélu dimanche ! »

Je n'ai pas eu la cruauté d'aller chercher le billet promis.

François Mitterrand

Le moins qu'on puisse dire est que je n'avais pas une bonne image de François Mitterrand. Venu de l'UNEF et de l'opposition à la guerre d'Algérie, je voyais en Mitterrand le garde des Sceaux qui avait fait exécuter nombre de militants du Front de libération nationale algérien. On rappelait alors le mot qu'il était censé avoir prononcé en commission à l'Assemblée nationale : « La seule négociation, c'est la guerre ! », qui reflétait bien sa manière d'aborder la question algérienne.

Chérissant Mendès France, persuadé que la rigueur et la vérité devaient guider l'action publique, je n'avais qu'aversion pour ce politicien, onze fois ministre sous la IVe République, ondoyant d'une majorité à l'autre, à partir d'un groupe charnière.

Secrétaire du Club Jean-Moulin – j'y reviendrai –, j'étais acquis à la vision d'une gauche moderne et réaliste, alors que Mitterrand nous semblait la figure même de l'opportuniste.

Et voici que, le 9 septembre 1965, il rédige, sur la nappe de la brasserie Lipp à Paris, une déclaration de candidature à l'élection présidentielle, qu'un de ses collaborateurs va immédiatement dicter à l'AFP.

Ne paraissant dangereux à aucune force politique de gauche (tous croient qu'il disparaîtra après le scrutin !), il va ainsi, rapidement, devenir le candidat unique de la gauche à la première élection présidentielle française au suffrage universel direct.

Mitterrand emportant 32 % des suffrages exprimés, le général de Gaulle se trouve en ballottage – le centriste Jean Lecanuet, divisant les voix du centre et de la droite, réussit à obtenir 15 %. Il fera 45 % au second tour, face au général. Mitterrand, resitué à gauche, sera devenu un leader populaire avec lequel il faudra désormais compter !

Mon laboratoire de Sciences Po décide de lancer quelques chercheurs sur la couverture de la campagne des différents candidats. Mon amie Colette Ysmal, avec qui je partagerai pendant des années, avec bonheur, un bureau, s'attachera à Gaston Defferre, j'hériterai de François Mitterrand.

Me voilà donc parti sillonner les routes sur les pas du candidat de la gauche. Muni d'un magnétophone, j'enregistre méthodiquement tous les discours de campagne. Et, grâce notamment à Claude Estier, l'un des organisateurs, je suis admis sans réserve dans tous les cercles de la direction de la campagne, où tout m'est ouvert.

François Mitterrand m'a accueilli, sinon avec enthousiasme (il connaissait mes réserves à son égard), du moins avec une sympathique élégance, conversant volontiers avec moi, répondant à toutes mes interrogations.

Un souvenir de cette période me fait encore sourire. Le 4 novembre 1965, le candidat se déplace à Lyon, pour un grand meeting à la Bourse du travail. L'équipe de campagne me prévient de la présence au meeting de Pierre Mendès France, qui apportera son soutien public à son ancien ministre. J'appelle Mendès, pour savoir comment il va se rendre à Lyon, afin, éventuellement, d'y partir avec lui. Il est un peu évasif, me dit que nous nous verrons sans doute dans la soirée.

Mitterrand est évidemment persuadé que Mendès va le rejoindre à la Bourse du travail. Je suis un peu en arrière de lui, je vois, sur le côté de la page où il a ses quelques notes de discours, l'indication des heures d'arrivée des trains de Paris. Le temps passe, pas de Mendès. Mitterrand fait durer son discours – il s'y entend !

Lorsqu'il devient évident que l'hôte espéré n'arrivera décidément point, Mitterrand conclut son propos ; c'est un triomphe chez les militants CGT, qui sont venus très nombreux.

Nous allons dîner dans un restaurant. Là, au premier étage… Mendès est déjà arrivé et nous attend ! Il a pris la précaution de donner congé à la presse et aux photographes, leur affirmant qu'il s'agissait d'une soirée amicale privée.

Tel s'est passé ce qui devait être un moment d'intense soutien public !

C'est ce suivi de campagne qui m'a permis d'être le premier biographe de François Mitterrand. Mon *François Mitterrand, 1945-1967* retrace sa carrière, et les remous qui l'ont accompagnée. L'un de ses mérites est sans doute de retranscrire, pour l'histoire, des interventions et des discours inédits que j'ai recueillis pendant la campagne présidentielle.

Le livre revient aussi sur la période de la IVe République. J'ai cru comprendre que c'est le rappel d'avoir reçu l'attribution de la francisque par le maréchal Pétain – et le fait que, très souvent, les députés faisaient claquer leurs pupitres en criant « La francisque ! la francisque » lorsqu'il parlait devant l'Assemblée – qui a fait modérément apprécier à Mitterrand la parution de mon ouvrage. Pourtant, personne dans la presse n'a évoqué cela à l'époque ; il aura fallu attendre, en 1994, le livre de Pierre Péan sur le François Mitterrand de 1934-1947 : *Une jeunesse française*[2].

Mes rencontres avec François Mitterrand se sont ensuite espacées.

Je me rappelle un jour de 1974. Je le vois dans son bureau de la tour Montparnasse, son siège de campagne présidentielle. Il m'explique en riant : « Je signe un nombre incalculable de lettres à un nombre inimaginable d'associations et de groupes de pression. Heureusement que je jette un œil à ce qu'on me fait signer : ce matin, j'allais parapher une lettre à un lobby du tabac qui commençait par "fumeur moi-même", et une autre à une association de lutte contre le tabagisme qui commençait par "non-fumeur moi-même" ! »

Je l'ai surtout rencontré à l'occasion des congrès du Parti socialiste, que je suivais régulièrement, comme chercheur.

Pour le congrès de Nantes, en juin 1977, le pur hasard m'a fait voyager en train, dans le même compartiment que lui (où nous nous retrouvâmes seuls), et nous avons devisé pendant tout le trajet, notamment sur les enjeux de la réunion qui allait se tenir. Lorsque le train entra en

---

2. Pierre Péan, *Une jeunesse française. François Mitterrand, 1934-1947*, Paris, Fayard, 1994.

gare, il me dit : « Je pense que vous descendez », me salua et se cala au fond de son siège. Je m'étonnai, car il était attendu comme le Messie par ses troupes, massées sur le quai, avec même une fanfare d'accueil. Il m'expliqua qu'il allait déjeuner avec une amie au Croisic, et qu'il rejoindrait le congrès plus tard. À la sortie, on m'interrogea : « Vous n'avez pas vu le président ? » (Tout le monde l'appelait déjà président.) Je dus mentir pieusement. Il arriva au congrès tranquillement peu avant 16 heures, après avoir causé un grand émoi chez ses militants.

Les gens sont souvent, dans la vie, en butte à des problèmes d'horaire ou d'argent. Mitterrand, lui, les avait bannis. Il n'avait jamais sur lui ni montre ni portefeuille ! La gestion du temps dépendait de son bon plaisir et de ses choix personnels, et ce n'est pas lui qui s'occupait de régler les additions !

Ma fréquentation du président Mitterrand s'est faite plus régulière et intense quand j'ai réalisé, avec la journaliste Anne Gaillard (célèbre pour ses coups de gueule de défense des consommateurs, sur la radio de service public), un long métrage de télévision, *Portrait d'un président.*

Le tournage s'étala pendant une année, en 1984-1985 ; le film, d'une heure quarante, fut diffusé sur France 3 le 10 mai 1985, à l'occasion du quatrième anniversaire de son élection à la présidence.

J'avais vaguement nourri cette idée de film, mais Anne Gaillard m'avait précédé dans le projet. Elle insista fort aimablement pour que nous le fassions ensemble, et le directeur des programmes de la chaîne, Serge Moati, fit pression dans le même sens. Et me voilà embarqué dans une aventure dont je n'avais pas imaginé qu'elle pût être aussi longue et prenante – « C'est un métier de chien que vous faites là », m'a dit une fois Mitterrand !

Il ne se passa guère de jour sans que nous rencontrions le président. L'Élysée a appris à vivre avec Anne et moi…

Pourquoi Mitterrand a-t-il accepté la réalisation de ce film ? Mystère. Sans doute parce que nous n'étions pas des journalistes politiques ? Sans doute parce qu'il sentait Anne Gaillard plus à droite que lui, et moi plus à gauche que lui – et qu'il avait envie de convaincre ?

Le plus surprenant pour moi a été la totale liberté dans laquelle nous avons pu travailler. Nous avons choisi les moments et les lieux où nous souhaitions interviewer le président. Il ne savait jamais de quoi nous allions parler, et il ne nous l'a jamais demandé. Tout a été improvisé, sans préparation aucune de sa part.

Bien sûr, il a fallu négocier ! Un jour, approchait le moment de l'escalade de la roche de Solutré, pèlerinage annuel de François Mitterrand où seuls ses amis choisis pouvaient l'accompagner. La presse n'était admise qu'à l'arrivée. Nous avons indiqué que nous souhaitions filmer la montée. Mitterrand s'y refusa, mais il ajouta : « En revanche, je vous y invite, mais sans caméra. » Je rétorquai que non, cela ne nous intéressait que si nous pouvions filmer. Grande surprise de sa part, plutôt offusquée : « Quoi ? Je vous invite et vous refusez ? » Finissant par comprendre nos arguments, et après un long moment d'hésitation, il demanda : « Vous m'aviez parlé de la possibilité d'une équipe réduite, pour certains tournages, comment cela pourrait-il se passer ? » Nous expliquons que nous viendrions tous les deux, Anne Gaillard et moi, avec seulement notre cameraman, qui ferait aussi office de preneur de son. « Mais comment ferez-vous, pour porter tout votre matériel, et ces énormes rouleaux de pellicule ? » Nous nous en chargerions. « Vous ! me dit-il. Et Anne Gaillard aussi ? » « Oui ! » Je crois bien que c'est cette vision d'esclavage qui l'a déridé, et fait accepter notre proposition.

On le voit avec cet exemple, et nous l'avons éprouvé mille fois : tout se réglait directement avec le président. À part, et vraiment rarement, Jacques Attali, aucun membre de son équipe, et surtout pas les communicants, n'était au courant de ce qui se passait pour le film. Tous exclus, ils en ressentaient un peu d'ombrage, et craignaient ce que nous pourrions manigancer. Ils avaient tellement l'habitude de tout contrôler…

Nous avons de même, librement, choisi les voyages, en province ou dans de nombreux pays étrangers, où nous souhaitions accompagner le président de la République, dans son avion ou son hélicoptère.

Aucune pression, aucune suggestion, aucune intervention auprès de nous. Quelles qu'aient pu être mes préventions personnelles à l'égard de François Mitterrand, je ne peux que lui tirer mon chapeau !

Ah, tout de même, une fois (l'exception qui confirme la règle) ! Je pense qu'il y a maintenant prescription, et que je peux la raconter.

Un matin de juin 1984, nous avions filmé, planqués derrière des fauteuils pour qu'on ne nous voie pas à l'image, une réunion dans le bureau élyséen, où le président faisait le point sur divers sujets avec le Premier ministre, Pierre Mauroy, et le ministre de l'Intérieur, Gaston Defferre.

L'après-midi, Jacques Attali m'appelle : « Tu as filmé ce matin un secret d'État, et je dois faire appel à ta conscience pour accepter de couper cette séquence. »

Quoi, nous avions filmé un secret d'État, et nous ne nous en étions même pas aperçus ?

Voici toute l'affaire : le ministre de l'Intérieur avait montré au président l'itinéraire retenu pour la grande manifestation en faveur de l'école libre, qui aurait lieu le 24 juin, et le président l'avait rapidement approuvé. « Tu comprends, m'explique Attali, on ne peut pas révéler que le président de la République se mêle d'approuver l'itinéraire d'une manifestation de l'opposition ! » Reconnaissons notre tort : nous n'avions rien trouvé d'anormal à cela ! Et reconnaissons que nous avons « compris » l'argument de notre interlocuteur.

Dans nos entretiens filmés, nous n'avons guère ménagé François Mitterrand, et il montre assez souvent à l'image son agacement face à nos formulations de questions (le film est toujours visible *via* l'INA). Par exemple, lorsque nous évoquons la mainmise du clan Mitterrand sur l'État.

En privé, il est arrivé que nos échanges fussent un peu plus tendus encore. Je me souviens d'un soir à Damas, en novembre 1984. C'est la première visite d'un président français en Syrie depuis l'indépendance du pays en 1943. Mitterrand rend visite au dictateur Hafez el-Assad. Il est convenu que nous dînerons ensemble ensuite, avec toute notre équipe technique. Le président français n'est pas peu fier : « Un entretien de six heures, ce n'était jamais arrivé avec Assad ! » Je ne peux résister à l'envie de lui faire remarquer que, du fait des traductions, cela fait nettement moins ; il se renfrogne. Je l'interroge sur le contenu de la conversation. Il m'explique qu'il a demandé leur avis à Claude Cheysson (alors ministre des Relations extérieures) et à Roland Dumas (qui va lui succéder un mois plus tard) sur les sujets à aborder, ou pas, avec Assad, et note que « dans l'ensemble, c'est Dumas qui a eu raison, il pensait par exemple qu'on devait parler de la guerre Iran-Irak, et nous l'avons largement fait, alors que Cheysson jugeait cela impossible ».

Et sur le Liban ? Mitterrand : « Il m'a dit que la Syrie et le Liban ne faisaient qu'un seul peuple. » Moi : « Que lui avez-vous répondu ? » Mitterrand : « J'ai bien dû en convenir ! » Je dois reconnaître que je ne lui ai pas caché ma forte surprise, que le représentant du pays « protecteur du Liban » ait pu avoir une pareille réponse. Je l'ai senti très étonné de ma propre surprise, mais il a longuement développé ce point de vue devant moi, sans assurément me convaincre…

Mitterrand sait aussi être malicieux. Nous lui avions demandé de filmer une rencontre au cours de laquelle un ministre viendrait lui rendre compte d'un dossier. Il m'appelle un jour et me demande si je peux venir avec mon équipe, pour cette séquence, le lendemain après-midi, sans me préciser qui sera le ministre. J'arrive dans son bureau, avec les techniciens qui installent le matériel de lumière et de son. Le président n'a visiblement pas un agenda chargé. Il lit tranquillement *Le Monde*. Lorsque l'heure du rendez-vous approche, je vais dans le vestibule pour attendre le ministre. Il arrive : c'est Michel Rocard ! Mitterrand sait que c'est un ami à moi – alors qu'eux se détestent. Rocard me voit, me demande ce que je fais là. Je suis bien obligé d'avouer que je fais un film sur « l'autre ». Il blêmit, ouvre son cartable et commence à compulser des dossiers. Montre en main, le président le fera attendre une bonne heure. Entre-temps, je vais vérifier que Mitterrand est toujours prêt pour la séquence. « Oui, oui ! » me fait-il, tout à sa lecture du journal. L'heure écoulée, un huissier vient tout de même chercher le ministre. Et Rocard en laisse tomber sa serviette et ses papiers, il est à terre pour tout rassembler. Bien sûr, nous ne retiendrons pas la séquence dans le film. Mais le président aura réussi sa petite mise en scène.

Et quand Mitterrand n'est pas content, cela se voit et s'entend. Comme ce matin où sa ligne de téléphone à l'Élysée avait été changée ; il avait désormais, comme dans une planche de *Tintin*, l'ancien numéro d'une boucherie et l'on souhaitait sans cesse lui passer des commandes ! Les ministres de l'Intérieur et des Télécoms avaient fortement essuyé la colère du chef ! Ou cette fois où deux de ses collaborateurs avaient osé entrer dans son bureau en le précédant : crime de lèse-majesté !

La courtoisie de Mitterrand était, en revanche, parfois surprenante. Un jour, nous allons, Anne et moi, le voir dans sa propriété de Latche, dans les Landes. Il est convenu qu'après le déjeuner, nous converserions l'après-midi devant la caméra, et repartirions en fin de journée. Pourtant, peu après notre arrivée, il nous dit qu'il va nous montrer nos chambres ; je me permets de lui rappeler que nous ne restons pas même jusqu'au soir, mais il précise : « C'est pour le cas où vous souhaiteriez vous reposer un peu », et nous entraîne dans la maison. Après m'avoir fait visiter mes appartements, il m'emmène dans la salle de bains, ouvre chacun des robinets (il n'y a pas de mélangeur), attend que l'eau soit tiède et conclut : « Voilà ! »

Son acidité aussi peut surprendre. La scène se passe dans son bureau, à l'Élysée. Pendant notre échange, il me prévient qu'il doit passer quelques minutes voir sa secrétaire, et qu'il revient dans un instant. Je suis plus que surpris : le président se déplaçant pour aller voir sa secrétaire, cela ne ressemble pas à ses habitudes ! Je me dis qu'il doit souhaiter que je voie quelque chose de nouveau, autour de moi. En effet, je repère un petit document inséré dans un sous-verre transparent, sur la cheminée. Je l'examine : c'est, écrit à la plume Sergent-Major, le parcours de carrière de son père, dans la Compagnie de chemin de fer Paris-Orléans, où il travaillait. Elle commence en 1893 avec la mention « homme de peine », et se termine en 1914 avec « chef de gare ».

Mitterrand revient, et me voit en train d'examiner le papier. Il me lance : « Vous voyez ! Vous vous rappelez la polémique sur mes origines sociales, pendant la IVe République, où l'on prétendait que j'étais issu de la bourgeoisie. Et vous voyez : mon père, homme de peine ! » Je me permets de lui faire remarquer que lui-même est né en 1916, et que la polémique a porté sur une période postérieure, lorsque son père, ayant quitté les chemins de fer, aura pris la direction d'une vinaigrerie provenant de la famille. Et lui, riant soudain : « Ah, vous avez vu ça tout de suite, vous ! J'ai raconté ça, ce matin, à X [ici le nom d'une journaliste connue de *L'Express*, dont on me pardonnera de taire le nom], elle a gobé ça tout cru ! »

Quelques jours avant sa diffusion à la télévision, nous assistons à l'Élysée, François Mitterrand, Anne et moi, à une projection de notre œuvre.

À l'issue de la séance, le président nous remercie chaleureusement. Il ne nous fait qu'une remarque. Une séquence du film se passe à Kinshasa. On y voit les fastes de Mobutu, et Mitterrand danser avec Mme Mobutu. Puis, dans notre montage, suit une question que nous lui avons posée, sur place, à propos des droits de l'homme en Afrique. « Ça, c'est un peu dur, quand même ! » Évidemment, la séquence est toujours dans le film…

De cette aventure, j'ai évoqué la mise à l'écart des communicants. Ils ont su se venger : notre documentaire étant programmé pour le 10 mai, ils ont monté, dès le 29 avril, sur TF1, avec Yves Mourousi (vedette de l'information télévisée) cavalièrement assis sur un coin du bureau présidentiel, une émission se voulant moderne et décontractée, en organisant un immense battage de presse. Peu importe : les deux documents existent, et sont consultables ! En 2021, rediffusant intégralement notre film dans l'émission *Rembob'INA*, l'excellent journaliste-animateur Patrick Cohen (et nombre de ses confrères dans les jours qui ont suivi) a dit ne pas comprendre pourquoi ce documentaire avait moins été mis en avant, à l'époque, que celui du président « câblé » avec Mourousi.

C'est curieux : Mitterrand avait l'âge d'être mon père, mais je conserve plutôt de lui le souvenir d'un grand-père, calme, avec qui on pouvait parler pendant des heures – au cours de nos repas et de nos promenades dans Paris, Moscou, Londres ou Bagdad… – des gens, de l'art, de la politique, et argumenter, sans se sentir bousculé par le rythme du temps.

Le président ne nourrissait pas d'illusions sur les attentes personnelles des électeurs. Un jour de beaujolais nouveau, en 1986, le patron d'un petit restaurant parisien de la rue Chomel, *Chez Pierre et Micheline*, proche du Cevipof, où j'avais mes habitudes, me dit : « Ce soir, on privatise le resto, pour des amis et pour fêter le beaujolais. Si ça vous dit, vous êtes convié. » À 20 heures, sortant de mon bureau, je me dis que je vais aller y faire un tour. J'y retrouve des habitués, notamment des membres de l'équipe d'animation de la Ligue de l'enseignement, dont le siège est proche. L'atmosphère est sympathique. Au bout d'un moment, je vois la porte de l'établissement s'ouvrir, c'est, ô surprise, le président de la République en exercice qui entre, flanqué de Jacques Attali !

Il vient vers moi et me demande : « Tiens, qu'est-ce que vous faites là ? » Surpris, je lui explique être un coutumier du lieu, et que c'est plutôt à moi de lui poser la question ! Il m'explique que beaucoup des présents sont des Nivernais (lui-même a été maire de Château-Chinon et député, ou sénateur, et président du Conseil régional de la Nièvre, entre 1959 et 1981) ; Pierre, le patron, me raconte-t-il, est le fils d'un Nivernais qui a été son chef de cabinet lorsqu'il était ministre de l'Intérieur (en 1954-1955). Fidélité nivernaise.

Nous devisons agréablement devant la table de charcuteries. Mitterrand avale plusieurs saucissons, goûte le beaujolais, puis me dit : « Excusez-moi, je dois faire mon petit tour. » Je le vois aller saluer, en utilisant leur prénom, nombre des présents, avec, pour chacun, une question personnelle : « Comment va votre mari René ? », « Votre chien est guéri ? », « L'attribution du bureau de tabac à votre beau-frère, ça s'est bien fait ? ». Puis il revient boire un verre avec moi, avec un petit sourire visiblement satisfait. Je ne peux que lui dire : « Bravo, chapeau l'artiste, monsieur le président ! » Et lui : « Vous savez, je l'ai appris pendant mes trente-deux ans d'arrondissementier [un terme que j'avais lu dans des livres, mais jamais entendu, désignant un élu au scrutin d'arrondissement]. Si vous ne vous préoccupez pas de la vie des gens, vous êtes fichu ! »

Puis, après un temps d'arrêt : « Ce n'est pas votre ami Rocard qui saurait faire ça ! » En mon for intérieur, je me dis qu'il n'a pas tort…

Et j'en ai une preuve quelques jours plus tard. Comme sondeur, je vais à la mairie de Conflans-Sainte-Honorine, que dirige Rocard. Celui-ci a convoqué une réunion du bureau municipal et du bureau de la section locale du Parti socialiste, pour discuter d'un sondage que je viens de réaliser dans la commune. La réunion se passe bien, nous sortons tous avec une demi-heure d'avance sur l'agenda prévu. Rocard interroge son premier adjoint, Jean-Paul Huchon (qui deviendra maire puis président du Conseil régional d'Île-de-France) sur le meilleur moyen de passer ce temps gagné. Huchon suggère : « On pourrait aller saluer des commerçants de la rue Maurice-Berteaux [rue commerçante qui jouxte la mairie]. » Et Rocard, désapprobateur, de lui rétorquer : « Mais non, on va déranger ! »

Deux conceptions pour le moins divergentes !

J'ai beaucoup moins vu François Mitterrand pendant son second mandat (et pas du tout les dernières années). J'ai, à sa demande, plusieurs fois rencontré son ami, Charles Salzmann, conseiller à l'Élysée et chargé notamment de suivre les sondages d'opinion – sans que jamais l'Élysée devienne client de l'institut avec lequel je travaillais.

Au moins, mon goût de la liberté aura-t-il toujours été préservé !

Jacques Chirac

Le sondeur peut en témoigner : le mot « sympathique » semble avoir été inventé pour Jacques Chirac. Dans toutes les études qualitatives le concernant, à toutes les périodes, le premier terme associé par les Français à la personnalité de Chirac a toujours été : « sympathique » !

Sympathique et convivial, et puis grand serreur de mains. J'ai plusieurs fois joué, avec des journalistes et des politologues, à un petit jeu. Il consistait, dans une pièce où il y avait, disons, trente ou quarante personnes, à ne pas serrer la main de Jacques Chirac. Eh bien, j'ai toujours perdu. Au moment où l'on croit le pari gagné – on a évité sa poigne ! –, voilà qu'il surgit derrière vous, qu'il vous agrippe, vous retourne et vous… serre chaleureusement la main. « Ah, vous êtes là, cher ami, bonjour ! »

Tout ce qu'on a écrit sur la légende d'un Chirac bon vivant, mangeur et buveur, j'ai souvent eu l'occasion de la vérifier. Son côté politicien avisé et calculateur, aussi.

Un point m'a toujours semblé plus contestable (mais peut-être l'occasion m'a-t-elle manqué ?) : excédé par l'image excessive du buveur de bière ultrasympa et « popu », dans un pays valorisant la culture, son entourage a fait écrire dans maints articles de presse que Chirac était, en fait, un grand amateur d'art, de poésie et de civilisations asiatiques (et pas seulement de la lutte des sumos). Puisque les témoignages en ce sens abondent, de la part de ses thuriféraires, acceptons-les. Je dirai seulement que, dans les contacts et conversations que j'ai pu avoir avec lui, je n'ai pas eu l'occasion de m'en apercevoir.

J'ai rencontré Jacques Chirac en 1967, alors qu'il venait d'être nommé secrétaire d'État à l'Emploi de Georges Pompidou ; à l'époque, il était plutôt réservé et pas toujours très à l'aise. Je l'ai mieux connu Premier ministre de Valéry Giscard d'Estaing. Je me souviens de cette confession sur ses rapports avec le président, qu'il avait fortement aidé à se faire élire. Parlant de ses conversations avec Giscard, il m'avait déclaré, tout de go, au tout début de l'an 1976 : « Nos entretiens sont parfois surréalistes. Franchement, très souvent, je ne comprends pas un mot de ce qu'il me dit ! »

J'ai suivi, comme pour les autres partis, les congrès de la formation gaulliste, et notamment le congrès fondateur du RPR – une énorme machine spectaculaire – du 5 décembre 1976, où Chirac fut élu président du nouveau parti, de manière enthousiaste, à la quasi-unanimité des délégués.

Un jour, menant mon étude récurrente sur les congressistes pour mon laboratoire de Sciences Po, je me suis retrouvé dans le bureau de Charles Pasqua, l'organisateur en chef de ces grand-messes, pour solliciter son acceptation de mon enquête. Je lui ai expliqué ce dont il s'agissait. Il m'a demandé s'il était possible de viser et de modifier le questionnaire, je lui ai répondu que non, bien sûr. Il a un peu toussé en le lisant puis m'a demandé : « Est-ce que les autres partis le font ? » J'ai dit oui, énumérant tous les congrès que nous avions déjà couverts. Du coup, il m'a dit : « Je ne me vois pas alors vous refuser ça, mais il faut l'accord de Jacques Chirac. » Il m'a immédiatement entraîné dans le bureau de Chirac, à deux pas. Pasqua et moi lui expliquons l'affaire, et le grand chef répond du tac au tac : « Il n'en est pas question ! » Pasqua, embarrassé, indique : « Mais je viens de le dire à M. Cayrol, puisque tous les autres partis politiques le font, de quoi aurions-nous l'air si nous refusions ? » Et à la minute même, sans plus barguigner, et changeant de décision, Chirac conclut : « Bon, banco ! Alors on le fait ! »

J'ai revu Jacques Chirac à l'hôtel de ville de Paris, où « le maire » (comme tout le monde l'appelait alors) m'a reçu plusieurs fois, à partir de 1977. Notamment parce que j'étais devenu directeur des études politiques de l'institut Louis-Harris. Le fondateur de l'institut aux États-Unis, Louis Harris, venait alors, une ou deux fois l'an, à Paris ; il souhaitait (auréolé de son image de « monsieur Opinion » de la campagne présidentielle de John Kennedy) rencontrer des personnalités parlant anglais. Et Jacques Chirac s'est aimablement prêté au jeu. C'était plutôt sympathique et intéressant, et cela m'a au passage permis de constater que l'anglais chiraquien était moins *fluent* que ne le croyait le maire…

Mais laissons là la préhistoire, et retrouvons le Chirac président de la République, après 1995. Le souvenir professionnel le plus marquant pour moi aura sûrement été celui de la dissolution de 1997.

On le sait, le président Chirac, peu satisfait de la majorité parlementaire, forte mais hétérogène, qui le soutient au Parlement, décide, le 21 avril, de dissoudre l'Assemblée nationale, pronostiquant que le scrutin auquel seront conviés les Français lui apporterait une majorité plus nettement « chiraquienne », et lui donnerait donc les coudées franches. Après s'être refusé à dissoudre en 1995 dès son accession à l'Élysée, et plutôt que d'attendre le renouvellement de l'Assemblée à date prévue, en 1998 – un an plus tard, les conditions politiques pourraient s'être détériorées, en raison des prévisibles difficultés économiques, liées au respect des critères européens de convergence adoptés à Maastricht et appelant sans doute des mesures d'austérité budgétaire –, le pouvoir politique décide d'accélérer le calendrier institutionnel.

Quelques semaines plus tôt, un appel d'offres avait été émis en direction des instituts de sondage, pour la réalisation d'études qualitatives portant sur l'actualité politique, sans bien sûr mentionner la possibilité d'une dissolution. L'institut CSA, que je codirigeais, avait remporté cette compétition.

Nous voici donc, une directrice d'études qualitatives du département Opinion de CSA et moi, au palais de l'Élysée, où nous sommes reçus par Jacques Chirac, Alain Juppé (Premier ministre), Dominique de Villepin (secrétaire général de la présidence) et Maurice Gourdault-Montagne (directeur de cabinet du Premier ministre).

Nous sommes invités, pendant toute la durée de nos travaux, à respecter le secret le plus absolu – directive à laquelle nous sommes évidemment habitués –, et nos interlocuteurs nous annoncent immédiatement qu'ils envisagent une dissolution. Nous en sommes surpris, dans la mesure où cette idée, vaguement mentionnée dans deux ou trois organes de presse comme une éventualité, paraissait fort peu envisageable chez les observateurs.

Nous devons conduire des études qualitatives, pour ausculter la manière dont les Français recevraient une telle annonce. Dans ce type d'études, menées en profondeur, on ne cherche pas des chiffres en pourcentage comme dans les sondages, mais la manière dont s'articulent les attitudes et se fabriquent les images. On a besoin de prendre du temps pour les interrogations et les analyses. Or ici, le temps presse, une décision rapide s'impose, nous explique-t-on.

Nous revenons à l'Élysée, une dizaine de jours plus tard, pour retrouver nos prestigieux clients. Notre rapport est très négatif : les Français ne comprennent pas pourquoi le président dissoudrait une Assemblée qui le soutient, et le mécontentement croissant à l'égard du gouvernement se nourrit de cette incompréhension. Bref, cela ne marche pas, du tout !

Après une discussion nourrie, une remarque et une demande nous sont faites. Nous avions travaillé sur l'ensemble des électeurs français (c'est ce qui était convenu), mais, nous fait-on valoir, seule compte vraiment en la matière l'opinion de l'électorat de droite. Nous devons donc refaire la même étude, mais en nous bornant à cette partie de la population électorale.

Rebelote, donc, et nouveau rendez-vous à l'Élysée, avec notre nouveau rapport. Qui est extrêmement proche du premier ! L'électorat de droite ne comprend pas, et n'approuve guère.

Jacques Chirac et ses collaborateurs sont visiblement désappointés. Mais, après une discussion sur les différents points de notre rapport, le président nous dit : « De toute façon, cette dissolution, nous allons la faire ! », et nous sommes invités à retourner sur le terrain pour tester la force possible des arguments à employer pour mieux faire comprendre, mieux faire passer, cette dissolution.

Munis d'une liste d'arguments touchant la politique intérieure, la politique économique et les nécessités européennes, nous renvoyons donc nos psychosociologues sur le terrain, pour une troisième vague qualitative, portant cette fois sur un possible argumentaire.

On l'aura deviné : cette vague ne sera pas plus concluante que les deux premières. Aucun argument ne passe vraiment, en particulier celui de l'Europe, sur lequel nos politiques semblaient beaucoup compter.

Jacques Chirac me confie : « Merci pour votre travail, très éclairant. Nous mesurons bien les obstacles, mais la politique, c'est une prise de risques. Nous allons faire cette dissolution en prenant en compte les difficultés que vous énoncez. »

Étrange période, vécue en secret, où l'on voit une décision s'élaborer, une recherche montrer ses risques politiques, et un pouvoir s'enferrer.

À vrai dire, nous n'en avions pas vraiment fini. Le président devait encore, le 21 avril, faire l'annonce de la dissolution à la télévision. Il nous a été demandé, la veille, d'organiser des réunions de groupes de citoyens, pour tester l'allocution de Jacques Chirac. Le secret étant décidément le maître mot du moment, l'Élysée nous prévint qu'il ne pouvait pas nous faire parvenir le texte du discours ; le directeur du département Opinion de CSA, Stéphane Rozès, dut donc aller à l'Élysée, prendre en note ce discours, à la main. Les experts du président, sa fille Claude et le communicant Jacques Pilhan vinrent suivre en direct ces réunions et constatèrent, comme nous, que la partie aurait bien du mal à être gagnée…

Après la dissolution, et la victoire de la gauche aux élections législatives, la réalité du pouvoir passa de l'Élysée à Matignon, de Chirac à Jospin.

Le palais présidentiel est devenu un étrange endroit, peuplé de fantômes, aucun vrai signe d'activité, téléphones ne sonnant presque plus.

Je me souviens de longues conversations avec Jacques Chirac ou avec Dominique de Villepin (plusieurs fois accompagné par Stéphane Rozès) où nous avions l'impression que nous les aidions à passer le temps. Comme ce petit déjeuner – Dominique de Villepin servant lui-même, élégamment, le café ou le thé – où nous avons joué, avec le président et son collaborateur, au petit jeu de « que font en ce moment les gens d'en face ? », imaginant et mimant entre nous les scènes en cours entre Jospin, Strauss-Kahn et Martine Aubry !

J'ai eu en revanche peu de contacts qui vaillent d'être mentionnés pendant le second mandat de Jacques Chirac, malgré quelques rencontres avec lui et parfois tel ou tel de ses collaborateurs, à propos d'études d'opinion. La routine du sondeur…

Nicolas Sarkozy

J'avais pris l'habitude, depuis des années, de rencontrer régulièrement Nicolas Sarkozy pour discuter de l'actualité, sans ordre du jour, que ce soit à Paris, dans l'un de ses bureaux ministériels ou à Neuilly, dans sa mairie.

Je l'ai toujours cotoyé en tant que chercheur travaillant sur la vie politique, jamais comme sondeur car il traitait avec d'autres, et lui n'hésitait pas à me demander avis et conseils sur sa manière d'analyser la situation.

J'ai beaucoup apprécié ces conversations, où je dois dire qu'il ne m'a jamais proféré le moindre mensonge ou quoi qui puisse s'y apparenter ; il a toujours fait ce qu'il m'a annoncé, et toujours expliqué sans fard sa stratégie.

J'ai tout de suite été surpris par l'obligation du tutoiement, qu'il impose à *tous* ses interlocuteurs. On s'appelle donc par son prénom, on se tutoie. Il a même dit un jour à un haut magistrat que la seule chose qu'il avait à lui reprocher, c'était que ce procureur général le vouvoyait ! Lequel a dû lui rétorquer que, dans sa fonction, il lui était impossible de tutoyer le président de la République…

Il m'a souvent fait rire. Un jour – c'était du temps où il était marié à Cécilia –, il s'excuse auprès de moi de devoir prendre une communication téléphonique. Je l'entends dire « oui chérie », puis « oui chérie », puis encore « oui ma chérie ». Il raccroche et pense utile de me préciser : « C'était Cécilia. »

Il m'a parfois dérangé par la manière dont il traitait devant moi certains de ses collaborateurs. Un jour, il téléphone à l'un de ses conseillers politiques très connu, bien placé dans l'organigramme de l'Élysée, et lui rappelle qu'il doit emmener son fils Louis au football, et lui enjoint de bien vérifier son sac et son vestiaire sur place.

J'ai toujours vu Nicolas Sarkozy en face-à-face, sans témoin. Un jour pourtant que nous nous rencontrions à Neuilly, dans un local situé en face de la mairie, Brice Hortefeux fut de la partie, avec un grand chien, genre labrador. Le climat de l'entretien en fut, selon moi, affecté. Je l'ai ensuite dit à Sarko. Celui-ci m'a garanti que Hortefeux ne serait plus convié, et il a tenu parole.

Mais il a tenu de surcroît à compenser mon déplaisir. Il a donc demandé à son ami ministre de me recevoir pour réaliser des sondages. Un après-midi, je me suis donc rendu, accompagné de Jérôme Fourquet, politologue accompli alors membre de mon équipe, place Beauvau. Fourquet avait fort bien préparé nos propositions, notamment des études sur la sécurité, distinguant les zones géographiques sous la responsabilité de la police ou de la gendarmerie. Je n'ai jamais vu personne montrant aussi clairement une telle sourde hostilité, une telle volonté de ne pas écouter, que Hortefeux ce jour-là !

Nous n'avons donc jamais travaillé pour Hortefeux, ni pour Sarkozy. Nous nous en sommes passés. Eux aussi, à l'évidence !

Il me fallait être parfois vigilant. Une fois, nous finissons un entretien. Il me lance : « On va chercher Louis à l'école, avec ma femme. Tu viens ? » Moi : « Il n'y aura pas de presse ? » Lui, toujours franc : « Je crois que des photographes seront présents. » Donc, je décline.

Il m'énerve, de temps en temps. Je le lui rends bien. Alors qu'il est ministre de l'Intérieur, je vais le voir un samedi midi à son ministère. On m'introduit, non dans son bureau officiel, mais dans son appartement privé. Il y a un bureau, contigu à celui du ministère et exactement identique, mais orienté en sens inverse. Je suis sidéré par cette configuration symétrique.

Alors qu'il fait plus de trente degrés à Paris, je remarque qu'il y a un feu dans la cheminée. Je m'en étonne, il me dit : « Ça fait campagne ! » J'affirme (c'est alors le cas) qu'on n'a pas le droit aux feux de cheminée, et qu'il est quand même ministre de l'Intérieur. Il a l'air de s'en alarmer – je savoure ! Mais nous parlons aussi de choses politiques sérieuses, qui n'ont pour beaucoup d'entre elles plus guère d'importance à l'heure où ces lignes sont écrites.

Un samedi midi de 2004, à Bercy cette fois car il est ministre de l'Économie, des Finances et de l'Industrie, nous évoquons son combat contre Chirac pour lui succéder. Il est confiant. Il note, à propos de Chirac : « Le coup Baroin [la rumeur élyséenne veut alors que le président envisage la nomination de François Baroin comme Premier ministre] qu'il essaie maintenant était tout à fait jouable, ça aurait pu marcher contre moi, mais maintenant c'est trop tard, il est cuit ! »

Encore un samedi midi, en 2005, place Beauvau, j'attends de le voir, dans l'antichambre de son bureau ministériel. Il se fait attendre, c'est inhabituel – il est d'habitude toujours à l'heure, qualité rare chez les hommes politiques. Après un quart d'heure, il sort de son bureau et me dit : « On va se voir tranquillement, mais là, excuse-moi, je termine une réunion », et il retourne dans la pièce d'à côté. Un autre quart d'heure passe et Sarkozy est précédé par une famille au grand complet, en larmes. Me faisant entrer, le ministre m'explique : « Je reçois systématiquement les victimes de gros faits divers ou d'attentats. Je suis le premier ministre de l'Intérieur à le faire. La République leur doit bien ça. On n'a jamais accordé assez de place aux victimes dans ce pays. »

J'ai revu, très vite, Sarkozy à l'Élysée après son élection en 2007. Je sais avoir été le premier à qui il ait fait son numéro de scénario pour la suite. Il m'a confié : « Je ne vais faire qu'un mandat. Mais ça va être un tourbillon incroyable, je vais tout changer, ça va aller très vite, tous azimuts. Après, j'arrête, et je vais faire du pognon dans le privé. »

Il m'a, plusieurs fois, proposé un jeu, consistant à lui dire qui, selon moi, étaient ses « bons » et ses « mauvais » ministres. Je m'y suis bien sûr refusé, arguant que je n'en savais rien, à part ce qu'en disaient les médias, ce qui était évidemment insuffisant en la matière. Mais lui a toujours répondu à sa propre question. Il a toujours désigné les mauvais, deux femmes que je ne nommerai pas. Et, pendant des mois, un seul gagnant : Bernard Kouchner. « Il connaît tout, absolument tout, sur la politique étrangère, et c'est un vrai homme de gauche. »

Cette admiration pour la gauche m'a toujours frappé chez lui. Peut-être parce qu'il connaissait mieux le personnel de droite, et qu'il avait une forte impression que ces gens étaient dans l'ensemble « cons » ou « nuls ».

Mais je dois aussi évoquer, puisque j'ai été sondeur, l'affaire des sondages de l'Élysée. Je ne le ferai qu'à partir d'un témoignage personnel.

Je suis dans le bureau élyséen de Nicolas Sarkozy. Nous sortons d'une discussion, passionnante, sur l'actualité. Et, tout à trac, il me lance : « Mais, dis-moi, on ne travaille pas avec toi, ici, à l'Élysée ? » Surpris, je lui dis que non, l'immense majorité des sondages de la présidence étant commandés à un seul institut, Ipsos, dont le directeur, Pierre Giacometti, est identifié comme *le* fournisseur et ami du président (c'est par ailleurs un homme de qualité, avec qui j'entretiens de parfaites relations depuis qu'il a été mon étudiant à Sciences Po). Sarko joue parfaitement la surprise. Il me dit ne pas croire cela, et propose de faire venir céans Claude Guéant, le secrétaire général de la présidence, qu'il convoque immédiatement par téléphone.

Arrive Son Éminence Guéant, une vraie allure de prélat de jadis, qui ouvre son petit carnet sur les genoux. Je remarque que Sarko et lui se vouvoient !

Sarko : « Vous connaissez Roland Cayrol ? [Non, on ne s'est jamais vus.] Il me dit que tous nos sondages passent par Ipsos ! » Guéant paraît plutôt gêné mais il répond clairement : « Oui, c'est exact. » Sarko fait une mine déconfite, et intime à Guéant de passer aussi désormais des commandes à mon institut (ce que je n'avais nullement réclamé !).

Guéant parti, nous concluons notre entretien avec le président, qui me demande expressément de passer par le bureau de Guéant pour arranger tout cela. Affectant d'y croire, je m'exécute, et vais voir Son Éminence. Nous faisons semblant de penser à des études qui pourraient être utiles à la présidence de la République. Je ferais rédiger des propositions en ce sens à mes collaborateurs. Et bien sûr, nous n'en avons jamais entendu parler. Toujours le prix de l'indépendance !

Au moins, mon institut n'aura-t-il pas été concerné par le procès des « sondages de l'Élysée » ! Une affaire qui aura défrayé la chronique, de nombreux sondages ayant été attribués sans appel d'offres. Cette procédure judiciaire laissait soupçonner des faits de favoritisme et de détournement de fonds publics. Elle fut jugée à la fin de 2021, et le verdict tomba le 21 janvier 2022. Nicolas Sarkozy était juridiquement protégé par son immunité présidentielle. Son secrétaire général, Claude Guéant, a été condamné à une peine de prison ferme. Son collaborateur immédiat à l'Élysée, Patrick Buisson, à une peine d'emprisonnement avec sursis et à une forte amende. Ipsos et son directeur ont écopé d'importantes amendes, et d'une peine de prison avec sursis. Je ne me suis certes pas réjoui du sort accablant mes confrères, mais je me félicite encore d'avoir toujours évité ces pratiques de favoritisme dans mes relations avec le pouvoir politique, quel qu'il fût.

François Hollande

J'ai évidemment connu François Hollande bien avant sa présidence.

Je pense l'avoir surtout apprécié, ainsi que sa compagne de l'époque, Ségolène Royal, lorsqu'au PS, à partir du milieu des années 1980, ils étaient « transcourants », des deloristes – pardon, des partisans de Jacques Delors – désireux de dépasser les frontières étroites des écuries présidentielles qui s'affrontaient au sein du mouvement socialiste.

Par l'intermédiaire d'une agence de communication, j'avais, avec mon ami journaliste Pierre-Luc Séguillon, décroché à l'Assemblée nationale, un contrat de formation à l'audiovisuel pour les députés socialistes. Armés d'un magnétoscope, nous essayions de corriger les défauts de présentation et d'expression des élus, alors beaucoup moins coutumiers de la parole télévisée. À leur surprise, nous leur expliquions notamment qu'en télévision, on ne construit pas son discours comme une rédaction de collège – énoncé du problème, explication des variables, choix de la solution – mais à l'envers, en commençant par la conclusion !

J'ai pu mesurer l'appétence du couple Hollande pour la communication, celle de Ségolène Royal surtout, et… leurs rapides progrès en la matière !

J'ai souvent rencontré François Hollande et j'ai toujours apprécié sa liberté de parole, sa drôlerie, sa véritable attention aux gens, son incroyable mémoire.

Je crois bien avoir été le premier sondeur à lui annoncer sa probable première élection en Corrèze.

Je ne sais pas si Hollande était fait pour devenir président de la République. Mais, le voyant à l'œuvre, je l'ai toujours estimé comme un homme politique de vrai talent, un manieur infatigable d'appareil politique, un as des motions de synthèse, et aussi un homme sachant toujours non seulement raconter de petites blagues, mais mettre à son service un humour décapant.

Quelques semaines avant l'affaire du Sofitel, qui verra s'effondrer la candidature de Dominique Strauss-Kahn, je suis, par l'intermédiaire d'un ami commun, convié à un dîner en tête à tête avec Hollande. Alors que je refuse normalement ce genre d'invitations, je m'y rends, un peu intrigué. L'état de l'opinion à ce moment-là est très clair : Strauss-Kahn a un boulevard devant lui ! Il domine la France sondagière, de la tête et des épaules. Hollande pèse à peine 3 %.

François Hollande m'interroge sur ses chances. J'ai assurément du mal à cacher mon scepticisme. Mais lui se révèle incroyablement optimiste. « Tu vas voir, je serai le candidat socialiste ! Bien sûr, tout le monde évoque les pièges dans lesquels Strauss pourrait tomber, une quelconque affaire de femme ou de magouille financière. Mais franchement, même si rien de tout cela ne se passe, je suis sûr de le battre. Strauss n'a pas l'épaisseur d'un candidat présidentiel. Et cet homme déteste et méprise les femmes, l'électorat le sentira. »

J'avoue avoir été dubitatif... D'abord, je ne pensais pas que ce mépris des femmes pouvait être constitutif de l'image de cet homme. Et puis, je devais trop croire aux sondages, et la marge entre Strauss-Kahn et Hollande me paraissait alors infranchissable.

J'ai aussi connu Valérie Trierweiler, la nouvelle compagne de Hollande. Par hasard : notre institut de sondage ayant été vendu à Bolloré, l'industriel breton, qui possédait avec Direct 8 une chaîne de télévision d'audience confidentielle, m'avait demandé d'épauler la journaliste, chargée d'une émission politique hebdomadaire. Ce que j'ai fait, en préparant l'émission et avec parfois ma participation à l'antenne (sans que l'audience, hélas, tressaille !). Nous avons donc travaillé ensemble, et comme cela se fait dans ce milieu, nous nous tutoyions, déjeunions à la même table, nous faisions la bise, tout cela était plutôt gai.

Quelques jours après l'élection de François Hollande à la présidence de la République, en 2012, je suis invité à un cocktail privé à l'Élysée, pour célébrer une médaille décernée à un ami commun.

Je m'y rends. La première personne que je vois est Valérie. Elle me tend une main distante – comme on ferait pour recevoir un baisemain – et me demande froidement « Comment allez-vous ? ». Ambiance. Quelques minutes plus tard, quelqu'un, dans mon dos, me fait des papouilles et s'écrie : « Ah, tu es là, ça me fait plaisir, merci ! » C'était le nouveau président. Chacun son style…

J'ai plusieurs fois eu l'occasion de discuter avec Hollande président. Souvent sur le même ordre du jour : la contradiction, dans l'opinion de gauche, entre la satisfaction majoritaire d'avoir élu un président socialiste (« Mon ennemi, c'est la finance ! ») et le flou de l'image renvoyée par une politique économique peu claire. Nous évoquions aussi, bien sûr, la ligne qui permettrait éventuellement de sortir de cette contradiction.

Hollande est, à chaque fois, très attentif, il argumente, c'est un vrai échange, il prend moult notes.

Parfois, il me donne clairement son accord – cela, il va le dire, il va le faire.

Et toujours, après quelques semaines, je m'interroge : il est en fait resté dans le flou, l'interrogation critique de l'opinion (de gauche surtout) s'amplifie. Pourquoi ce déficit d'explications, pourquoi ce manque de clarté, pourquoi ce louvoiement ?

J'ai été de ceux qui ont plusieurs fois suggéré à François Hollande de préciser et de nommer son projet politique. M'attirant cette réponse, qui m'avait plus qu'étonné : « Non, cela, je ne le ferai pas ; préciser et nommer, cela veut dire figer, et après cela on est coincé ! »

Au passage, je constate toujours cette mémoire qu'il a des événements, petits ou grands. Le voilà qui me rappelle, dans son bureau élyséen, le conseil qu'il me donna, fin novembre 1997, exactement le lendemain de son accession à la fonction de premier secrétaire du Parti socialiste, alors que nous petit-déjeunions à Saint-Germain-des-Prés : « N'adhère surtout pas au PS ! Tu y perdrais immédiatement ton image d'indépendance, et toute capacité d'influence ! » Et là, à l'Élysée, il se remémore et confirme : « Tu vois, j'avais bien raison ! »

Le plus marquant de ces souvenirs de Hollande à l'Élysée reste pour moi ce jour de 2016 où nous parlons une fois encore de la nécessité pour lui, selon moi, d'affirmer devant les Français une ligne plus claire et plus lisible de sa politique. Où va-t-il ? Comment rendre compatible « mon ennemi, c'est la finance » et une politique économique désormais franchement pro-entreprise ? Quel est le projet ?

« Je sais, tu vas encore me dire que je devrais nommer ma politique ! Mais au fond, comment suggères-tu que je la nomme ? » me fait-il.

Un peu surpris par le côté direct de la question, j'argumente : « Tu pourrais dire que tu es "social-démocrate", ce que tu es en fait. Ou plutôt, peut-être pourrais-tu accoler ces deux beaux mots du vocabulaire politique français que sont "social" et "libéral" ? Je sais que c'est une grave offense dans la culture de ton parti, mais enfin “social-libéral”, c’est bien le projet, non ? »

Et là, François Hollande me répond clairement : « Ah non, cela je ne le ferai jamais. François Mitterrand disait : “Si vous laissez tomber le beau mot de socialisme, il se trouvera toujours quelqu’un pour le ramasser.” » Je n’avais jamais entendu cette phrase dans la bouche de l’ancien président, que je croyais connaître par cœur.

J’argumente, j’affirme que les temps ont changé, que personne ne se baissera plus pour ramasser les mots en -isme. Rien n’y fait. C’est non !

Emmanuel Macron

Nous retrouverons Emmanuel Macron plus loin, puisqu’il nous gouverne.

Un jour, Hollande m’avait dit d’Emmanuel Macron, alors que celui-ci officiait à l’Élysée en qualité de secrétaire général adjoint : « Il faut que tu le rencontres. C’est l’homme le plus intelligent que je connaisse. Et il te plaira, il est déjanté ! »

J’ai croisé le chemin de Macron grâce aux Gracques, un *think tank* ami, chez qui s’est pas mal ourdie sa candidature présidentielle. C’est aussi par cette entremise que je l’ai physiquement vraiment rencontré pour la première fois.

Le 13 novembre 2015, ont lieu à Paris les terribles attentats terroristes que l’on sait.

Les Gracques avaient décidé de tenir, le 15, leur université de rentrée, à Sciences Po, et m’avaient demandé, comme cela était plusieurs fois arrivé, de présider leur séance finale. Pour des raisons de sécurité, après les attentats, Sciences Po décline, et l'animateur des Gracques, mon ami Bernard Spitz, obtient *in extremis* la disposition de la belle salle des séances du Conseil économique et social.

Spitz me donne ses conseils pour l'animation de la dernière table ronde, et me prévient que je devrai ensuite laisser la place, pour son discours de clôture, à Emmanuel Macron. Je demande de quoi il va parler. Bernard Spitz me dit en substance qu'il n'en sait rien, mais que, Macron étant ministre de l'Économie, et sachant qu'il y aura beaucoup de technocrates dans l'assistance, il devrait parler d'économie.

Le jour dit, j'anime une séance qui, à l'accoutumée, commence en retard. Je sais que Macron est censé arriver à 18 heures, mais tout le monde anticipe un retard quasi réglementaire. À 18 heures pile, de ma place de président, je vois, sur ma gauche, Macron faire son entrée dans la salle. Aïe ! J'interromps une minute la séance pour l'accueillir, en lançant « Emmanuel Macron tient à nous rappeler qu'il n'est pas membre du PS, en étant à l'heure ! ». Macron rit, et va s'installer à la place qui lui est réservée au premier rang, dans une salle comble. Je suis un peu inquiet pour le *timing*, mais le ministre de l'Économie m'indique que s'il commence à parler à 18 h 20, cela lui ira, puisqu'il doit repartir à 18 h 40.

Il monte à la tribune, en dessous de moi, sort quelques notes manuscrites à l'encre bleue et commence à parler, dans un silence impressionnant où l'attention est saisissante. En effet, Macron ne traite pas d'économie. Il ne parle que de la situation créée par les attentats. Son discours est connu, depuis, et il a marqué. Rappelons simplement qu'il livre une analyse de cette société française qui a permis l'éclosion du terrorisme, décrit les failles du modèle républicain, met en cause la responsabilité des élites – *notre* responsabilité – dans la progression de la crise. Une analyse de gauche, lucide, qui déclenche, après un long silence, un véritable tonnerre d'applaudissements.

Le lendemain, son propre Premier ministre, Manuel Valls, le désavouera, arguant que, lorsqu'on cherche à comprendre, on cherche en fait à excuser. La bataille des idées va décidément commencer.

Ce 15 novembre 2015, j'ai acquis, d'un coup, ce sentiment que Macron serait non seulement candidat, mais probablement élu président de la République !

Depuis l'élection d'Emmanuel Macron, j'ai eu le privilège d'échanger, surtout par e-mails, avec lui. J'ai été frappé par son attention, sa disponibilité, sa volonté permanente de convaincre – plusieurs fois, alors que j'exprimais des réserves, il a tenu à revenir vers moi pour me questionner sur de nouvelles initiatives, me demandant si elles me persuadaient mieux.

J'ai aussi vérifié son côté charmeur, cette manière d'enfoncer ses yeux si bleus, de manière intense, dans votre regard ; cette question répétée deux fois, trois fois, pour en savoir plus – « Ça va, Roland ? » –, cette main qu'il vous met sur l'épaule…

Je crois possible, parce qu'il montre l'homme plus que le président, de mentionner ici un épisode plus personnel. J'avais été saisi, peu après l'explosion du port de Beyrouth, du cas d'une petite Libanaise de 6 ans, leucémique, en attente d'une transplantation rénale dans un hôpital de la ville, malheureusement rendu hors d'usage par l'explosion. La seule solution était un transfert à l'étranger, mais sa famille n'en avait pas les moyens. Faute de savoir à qui m'adresser, je m'étais permis – cela ne m'était jamais arrivé – de saisir le président d'un résumé du dossier. Quelques heures après mon e-mail, il me répond : « Merci. Je m'en occupe. » J'ai été désarçonné par cette réponse : il ne me renvoyait vers personne, disant simplement qu'il s'en occupait ! Je ne m'attarderai pas sur la suite de l'histoire, mais j'ai vu à quel point l'homme Macron pouvait être concerné par un drame humain, combien il s'était personnellement impliqué, et à quel point l'appareil de l'État était efficace, dès lors que le président de la République se saisissait d'une affaire…

Emmanuel Macron m'a d'autre part fait l'honneur, en septembre 2021, de me nommer à la commission chargée d'étudier la régulation des réseaux sociaux, la désinformation et la lutte contre les diffuseurs de haine. Un peu pompeusement nommée « Les Lumières à l'ère numérique », plus connue comme la « commission Bronner », du nom de l'excellent collègue sociologue Gérald Bronner qui l'a brillamment présidée, ce groupe de travail a publié un rapport rendu public qui, je pense, fait un point complet de l'état des travaux dans ce domaine, et qui présente de nombreuses propositions d'action[3]. Elle m'aura permis de jouer un rôle de pur généraliste au sein d'un

3. Rapport remis le 11 janvier 2022, téléchargeable gratuitement ici : https://www.vie-publique.fr/sites/default/files/rapport/pdf/283201.pdf

groupe de spécialistes chevronnés. Et la commission aura joué son rôle, faisant une recension complète de ce que la littérature scientifique mondiale permet de savoir sur l'influence des réseaux sociaux (notamment en limitant les propos répandus sur le prétendu enfermement par les algorithmes des internautes dans leur univers de référence), et en faisant des recommandations précises à la France et à l'Europe sur les moyens possibles de lutter contre la diffusion des fausses nouvelles et la propagation de la haine en ligne.

Mon analyse et mes questionnements sur Emmanuel Macron et sur le macronisme, que j'ai eu l'occasion d'aborder dès 2019 dans un livre au titre toujours actuel, *Le Président sur la corde raide*[4], se sont évidemment affinés et précisés au fil de son action, et après sa réélection.

J'y reviendrai à la fin de ce livre.

---

4. Roland Cayrol, *Le Président sur la corde raide. Enjeux du macronisme*, Paris, Calmann-Lévy, 2019.

Chapitre II

LES ANNÉES DE FORMATION

Tout a commencé pour moi à Rabat, où je suis né. J'ai vécu au Maroc jusqu'à mes 17 ans, jusqu'au bac. J'y suis, depuis, toujours retourné, sauf pendant les « années de plomb » sous Hassan II, où l'évolution du régime me rendait cela trop douloureux. Mais je suis resté fidèle au Maroc même si, bien sûr, j'ai toujours su que j'étais français. C'était aussi quand même un peu mon pays !

De l'importance du Maroc

Mon enfance au Maroc, ce fut d'abord, forcément, une enfance heureuse ; on vivait beaucoup dehors, à la plage, dans la rue. En sortant du collège ou du lycée avec mes camarades, des Européens, des Marocains, nous nous raccompagnions les uns chez les autres, et on allait « faire l'avenue », comme on disait. L'avenue que nous arpentions s'appelait à l'époque Ben-Youssef – elle a, depuis, été rebaptisée Mohammed-V, en l'honneur du premier souverain après l'indépendance du pays. Tous les jours, nous marchions, en causant, en refaisant le monde, du centre de la ville européenne jusqu'au fond de la médina, et retour.

C'était une vie de soleil, de camaraderie, d'insouciance à bien des égards, joyeuse, surtout si les parents acceptaient qu'on sorte de chez soi, ce qui était mon cas.

Mon enfance au Maroc fut aussi une école de la tolérance. Mes meilleurs copains ont été indifféremment des enfants français, des Marocains, musulmans ou juifs, et tout le monde savait ce que l'autre était sans que cela posât le moindre problème. Mes amis Hafid Berrada (copain pour toujours) et Omar Fassi-Fihri (futur secrétaire d'État et secrétaire perpétuel de l'Académie des sciences marocaines) étaient musulmans, mon ami Félix Salasca (futur pasteur) était un Corse protestant, Perle Scemla et Serge Berdugo, dont je suis resté très proche jusqu'à aujourd'hui – lui, en provenance de Meknès, nous avait rejoints en terminale –, étaient juifs – Serge deviendra plus tard le très actif et sage président de la Communauté juive du Maroc, fonction qu'il continue d'occuper. Beaucoup étaient de familles catholiques, comme Jean Baumann, futur médecin, ou Michel Roussin, qui sera le chef de cabinet de Chirac et ministre de Balladur ; ce dernier est toujours resté mon ami, au-delà de nos divergences d'opinions politiques.

Nous savions d'ailleurs profiter de nos différences d'attaches religieuses. Par exemple, pendant le mois de ramadan, au lieu de jeûner, mon copain Hafid venait déjeuner chez moi, en cachette de ses parents. Et moi, après la rupture du jeûne, j'allais chez lui déguster la soupe de pois chiches avec les gâteaux au miel. Même chose pour Serge, on faisait les fêtes juives, je découvrais leur cuisine. Et la maman de Félix nous faisait emporter des pâtisseries de chez elle, des « merveilles », notamment lors des Mardis gras chrétiens.

Chez nous, mes parents, non pratiquants, nous ont laissé une totale liberté ; je me suis très vite senti athée, quand mon frère, Pierre Cayrol, a voulu aller au catéchisme – je me souviens encore de lui, grave, vêtu d'une grande aube, à la cathédrale de Rabat, pour sa communion solennelle. Il fera plus tard une brillante carrière de journaliste, souvent comme correspondant à l'étranger, à l'AFP, à France Inter et à Radio France internationale, où il sera directeur de l'information.

Le Maroc de mon enfance fut un véritable laboratoire de convivialité communautaire, extrêmement marquant.

C'était aussi un pays où l'on avait très vite un contact avec les réalités sociales et politiques.

Mes parents étaient fonctionnaires, mon père, issu d'une famille plus que modeste, cas type de l'ascension sociale méritocratique du modèle républicain de l'époque, ayant fini haut fonctionnaire de l'Éducation nationale, ma mère étant professeure d'arabe, dans le secondaire. Ils s'intéressaient à ce qui se passait dans la société. J'ai donc suivi très vite, grâce à eux, l'actualité marocaine. Certains des collègues de ma mère ont été des membres importants de la lutte pour l'indépendance, donc du parti nationaliste de l'Istiqlal (« Indépendance » en arabe, le tout premier parti politique marocain).

Je me souviens de Mohammed El-Fassi, qui partageait l'enseignement de l'arabe avec ma mère au collège des Orangers – à l'époque, on n'affectait pas les enseignants classe par classe, mais, dans chaque classe, le partage se faisait selon l'assignation pour l'un de la version, pour l'autre du thème. À l'indépendance, Mohammed El-Fassi deviendra le premier ministre de l'Éducation, et mon père aura pendant deux ans, avant de rejoindre la Mission culturelle française à Rabat, la tâche de former son ministre aux us et coutumes de l'administration !

Je me souviens aussi de Mehdi Ben Barka, professeur de mathématiques, lui aussi à l'Istiqlal, mais dans son aile gauche. Il sera plus tard, en 1959, l'un des principaux fondateurs de l'Union nationale des forces populaires, issue d'une scission du Parti de l'indépendance.

Je les voyais parfois à la maison. L'un ou l'autre étaient mis de temps en temps en résidence surveillée par les autorités du Protectorat français. Comment ne pas voir, comment ne pas être intéressé par cette vie politique, par cette lutte pour l'indépendance ?

Très vite, très jeune, dès le secondaire, je fus, comme une évidence, acquis à l'idée de l'indépendance marocaine, et tous mes amis marocains étaient bien sûr sur cette ligne. J'étais d'ailleurs, à ce moment-là, persuadé que je resterais vivre au Maroc, encore bien après l'indépendance.

Mon enfance, c'est aussi la découverte du peuple marocain, largement ignoré par le colonialisme français. La plus incroyable manifestation populaire que j'aie vue de ma vie fut, le 16 novembre 1955 – j'avais donc 14 ans –, le retour au pays du sultan du Maroc (on employait alors plus souvent ce terme que celui de roi), que la France avait déposé le 20 août 1953 et mis en résidence surveillée à Madagascar.

On ne peut pas imaginer ce qu'est un peuple entier, dans les rues de toutes les villes et dans toutes les campagnes d'un pays, faisant preuve d'un enthousiasme incroyable, d'une ferveur nationale et politique, extraordinairement communicative, ce peuple qui avait une soif inextinguible de son indépendance, et qu'il était en train de conquérir (juridiquement, l'indépendance fut proclamée par un accord franco-marocain le 2 mars 1956).

Le Maroc de mon enfance, ce sont aussi les problèmes sociaux, car c'est un pays pauvre et inégalitaire. Et les questions de morale politique, liées aux difficultés à vivre libre sous un protectorat répressif, même si le niveau de violence n'a certes jamais rien eu à voir avec l'Algérie. J'habitais avec mes parents en face d'un commissariat de police et on entendait distinctement dans la nuit, depuis ma chambre, les cris des militants qu'on torturait. Effroi et malaise, je les ressens encore intimement lorsque j'y repense.

Le Maroc de mon enfance c'est donc cet étonnant mélange de bonheur de vivre là et de soucis sociaux et politiques très rudes, un mélange détonant d'insouciance adolescente et de prise de conscience politique précoce, face aux violences entendues et aux injustices observées.

Dans mes dernières années de lycée j'étais devenu passionné par la politique. De là m'est venue l'idée d'aller faire Sciences Po, à Paris – forcément en France car il n'y avait pas d'Institut d'études politiques au Maroc. L'honnêteté m'oblige à ajouter que faire mes études à Paris était aussi un bon et légitime moyen de quitter le cocon familial, où pourtant je vivais heureux. Je fus donc très content de partir vivre une vie d'étudiant libre, seul dans une chambre de la capitale…

À Paris, je n'ai jamais oublié le Maroc. Au contraire.

Lieux et gens me sont restés chers. J'y retourne encore tous les ans, pour voir d'anciens et de nouveaux amis. Les Marocains sont pour moi un peuple chaleureux et digne. J'aime les retrouver.

Quelles que soient les difficultés politiques liées aux orientations du pouvoir, j'éprouve une vraie proximité charnelle et affective avec ces lieux pour moi chargés de souvenirs. Boire un thé à la menthe au *Café maure*, à la kasbah des Oudaïas, à Rabat, au-dessus de l'embouchure du Bou Regreg, à l'endroit où le fleuve se jette dans l'océan, me procure toujours l'émotion inégalée d'être dans le plus bel endroit du monde !

Mes parents avaient des relations avec des personnes très diverses de l'échiquier franco-marocain. Ce qui n'était pas si fréquent sur place pour les Européens qui étaient extrêmement réservés, c'est le moins qu'on puisse dire, vis-à-vis des indépendantistes. Mes parents avaient une claire conscience que la voie de l'indépendance était inéluctable. Donc ils étaient plus ouverts à la société marocaine que bien des Français, sans être, du tout, militants. D'autre part, je crois qu'ils craignaient les excès que pourraient manifester, au pouvoir, les indépendantistes marocains.

Ce fut néanmoins compliqué, pour mes amis et moi, jeunes Français du Maroc, d'être favorables à l'indépendance. Il faut d'ailleurs bien reconnaître que nous étions minoritaires. Nous devions naviguer entre des pressions contradictoires. J'ai encore en mémoire ce que j'ai ressenti, durant la période du terrorisme indépendantiste, quand j'ai appris que la mère d'un de mes copains de classe avait été poignardée sur l'avenue principale de Rabat alors qu'elle tenait un bébé dans les bras. C'était la gentillesse faite femme, qui n'avait eu que des rapports absolument affectueux avec tous ses voisins marocains. J'étais accablé par cet aveuglement du terrorisme, frappant n'importe qui, y compris une dame charmante un peu âgée, portant un enfant en bas âge. Un de nos voisins d'immeuble, lui, est mort en mettant le contact de sa voiture piégée.

C'est très difficile dans ces conditions de continuer à clamer qu'on est favorable à l'indépendance, parce que ce type d'actes inacceptables et choquants braque évidemment bien des Français qui, de ce fait, se sentent renforcés dans leur opposition aux revendications indépendantistes. Nous avons hélas été très souvent confrontés à cela. Et je suis resté à la fois favorable à l'émancipation des peuples colonisés et hostile à la violence aveugle du terrorisme, y compris pendant la guerre d'Algérie, où j'ai soutenu, avec l'UNEF, le combat du FLN, tout en réprouvant les pratiques du terrorisme individuel.

Dans ces temps troublés, le très jeune homme que j'étais a tenté de continuer à manifester une ouverture au pluralisme politique et à la discussion, dans un esprit de tolérance et de respect de chacun. Ma socialisation politique a bien commencé au Maroc, dans ce climat si particulier de lutte pour l'indépendance.

Tout part donc de ma préoccupation pour les peuples colonisés : la marche vers l'indépendance du Maroc, et ensuite celle de l'Algérie.

Ce qui a dominé mes premières années de vie politique étudiante, ce furent, de fait, les luttes pour la paix en Algérie par la négociation avec le FLN, et cela me concerna au premier chef, au-delà des affinités partisanes. La décolonisation et la paix en Algérie ont ainsi profondément marqué de leur empreinte ma première prise de conscience politique.

De la vie étudiante et du charme de Sciences Po

C'est armé de ces convictions que je suis parti à Paris en 1958 pour entamer mes études supérieures. J'étais venu pour faire Sciences Po et j'ai fait Sciences Po, j'ai même adoré cette institution.

Cette période était un temps béni, où ni les enseignants ni les parents ne faisaient pression pour remplir l'agenda. À Sciences Po à l'époque, nous n'étions astreints qu'à six heures de cours obligatoires par semaine, y compris l'heure de gymnastique ! Tout le reste était à la carte. Je ne dis pas que, lors des décennies suivantes, nous avons eu tort d'obliger les étudiants à suivre beaucoup plus de programmes obligatoires, avec un nombre d'heures de cours avoisinant ou dépassant le plein-temps, chaque enseignant donnant, de surcroît, des travaux ou des exposés à préparer chez soi. Mais je peux témoigner que le système de l'époque, en tout cas pour quelqu'un comme moi, était parfait, en ce qu'il permettait une grande liberté dans la gestion de sa vie étudiante, et une possibilité remarquable de se cultiver, hors du bachotage et des cours.

On pouvait passer beaucoup de temps en bibliothèque – pour moi, l'indispensable et magnifique bibliothèque de Sciences Po, et puis la bibliothèque Sainte-Geneviève, bien plus tard la Bibliothèque nationale, rue de Richelieu –, prendre des jours pour réfléchir et pour lire, et pour certains poursuivre d'autres études en parallèle. Plus tard, lorsque je serais chercheur, je pourrais jouir de l'exquis privilège d'accéder en permanence aux livres des sous-sols de la bibliothèque…

Très rapidement, je me suis dit qu'il fallait que je profite du temps libre pour m'ouvrir à de nombreuses autres perspectives. Je me suis ainsi inscrit pour suivre une année de sas entre le bac et une première année disciplinaire, qui s'appelait la propédeutique, dans le but de m'inscrire en lettres. Donc j'ai passé ma « propé » à la Sorbonne, à la fin de la première année de Sciences Po.

Dans le même temps, comme beaucoup de mes camarades, je me suis inscrit en première année de droit. Si cela peut paraître difficile à gérer, qu'on se détrompe. Il y avait beaucoup de synergies entre mes cours à Sciences Po et ceux de droit. Et je jonglais entre les sessions d'examens de juin et celles de septembre.

J'ai donc très vite agi ainsi, en articulant pendant plusieurs années un triple parcours. Sciences Po restait ma maison de base, celle qui me passionnait le plus. Et puis, dans un désir d'ouverture, avec une soif d'apprendre, j'ai obtenu ma licence (qui se faisait alors en quatre ans) en droit, complétée par un diplôme d'études supérieures en droit public et en science politique. En lettres, on pouvait à l'époque obtenir une licence en validant quatre certificats dans des domaines extrêmement divers, allant de la littérature française à l'histoire contemporaine ou à la sociologie. Les cours en droit constitutionnel ou en libertés publiques que j'ai eus à la faculté ont beaucoup compté dans ma formation. Mais j'ai aussi été passionné, à la Sorbonne, par un cours portant sur Paris au XVIe siècle, ou par l'introduction à la sociologie et à la philosophie morale du grand Jankélévitch[1]. En termes d'ouverture d'esprit ce fut vraiment enrichissant, sans un effort qui m'eût paru insurmontable.

Il était plaisant d'additionner les connaissances générales synthétiques telles qu'on les acquérait à Sciences Po, et de décortiquer, une année entière, en lettres, *Les Liaisons dangereuses*, de Laclos.

Nous avons remarqué à l'époque, pour l'épreuve écrite d'histoire contemporaine à la Sorbonne, que les candidats ayant accès au cours (ou au polycopié) de René Rémond à Sciences Po, avaient tous une meilleure note que les autres !

Cela ne m'a pas empêché, d'autre part, de m'engager sur le plan syndical ou associatif, car les étudiants avaient plus de temps pour vivre une socialisation qui ne fût pas réduite à leurs heures de cours.

Pour ne pas couper le fil avec mon Maroc d'origine, j'ai choisi de réaliser mon mémoire de Sciences Po (facultatif, cela ne donnait que quelques points en plus pour le diplôme !) sur les partis politiques marocains depuis l'indépendance. Il m'a paru logique de m'y intéresser, parce qu'il n'existait pas d'ouvrages sur le sujet. Il y avait un livre très connu, de Robert Rézette[2], sur les partis au Maroc avant l'indépendance, et j'ai pensé excitant

1. Voir notamment Vladimir Jankélévitch, *Philosophie morale*, nouvelle édition, Paris, Flammarion, collection « Mille et une pages », 2019.

2. Robert Rézette, *Les Partis politiques marocains*, Paris, Armand Colin, 1955.

d'aborder la suite. J'ai eu la grande chance de trouver un directeur de mémoire membre du Conseil d'État, enseignant à Sciences Po, Louis Fougère, qui avait été directeur juridique du protectorat et qui connaissait parfaitement la vie politique de ce pays. Il était très ami avec tous les dirigeants politiques marocains et il m'a aidé à prendre contact avec ceux avec lesquels je n'avais aucun lien possible *a priori*. J'ai donc eu la chance de pouvoir rencontrer tous les leaders politiques du Maroc et d'avoir des échanges extrêmement fructueux, et fort utiles pour mon mémoire. J'ai pu parler des heures avec eux, ils m'ont accueilli dans leur bureau, parfois grâce au fait que je me nommais Cayrol et qu'ils avaient eu ma mère comme professeur d'arabe ! C'était d'ailleurs très émouvant de dialoguer avec des leaders marocains me parlant de ma mère, et de leurs souvenirs de classe avec elle, insistant sur son approche humaine et humaniste de l'enseignement[3].

L'un des grands plaisirs d'être à Sciences Po était l'évidente qualité de l'enseignement – nous applaudissions nos professeurs à la fin de leurs cours ! – et l'humanité des enseignants. Nous étions attachés à la personnalité de certains profs dès la première année. Georges Vedel,

3. À l'occasion de ce mémoire, j'ai retrouvé Mehdi Ben Barka, qui habitait alors Paris. J'allais le voir chez lui, rue Lauriston. Il m'a même proposé de tenir lui-même la plume, pour la rédaction des chapitres du mémoire concernant son parti, l'UNFP (ce que j'ai bien sûr refusé !). On sait qu'il sera enlevé devant la brasserie Lipp à Paris, le 29 octobre 1965, sur ordre du pouvoir politique marocain, des enquêtes révélant bien plus tard qu'il a été torturé et mis à mort – sans que son corps ne soit retrouvé.

dont l'humour égalait le savoir, Maurice Duverger, que j'avais aussi comme prof à la fac de droit, Jean Meynaud, qui enseignait alors l'économie, René Rémond, magnifique historien et homme d'une exceptionnelle générosité que je retrouverai, bien des années plus tard, notamment pour des face-à-face sur la radio suisse ; les politologues Georges Lavau et Alfred Grosser m'ont également beaucoup marqué, à la fois comme enseignants remarquables mais aussi comme profs avec qui on pouvait dialoguer, échanger. Nous avions avec eux de vraies relations de proximité, permettant d'avoir des conversations prolongeant les cours.

Et puis il y avait le fait que, contrairement à l'université, Sciences Po disposait d'une administration efficace – c'est toujours vrai aujourd'hui. Tout était organisé harmonieusement. Les salles étaient disponibles au bon moment. Conférences et séminaires commençaient à l'heure dite, et finissaient à l'heure prévue. Il y avait même, chose incroyable aujourd'hui, un vestiaire permanent à la disposition des élèves (les « dames du vestiaire » étaient des personnes adorées des étudiants) ! Grâce à ce fameux vestiaire, on n'avait pas à traîner son manteau et à trouver une place pour le déposer dans les amphis, comme en droit ou en lettres ! Bref, une facilité à tous égards pour travailler dans de bonnes conditions. Tout cela sous la houlette d'un directeur tout-puissant. À l'époque, c'était Jacques Chapsal, qui arrivait rue Saint-Guillaume en vélomoteur Solex, enlevant ses protège-mollets dans la rue. Un homme d'une époque révolue, dévoué à sa tâche et peu confiant dans l'informatique : alors qu'il était un peu compliqué de calculer les résultats au diplôme parce que chaque épreuve avait un coefficient différent, il refaisait, pour chaque étudiant, les calculs le concernant, le soir, à la main ! Je crois bien qu'il n'est jamais parvenu à prendre l'informatique en défaut…

Bien sûr, est-il besoin de le préciser, j'ai rencontré à Sciences Po, en deuxième ou en troisième cycle, parmi mes condisciples, beaucoup de ceux qui sont restés, à jamais, mes complices ou camarades personnels. Je pense, d'abord, à ma grande amie Évelyne Pisier (éminente spécialiste de l'histoire des idées, hélas éteinte), à François Dopffer (futur ambassadeur), à Michèle Cotta, à Alain Duhamel, à Bernard Dermineur, à bien d'autres.

Et j'y ai pratiqué le basket. Dans l'équipe – il avait quelques années d'avance sur moi, dans la maison –, un certain Lionel Jospin. Bien plus tard, lorsqu'il sera Premier ministre en exercice, la *team*, à l'initiative du journaliste Étienne Mougeotte et de l'ancien président de l'UNEF Georges Danton, l'invitera à déjeuner avec nous tous dans un restaurant du parc Montsouris, et lui offrira un maillot à son numéro de l'époque et un ballon signé par nous tous. Ravi, il nous quittera pour assister, de justesse, à la séance de 15 heures de l'Assemblée nationale, devant laquelle il devait plancher !

J'ai aussi eu la chance de suivre en Sorbonne le cours de sociologie politique de Raymond Aron. Je ne partageais pas ses idées politiques, son conservatisme, son anticommunisme de stricte obédience, mais le plaisir de l'entendre faire cours était total.

Le hasard a voulu que je ne puisse pas présenter son cours à mon examen de licence. Dans le certificat de sociologie générale, parmi les options, il y avait « sociologie politique », c'était celle que j'avais choisie pour entendre Aron. J'étais d'autre part, on le verra plus loin, secrétaire du Club Jean-Moulin. En juin 1965, quelques jours avant que j'aille passer l'épreuve écrite de sociologie politique, Georges Lavau m'appelle et me dit en substance : « Puisque vous m'envoyez comme négociateur du Club Jean-Moulin pour la “grande fédération”, créer éventuellement avec les socialistes, la démocratie chrétienne et les clubs de gauche, il me faut me défaire de plusieurs obligations. Or, poursuit-il, je dois être correcteur des épreuves du cours de sociologie politique d'Aron, je vous demande donc de bien vouloir me remplacer. » Je me suis senti obligé d'accepter et j'ai donc dû renoncer à être candidat à cette épreuve… sans quoi cela m'aurait conduit à corriger ma propre copie ! Personne ne l'aurait su, mais j'ai évidemment jugé cela moralement impossible. Voilà comment je n'ai jamais eu ce certificat d'une matière dont j'ai pourtant été le correcteur !

À bien y réfléchir, tous les professeurs que je viens de citer, qui ont laissé sur moi la trace indélébile de leur esprit et de leur brio, possèdent en commun des traits et des valeurs qui ont achevé de forger mes convictions personnelles : un attachement sans réserve à la démocratie pluraliste et une défense tenace du débat permanent de la société avec elle-même. Tout cela a constitué mon fil rouge politique. Je citais plus haut Alfred Grosser que j'ai énormément apprécié. Voilà quelqu'un qui n'a cessé de penser contre lui-même. Il montrait à ses élèves qu'on devait, toujours, mettre en cause ce qu'on venait de dire. Le progrès démocratique n'est possible que dans la remise en question permanente de toutes les assertions.

J'ai donc baigné dans un univers académique tendu vers le perfectionnement démocratique. Entre mon expérience de la colonisation/décolonisation, mon engagement politique au sein du Club Jean-Moulin, et les cours que j'ai pu ou voulu suivre, il s'est réalisé une osmose, et ma socialisation politique est sans aucun doute la résultante de toutes ces influences.

Chapitre III

MENDÈS FRANCE ET LE TEMPS DES CLUBS

Je suis entré au Club Jean-Moulin tout à fait par hasard. J'étais étudiant à Sciences Po, en même temps qu'au Panthéon et à la Sorbonne. L'ouvrage qui avait paru, sous la signature collective de ce club, *L'État et le Citoyen*, était un livre que tout le monde étudiait à Sciences Po[1]. On le considérait comme une référence, à la fois pour la haute qualité technique de ses dossiers que pour sa manière d'incarner une nouvelle gauche démocratique, favorable au changement institutionnel et au changement des pratiques politiques… Ce club passait pour être extrêmement fermé et technocratique et je ne pensais pas, une seconde, pouvoir l'intégrer.

Je cherchais un job d'appoint pour financer mes études, et j'en parle un jour à un vieux copain de Rabat, devenu plus tard journaliste au *Monde*, Jean-Claude Pomonti, que je rencontre par hasard. Il a peut-être une piste, mais pour deux ou trois mois seulement, car son frère, Jacques Pomonti, secrétaire du Club Jean-Moulin, doit partir faire ses classes au service militaire et il espère bien, dès après,

1. Club Jean-Moulin, *L'État et le Citoyen*, Paris, Seuil, 1961.

être rapatrié. Il s'agissait que je le remplace, provisoirement donc. Il me proposa d'aller voir de sa part Georges Suffert, journaliste connu à l'époque à *France-Observateur* (l'ancêtre de *L'Obs* actuel), et secrétaire général du club, pour vérifier si l'on pouvait s'entendre.

Chose dite, chose faite. Le contact avec Suffert est chaleureux et positif, l'affaire se conclut immédiatement.

Ensuite, le hasard a voulu que Pomonti restât au service militaire, ce service étant alors étendu à deux ans à cause de la guerre d'Algérie, et que ce qui ne devait être qu'un remplacement, devînt, à partir de fin 1962, une fonction que j'ai exercée pendant toute cette période (je demeurerai ensuite simple membre du club).

Le Club Jean-Moulin

Le club avait été créé par d'anciens résistants après la crise du 13 mai 1958 – la rébellion des responsables de l'armée française en Algérie, avec le soutien des pieds-noirs largement favorables à l'Algérie française, se ralliant au général de Gaulle, et provoquant son retour au pouvoir le 1er juin. Dans sa charte de fondation, en juillet 1958, il en appelait à « un nouveau civisme républicain ».

Le Club Jean-Moulin a été pour moi un lieu privilégié et une expérience irremplaçable. Le club était composé pour l'essentiel de hauts fonctionnaires ou de technocrates du privé et plus encore du secteur public, de professeurs d'université, d'animateurs d'associations et de syndicalistes, tous animés par un désir de modernisation sociale et politique de la France[2]. Pour moi, jeune étudiant, ce fut assez impressionnant mais extrêmement convivial aussi. En ma qualité de secrétaire (secrétaire général adjoint, tel était mon titre), j'étais automatiquement intégré au comité directeur du club, qui se réunissait toutes les semaines dans un restaurant de la rive gauche, *Le Vicomte*, rue de l'Ancienne-Comédie, pour organiser les travaux, décider de la sortie des textes, organiser des événements...

Le Club Jean-Moulin était ce qu'on appellerait aujourd'hui un *think tank*, avec un côté « groupe de pression démocratique », promoteur de l'idée de se servir de l'élection présidentielle au suffrage universel direct – proposée par le président de la République, le général de Gaulle, et votée par référendum le 28 octobre 1962 – pour bousculer le système politique français et promouvoir des réformes dans tous les domaines.

Il y avait à peu près tous les soirs des commissions de travail, qui se réunissaient au siège du club et parfois dans d'autres lieux de Paris, où des membres planchaient pour accoucher d'idées, rédiger des textes, inventer des actions possibles pour faire connaître les propositions du club.

J'ai retrouvé là des professeurs qui se trouvaient être les miens et qui sont rapidement devenus des amis ! On peut imaginer à quel point ce que j'ai vécu alors était curieux. Par exemple pour aller à notre rendez-vous du comité directeur du mardi, je prenais, près de Sciences Po, le bus 63 en compagnie de Georges Vedel, le doyen Vedel, dont j'étais un élève *lambda* ; il m'accueillit immédiatement

2. Claire Andrieu, *Pour l'amour de la République. Le Club Jean-Moulin, 1958-1970*, Paris, Fayard, 2002.

sans faire entre nous la moindre différence, malgré mon jeune âge et mon inexpérience. Je retrouvais aussi au club Maurice Duverger, qui était mon prof à la fac de droit, ou, un peu plus tard, Georges Lavau, qu'on avait fait muter de Grenoble à Paris pour l'avoir plus facilement à nos côtés.

Je rencontrais et discutais quotidiennement avec Georges Suffert, dont j'étais l'adjoint – la sympathie faite homme, un peu bourru mais ensuite d'un contact délicieux, catholique de gauche, journaliste de talent, bourré d'idées et de suggestions originales. Ou avec celui qui exerçait à nos yeux une fonction non écrite de président, Stéphane Hessel, l'évadé du camp de Buchenwald, le grand résistant, le diplomate dont je suivais les cours à Sciences Po et auquel je suis ensuite toujours resté profondément attaché. Hessel était l'animateur habituel de nos grands débats pléniers, dans lesquels il faisait régner ce que nous appelions en souriant le « miracle Hessel » : infatigable partisan de la discussion démocratique, réticent à l'idée de mettre fin à une polémique par un vote, préférant toujours qu'on discutât encore et encore, de manière à trouver une issue acceptable par tous. Et cela marchait !

J'ai aussi bénéficié de la présence de Simon Nora, résistant, ancien membre du cabinet de Mendès France, inspecteur général des Finances, connu aussi à l'époque par son animation des pages économiques de *L'Express*, également mon professeur à Sciences Po, un homme d'une intelligence, d'une finesse et d'une élégance remarquables, à qui je dois beaucoup, dans ma formation intellectuelle et économique. Ou Olivier Chevrillon, conseiller d'État et alors directeur au ministère de la Coopération, d'un humour cultivé et mordant, qui, après un passage à *L'Express*, sera l'un des fondateurs de l'hebdomadaire *Le Point* avant de devenir directeur des Musées de France. Ou le commissaire adjoint au Plan, futur patron de l'Insee et secrétaire général adjoint de l'ONU, Jean Ripert, animateur éclairé de tous nos débats économiques, au contact si chaleureux. Ou encore le sociologue Michel Crozier, vite devenu mon ami, dont le centre de sociologie était situé au-dessus des bureaux du club, rue Geoffroy-Saint-Hilaire – il a souvent eu un rôle moteur dans nos réflexions[3], et dans ma propre socialisation[4]. Ou François Bloch-Lainé, inspecteur général des Finances, ancien directeur du Trésor, alors à la tête de la Caisse des dépôts, qui s'amusait d'avoir refusé huit fois une nomination comme ministre des Finances ! Je me dois bien sûr de mentionner Marcel Gonin, membre du bureau confédéral de la CFDT, ancien ouvrier-tourneur mais véritable intellectuel de la vie sociale, ou encore Lucien Douroux, ancien paysan, secrétaire général du Centre national des jeunes agriculteurs et qui sera plus tard patron national du Crédit agricole. Jean Lecuir, historien et ancien de l'UNEF, qui restera mon ami, Jacques Julliard, avec

3. François Chaubet, « Michel Crozier et le CSO, un entrepreneur sociologique de la réforme de l'État », *Revue historique*, 3, 2012, p. 659-681. Le CSO était le Centre de sociologie des organisations, qu'animait Crozier.

4. Voir notamment Michel Crozier, *Le Phénomène bureaucratique*, Paris, Seuil, 1963 – toujours disponible en édition de poche dans la collection « Points » ; *La Société bloquée*, Seuil, 1970, également disponible aujourd'hui dans la collection « Points ».

qui les échanges seront toujours fructueux, stimulants et conviviaux, Joseph Rovan… ou Michel Rocard, que nous allons retrouver longuement dans ce livre. Tant d'autres encore…

En assurant la direction technique du secrétariat du club, composé de six personnes qui faisaient tourner la boutique, j'ai ainsi fait la connaissance, et travaillé avec beaucoup d'acteurs importants de la société française, alors que je n'avais que 21 ou 22 ans et que j'étais étudiant. Et ils m'ont accepté comme un des leurs.

Nous avons développé une belle activité de publication. Cette activité se composait de livres, d'articles, de tribunes dans la presse, d'un bulletin mensuel assez largement diffusé, et d'une collection « Jean Moulin » au Seuil – les fondateurs et animateurs du Seuil, le très fin Paul Flamand et Jean Bardet, étaient membres du club, et eux aussi m'intégrèrent tout de suite à leurs travaux et à leur activité d'éditeurs.

Pour l'écriture des dossiers les plus techniques, nous étions d'autant mieux implantés dans les sphères de la technocratie qu'il arrivait que des directeurs d'administration centrale, membres du club, y fissent venir des fonctionnaires moins huppés, mais qui travaillaient avec eux et dont ils savaient qu'ils étaient très au point sur les dossiers ! Nous avons donc bénéficié d'une véritable immersion dans l'État, que probablement aucun autre club ou *think tank* n'a connue.

Sur le plan de la vie politique, nous avions en partage une commune exécration des partis de la IVe République qui avaient failli, et notamment le Parti socialiste SFIO de Guy Mollet.

C'est pourquoi notre idée était que la France – et la gauche – se serve de la nouvelle élection présidentielle au suffrage universel direct pour renouveler le personnel politique français. D'où l'opération « Monsieur X » en faveur de Gaston Defferre, sur laquelle je reviendrai un peu plus loin.

Nous intervenions dans de nombreux secteurs. Un exemple : nous étions prévenus de condamnations à mort de militants algériens – en Algérie par des tribunaux militaires –, alors qu'ils n'avaient commis aucun crime. Nous intervenions auprès d'Edmond Michelet, ami du club (quand il était garde des Sceaux de 1959 à 1961, puis siégeant au Conseil constitutionnel), qui savait comment les arracher des griffes de l'armée.

Autre exemple, très différent : Alain Peyrefitte, ministre de l'Information, avec qui nous n'avions guère au départ d'atomes crochus, a demandé à nous parler pour nous faire savoir qu'il entendait rompre avec le contrôle total de l'information dans le service public de radio-télévision, et qu'il tenait à prouver que les choses changeaient dans le sens de plus de démocratie. Il se disait prêt à en donner des gages. Or à l'époque, deux journalistes de télévision avaient été mis à pied : Joseph Pasteur et Michel Péricard (que nous ne connaissions pas personnellement). Nous lui avons fait valoir que la première chose à faire, symboliquement, serait de les réintégrer. Peyrefitte nous a promis de s'en occuper et il l'a fait.

Ce rôle de lobbying, associé au désir de faire progresser les choses dans la conduite de l'État, a donné au Club Jean-Moulin une sorte d'aura particulière, avec un zeste de mystère car personne ne savait exactement qui en était membre ; les publications étaient toujours signées au nom du club, sans préciser les auteurs. Et à part Georges Suffert qui était assez bien identifié à l'extérieur, il n'y a jamais eu d'apparition officielle d'un membre en tant que tel. Lorsqu'on avait des réunions, par exemple tous les ans lors d'un grand rassemblement à l'abbaye de Royaumont, nous invitions parfois quelques orateurs extérieurs, mais l'audience se restreignait aux membres du club, et l'accès n'était pas ouvert au public. Il n'y a jamais eu d'opérations publiques et cela a probablement contribué à ce côté un peu mystérieux, d'une sorte de franc-maçonnerie active. Il faut reconnaître que ce halo était d'autant plus entretenu que parmi les fondateurs il y avait, je l'ai dit, un certain nombre d'anciens résistants, certains très connus. Notre président d'honneur était un homme merveilleux et délicat, Daniel Cordier (l'ancien secrétaire de Jean Moulin pendant la guerre, galeriste) et c'est d'ailleurs grâce à lui et à sa médiation auprès de Laure Moulin, la sœur de Jean Moulin, que le club pouvait porter ce nom.

Et puis, c'était une période où l'on se disait que les techniques de la Résistance pourraient peut-être redevenir utiles. Il y avait alors des réseaux d'extrême droite qui s'organisaient pour l'Algérie française et le club voulait se tenir prêt éventuellement à agir contre ces réseaux. Il existait ainsi une section qui s'est appelée le « Club bis », qui était vraiment secrète, sous l'autorité notamment d'un de mes collègues, le sociologue Alain de Vulpian (cofondateur de la fameuse Cofremca, société d'études de marché), et de Jean Védrine, ancien « vichysto-résistant » et président en 1945 de la Fédération nationale des prisonniers de guerre – le père d'Hubert Védrine. Ce Club bis organisait avec des militaires d'active un certain nombre de réseaux. À Paris, ils se réunissaient souvent au Cercle militaire, cela restait en dehors des activités principales du club. Mais cela renforçait sans doute cet aspect décidément secret.

Lorsque, à la suite du putsch des généraux à Alger, Michel Debré a fait savoir, le 23 avril 1961 à la radio-télévision, que des parachutistes pouvaient arriver dans Paris (« Dès que les sirènes retentiront, allez-y, à pied ou en voiture, convaincre des soldats trompés de leur lourde erreur »), Georges Suffert, muni de son casque, et des membres du Club bis sont allés au ministère de l'Intérieur pour se mettre au service de la République, en cas de besoin. Si cela peut faire sourire aujourd'hui, voire paraître incroyable, cette anecdote permet de restituer l'état d'esprit au sein du Club Jean-Moulin, à la fois technocratique, politique, mais aussi attaché à renouer avec l'esprit de la Résistance si la nécessité s'en faisait sentir, pour défendre les idéaux républicains et patriotiques.

Au sein du club, nous n'avions pas une grande tendresse pour le personnel politique. Nous étions passablement méfiants envers les élus, en raison de leurs actions passées et présentes. Cela explique qu'on trouve peu de membres qui ont eu ensuite envie d'embrasser une carrière politique, au-delà bien sûr d'un éventuel mandat d'élu local. Nous avons pu entrer en discussion avec quelques élus, notamment Gaston Defferre, en 1962-1963, mais le club n'avait pas du tout vocation à promouvoir de telles carrières. On hébergeait bien sûr quelques militants partisans ou syndicaux importants, mais ils étaient minoritaires.

Mon investissement au sein du Club Jean-Moulin correspond alors parfaitement à ma façon de concevoir l'engagement dans la cité. C'était à la fois une fonction d'observation et d'analyse politique, où la notion de dossier, de projet, était centrale. Il y avait aussi une influence du catholicisme de gauche (personnellement, je suis athée), notamment dans le vocabulaire politique, qui entendait rompre avec le vocabulaire marxiste imprégnant alors beaucoup la gauche française. Il y avait une volonté, assise sur l'observation de la réalité concrète, qui me convenait très bien, avec l'élaboration de textes et une méfiance instinctive devant la capacité permanente des politiques à ne pas tenir leurs promesses – nous ressentions une nécessité très profonde de les encadrer et surtout de donner la parole aux citoyens.

Le citoyen est central dans la pensée du club. Sa principale production éditoriale de l'année 1961 avait été, je l'ai mentionné, *L'État et le Citoyen*[5], posant à chaque page les articulations possibles entre ce que fait le citoyen et ce que peut faire l'État, jusques et y compris un chapitre sur la vie privée, qui n'était pas du tout habituel à l'époque. Tout cela me plaisait beaucoup, et de surcroît j'y trouvais la possibilité d'une action politique concrète.

À partir de nos réflexions, nous essayions d'influer sur la vie politique pour changer les appareils, en nous inscrivant dans l'acceptation de l'élection présidentielle au

5. Le secrétaire général de la Fondation nationale des sciences politiques, Jean Touchard, publiera deux ans plus tard une note de lecture, critique mais positive, sur ce livre et ses suites, *Revue française de science politique*, n° 13 (2), 1963.

suffrage universel – ce qui n'était alors pas évident, tous les partis de gauche l'ayant combattue.

Nous étions très amis avec Pierre Mendès France. Mais si nos liens étaient forts avec lui, cet enjeu de la présidentielle au suffrage universel était le point sur lequel notre désaccord est resté total jusqu'au bout. Mendès a toujours été persuadé que l'élection présidentielle au suffrage universel était intrinsèquement perverse. En son essence, elle ne pouvait que déboucher sur une volonté de pouvoir personnel, alors que la politique, c'est un jeu de poids et de contrepoids.

C'était d'autant plus évident pour Mendès que c'était le général de Gaulle qui était l'auteur de la proposition ; il pensait bien que le général pourrait se servir de cette élection présidentielle pour renforcer son pouvoir dans les années à venir. Et *a fortiori*, que pouvait-on attendre des successeurs du général ? Nous, au club, nous pensions que général ou pas général, c'était un des moyens de donner la parole au peuple, de lui faire choisir directement son décideur politique, et que c'était mille fois préférable à tous les passages par tous les appareils partisans et tous les militants. Les responsables du club ont essayé de convaincre Pierre Mendès France d'être quand même un jour candidat à la présidence de la République, avec à ses côtés, dans la campagne, Eugène Descamps, le secrétaire général de la CFTC, qui était en train de faire voter la déconfessionnalisation du syndicat pour en faire la CFDT. Mais il a continué à opposer une dénégation têtue, annihilant le rêve du Club Jean-Moulin.

Amis de Pierre Mendès France, pleinement, mais pas en permanence adorateurs béats ! Je me souviens, un peu plus tard, d'un meeting électoral tenu par Mendès, dans le cadre de sa candidature à Grenoble, en 1967. Après cette réunion fort enthousiaste, nous étions allés dîner dans un restaurant, Pierre Mendès France, son épouse Lily et moi. Et voilà que le président (tout le monde l'appelait « le président », sans doute depuis qu'il avait été président du Conseil en 1954-1955) me demande si je me suis senti d'accord avec toutes ses propositions. Je me suis entendu lui expliquer, tout de go, que je n'étais, en tout cas, pas d'accord avec cette idée, exprimée dans son discours, que la division des deux Allemagnes était « le prix à payer pour le maintien de la paix en Europe ». Notre échange fut long et vif – je n'ai pas changé d'avis. On verrait que, même dans les années 1980, Mitterrand aurait la même conception – affaire de génération, sans doute…

Amis de Pierre Mendès France, donc. Admirateurs de son action passée, pendant la guerre, et pendant toute la IVe République, en premier lieu de son gouvernement. Certains regrettaient que Mendès ait plus marqué la politique par des chausse-trappes de la part de ses adversaires ou des refus qu'il a opposés plutôt que par des actions positives.

Chausse-trappes : par exemple, alors que la campagne électorale de la gauche en 1956 (sur le thème de la paix en Algérie) avait été conduite devant l'opinion par Mendès France, le président de la République, René Coty, l'aurait ensuite privé de sa victoire et préféré désigner Guy Mollet, le secrétaire général du Parti socialiste SFIO, comme président du Conseil.

Un jour de 1966, j'ai eu l'occasion de rédiger un article sur PMF, pour la revue *L'Événement* dirigée par le compagnon de la Libération Emmanuel d'Astier de La Vigerie, et dont la rédaction en chef était assurée par mon ami Michel-Antoine Burnier. Je reprenais, dans cet article, l'anecdote de 1956 et de l'attitude de René Coty. J'ai envoyé mon projet de papier à Pierre Mendès France, et celui-ci m'a invité à venir le voir chez lui.

Là, il m'explique que je suis entièrement maître de ce que j'écris mais que je dois savoir une chose : cette histoire, souvent reprise, est fausse ! Et Mendès me raconte que René Coty l'a bel et bien appelé en premier pour le désigner pour Matignon. Que c'est lui, Pierre Mendès France, qui a refusé. Ahuri, je lui demande pourquoi. Et Mendès de m'expliquer : « Le premier problème à régler était celui de la paix en Algérie, par des négociations. Et il m'est apparu évident que l'opinion française verrait d'un très mauvais œil que ce fût un Juif qui devînt chargé de ce dossier. » J'ai été sidéré de cette révélation. J'aurais, plus tard, l'occasion de l'évoquer avec Michel Jobert, et avec plusieurs proches de PMF : aucun n'en avait entendu parler…

Au sujet de ses refus obstinés, certains gardaient en mémoire 1944 où, ministre de l'Économie du général de Gaulle, Mendès avait proposé, parmi diverses mesures, un échange des billets de banque dans le pays – pour le remettre en ordre et lutter contre le marché noir. Son collègue Pleven, aux Finances, n'en voulait pas, estimant que les Français avaient déjà connu trop de désagréments. De Gaulle inclinant pour Pleven, Mendès envoya immédiatement une belle lettre de démission. N'aurait-il pas pu rechercher un compromis, d'autant que, s'il avait raison sur le fond, l'argument de l'état de l'opinion était plutôt bon ?

Mais tous ceux qui regrettaient l'obstination de PMF pensaient alors surtout à son hostilité fondamentale à l'élection présidentielle au suffrage universel. C'était assurément le sentiment très dominant, au sein du Club Jean-Moulin.

Bref, je me suis reconnu pleinement dans la ligne directrice du club, de mettre le citoyen au centre du jeu, au centre de la politique (y compris par l'élection présidentielle au suffrage universel direct), et aussi de revaloriser le Parlement.

Nous avions publié une note intitulée *L'heure du Parlement*, qui avait rencontré un certain succès. Nous pensions qu'on avait assez épuisé les charmes d'une Ve République purement gaullienne et qu'il fallait redonner au Parlement toute sa vigueur dans les institutions de la Ve. J'ai fortement adhéré à ce programme. Je le redirais aujourd'hui !

Je ne suis pas sûr que j'y aurais adhéré pleinement, avant d'entrer au club. Même si je n'avais pas l'âge de voter au référendum de 1958 sur la Constitution, il est probable que j'aurais voté non à la nouvelle République, en bon mendésiste que j'étais déjà dans mes jeunes années. J'avais évolué un peu durant mes études, et le Club Jean-Moulin m'a aidé à asseoir mon raisonnement, mes convictions en la matière.

Mes années au Club Jean-Moulin ont donc été de véritables années de formation, à la fois comme étudiant et comme citoyen. J'allais tous les soirs à des réunions. J'ai relu tous les textes ; en tant que secrétaire général adjoint, je me sentais en partie responsable de tout ce qui sortait des commissions. Et j'y ai suffisamment adhéré pour que cela m'ait vraiment profondément marqué. J'ai le sentiment que là a été le logiciel à partir duquel j'ai travaillé ensuite toute ma vie. La conjoncture a changé, l'offre politique a changé, les événements de l'actualité ont changé, moi-même j'ai pu évoluer. J'ai été à un moment plus à gauche, pas tant au PSU – car en vérité j'étais plutôt dans l'aile qui correspond à ce que je viens de décrire – qu'ensuite, dans les années qui ont suivi mon départ du PSU, sans doute à cause de mon aversion pour la social-démocratie de l'époque. Peut-être aussi parce que je n'ai jamais eu pour Mitterrand un goût très prononcé. Sans doute ai-je été au bord d'une dérive gauchiste, notamment quand je suis entré au magazine *Politique Hebdo*, créé par mon futur ami Paul Noirot en octobre 1970 après son exclusion du PCF. Mais à l'heure du bilan, je considère que la matrice originelle du Club Jean-Moulin est quand même restée la mienne durant toutes mes années de politologue et de citoyen.

Dans cette matrice se trouve un dilemme. Je défends l'idée qu'on ne peut pas faire de démocratie sans parti politique, donc j'ai toujours plaidé pour l'existence des partis, mais j'ai également toujours été extrêmement sévère et déçu à l'égard de toutes les structures partisanes que j'ai pu observer, que j'ai pu étudier comme chercheur. Il y a eu chez moi ce mélange de croyance dans le fait qu'être contre les partis était une voie sans issue car il faut des partis pour sélectionner un personnel politique, tenir des élections, articuler des programmes à partir de discussions qui se font entre ses membres d'une manière aussi démocratique que possible, mais j'ai toujours eu, en même temps, le sentiment que les partis remplissaient mal, voire pas du tout, ces rôles, qu'ils les usurpaient. J'ai partagé beaucoup des opinions que j'enregistrais dans les sondages sur le fait que les partis fonctionnaient mal et que dans la politique, les responsables faisaient plus attention à leur carrière qu'à l'intérêt général. C'est la raison pour laquelle je n'ai jamais été tenté par la moindre aventure politique, ni eu la moindre envie de prendre une carte dans un parti et moins encore d'y jouer un quelconque rôle dirigeant. J'ai donc toujours adheré à cette double dimension : oui à la politique, oui aux partis, oui à la reconnaissance de la nécessité des partis, mais non aux partis tels qu'ils fonctionnaient, non aux appareils. Et donc je plaide pour une régénérescence politique, dans la perspective de donner un rôle plus important aux citoyens, nous avons besoin aussi de mieux prendre en compte le syndicalisme et le mouvement associatif. Oui, cet idéal est resté une constante de mes préférences politiques.

Avec le recul, les dérives de l'élection présidentielle au suffrage universel direct craintes par Pierre Mendès France ne sont pas survenues. D'abord, je remarque que les Français interrogés régulièrement sur cette question ont toujours dit, dans des proportions considérables, de l'ordre de 80 %, qu'ils étaient favorables à ce mode de scrutin. Et ce, avec un argumentaire étonnant que l'on trouve dans les études qualitatives : les Français ont le sentiment que l'élection présidentielle au suffrage universel est leur conquête, qu'ils l'ont arrachée au système politique. Ils oublient donc un peu vite que ce fut une proposition du général de Gaulle, faite à la télévision. Il avait expliqué que ce n'était pas pour lui car il avait la « légitimité de l'histoire », mais pour ses successeurs : la seule légitimité étant celle conférée par le suffrage, il fallait pouvoir la leur donner à l'avenir. Avec cette idée complémentaire et additionnelle que dans une élection à deux tours, l'un des deux derniers candidats avait la garantie arithmétique d'obtenir la majorité absolue des suffrages exprimés, acquérant ainsi une véritable légitimité électorale. Les Français sont restés attachés à cette conception, comme s'ils l'avaient élaborée eux-mêmes. Aujourd'hui encore, malgré la baisse croissante de la participation électorale des citoyens, on ne peut pas, disent-ils, leur « enlever » ce scrutin ; voilà pourquoi c'est la seule élection qui fonctionne encore vraiment, avec une participation restée importante. Les citoyens français continuent à penser que c'est la reine des batailles, car elle leur donne le sentiment d'avoir la capacité de décider.

Ce qui est vrai en revanche, c'est que progressivement le déséquilibre des pouvoirs s'est affirmé, très vite sous le général, et cela n'a fait que croître et embellir au fur et à mesure que les présidents se sont succédé.

Il existe depuis 1962 un déséquilibre trop important des pouvoirs. J'ai toujours été de ceux qui ont plaidé pour faire en sorte que les autres institutions, le Parlement, le Conseil constitutionnel – éventuellement revu dans sa composition –, l'ensemble des contre-pouvoirs soient revalorisés, et aussi que la démocratie représentative accepte d'être en permanence complétée, concurrencée, par une démocratie participative citoyenne.

Je l'ai toujours pensé, et à vrai dire, je le pense plus encore aujourd'hui. Nos institutions sont devenues de plus en plus marquées par une présidentialisation excessive. C'est pourquoi je n'ai pas été si mécontent que cela du fait qu'il n'y ait pas eu de majorité absolue lors des dernières législatives de 2022 : on allait peut-être vivre enfin la face parlementaire de la Vᵉ République !

L'opération « Monsieur X », en 1963-1964

À partir de 1963, nous pensons qu'il ne faut pas seulement écrire des textes pour promouvoir nos idées mais aussi faire en sorte qu'émane une candidature de renouvellement du monde politique, en particulier de la gauche. On a cherché qui pourrait incarner cette orientation. Nous n'avions pas de passion particulière pour Gaston Defferre, mais en relisant tout ce qu'il avait fait et dit dans sa carrière, nous avons eu le sentiment que lui n'avait jamais été pris les doigts dans le pot de confiture, qu'il n'avait jamais transigé avec les principes démocratiques, qu'il avait à son actif une action au gouvernement dans l'ensemble positive, qu'il ne s'était pas couché devant Guy Mollet et l'appareil socialiste. Il avait construit une image faite d'une certaine austérité sans doute mais avec une authenticité réformatrice, une volonté de tenir bon face aux arcanes de la IVᵉ République. Dès lors qu'une solution Mendès était impossible, nous avons donc estimé être prêts à lui accorder notre confiance. Et Mendès France nous a dit le plus grand bien de l'homme.

Nous nous y sommes pris tout à fait comme des amateurs. Nous sommes allés voir Gaston Defferre à Marseille, qui nous a reçus dans son bureau de la mairie et sur son bateau. Il est tombé littéralement des nues, ne s'attendant absolument pas à une telle proposition : être candidat à la présidence de la République ! Il n'a pas non plus été choqué, juste étonné et, je pense, flatté qu'on pense à lui pour cette fonction. Il a été convenu de se revoir. Ce que nous avons fait un certain nombre de fois, en constatant des convergences réelles et sérieuses, et donc en actant une possibilité de travailler ensemble.

Entre-temps, Georges Suffert, journaliste à *France-Observateur*, est passé à *L'Express*, il a fait part de cette possible opération à son nouveau patron, Jean-Jacques Servan-Schreiber. Ce dernier, qui n'était pas membre du club, a pensé qu'il ne fallait pas sortir du chapeau cette candidature Defferre, car cela risquait de poser un problème insoluble à l'intérieur du Parti socialiste et dans l'ensemble de la vie politique française. Il fallait, plutôt, selon lui, faire une campagne de communication autour de qui pourrait être l'homme qui renouvelle la vie politique française. Ce fut donc, grâce à « JJSS », l'invention, et le lancement, d'une campagne en faveur de « Monsieur X », dans laquelle *L'Express* a joué un rôle moteur.

Bien sûr, les articles sur « Monsieur X » vont de plus en plus ressembler, au fil des mois, au portrait de Gaston Defferre ! Ce « Monsieur X » a beaucoup intrigué, intéressé. Tout le monde en parlait, chacun s'interrogeait sur l'identité du personnage. L'opération de communication a très bien réussi. J'ai participé à cette opération. En plus de mon bureau au club, j'ai hérité d'un bureau à *L'Express* à côté de celui de Servan-Schreiber (super actif, fort sympathique mais dépourvu du moindre humour), pour organiser les choses, inventer des histoires de « Monsieur X » qui ressemblent à celles de Gaston Defferre, sans jamais vendre la mèche. On s'est bien amusés, avec la satisfaction réelle de voir qu'en termes de communication, cela fonctionnait et que le reste des médias s'y intéressait. « Monsieur X » a vécu jusqu'au moment où il a bien fallu que Defferre fût forcé d'annoncer sa candidature. Bien accueillie, dans l'ensemble !

Nous avons continué à travailler avec lui sur la candidature et sur le programme. J'ai participé au discours que Gaston Defferre a prononcé devant le congrès socialiste pour s'opposer à Guy Mollet et proposer sa candidature. Ce discours a été techniquement assez baroque. Les communicants avaient décidé que pour faire moins âgé, Gaston Defferre ne devait pas porter de lunettes, or il devait lire son discours. On le lui a donc fait dactylographier sur des feuilles où il devait y avoir dix mots par page, pas plus.

À la demande de Jean Touchard, le secrétaire général de la Fondation nationale des sciences politiques, mon patron à Sciences Po (qui a affecté de ne pas savoir que j'étais déjà mêlé à cette entreprise), j'étais même allé chercher des phrases de Jaurès, justifiant l'abandon de la tradition lorsqu'on veut aller plus loin dans le progrès !

Le congrès socialiste a été un grand succès. Réuni du 30 mai au 2 juin 1963, il vit Defferre dominer véritablement les débats. Et une seconde session du congrès, les 1er et 2 février 1964, entérina le soutien des socialistes à la candidature présidentielle du maire de Marseille.

Nous avions le sentiment que les choses partaient bien. Nous avions, en liaison avec le candidat, créé des comités « Horizon 80 » pour porter cette candidature et son projet. L'ensemble se voulait un programme de changement portant sur deux septennats. Ces comités fonctionnaient parfaitement. Le lien avec le Club Jean-Moulin mais aussi avec les autres clubs de gauche s'établit en bonne harmonie.

Mais sur le plan politique, l'échec va être consommé avant l'été 1965. François Mitterrand n'avait pas caché son souhait de créer une fédération des formations de la gauche non communiste. Beaucoup d'entre nous pensions que c'était une façon de rapiécer purement et simplement le Parti socialiste SFIO.

Tant qu'à faire, pour avoir une grande formation à vocation gouvernementale, qu'on a appelée la « grande fédération », la plupart d'entre nous (pas vraiment moi !) avons pensé avec Gaston Defferre qu'il fallait, de fait, ajouter aux forces de gauche non communistes, une aile centriste, avec le MRP.

Gaston Defferre avait toujours bénéficié à Marseille de l'alliance centriste, et au fond, il a toujours été convaincu que c'était indispensable pour la présidentielle, sans doute plus que beaucoup d'entre nous. Il a progressivement fait de la construction de la grande fédération la condition *sine qua non* du maintien de sa candidature. Certains centristes étaient parfaitement en phase avec cette idée, mais le MRP n'avait aucune envie de s'embarquer dans une formation politique nouvelle, en lieu et place des habituelles majorités de gouvernement qu'il avait pu contracter, notamment avec les socialistes. Il a donc opposé une résistance plus ou moins ouverte mais bien réelle. Et tout s'est terminé pour nous le 18 juin 1965, lors d'une réunion nocturne où je n'étais pas. Comme je l'ai indiqué plus haut, c'est Georges Lavau[6] qui fut envoyé pour représenter le Club Jean-Moulin à cette discussion sur l'éventuelle création d'une confédération. La défection des centristes a été constatée et donc l'impossibilité de construire cette grande fédération. Gaston Defferre ayant lié sa candidature à cette opération partisane, il a renoncé à se présenter et a ainsi ouvert la voie à une candidature de François Mitterrand.

Mitterrand présente sa candidature le 9 septembre. Le 10, il préside à la création de la Fédération de la gauche démocrate et socialiste (FGDS), regroupant la SFIO de Guy Mollet, le Parti radical dirigé par René Billères, la Convention des institutions républicaines, de Mitterrand lui-même, et les deux unions de clubs socialistes, l'UGCS et l'UCRG, respectivement animées par Jean Poperen et Alain Savary.

La première sortie privée de François Mitterrand une fois désigné candidat unique de la gauche s'est faite… devant l'assemblée du Club Jean-Moulin où il nous déclare tout de go : « Il était normal que je vienne devant vous en tout premier car c'est à vous et à votre échec que je dois ma candidature. Vous avez réussi à faire la preuve qu'il n'y avait pas de grande coalition possible avec les centristes. Moi, je serai donc le candidat de la gauche,

---

6. Georges Lavau a été l'auteur, pour l'essentiel, du livre du Club Jean-Moulin, *Un parti pour la gauche*, Paris, Seuil, 1965. J'en ai présenté la recension dans la *Revue française de science politique*, vol. 15 (2), 1965.

encore bravo et merci. » Ce soir-là, il nous a traités certes avec une certaine courtoisie, mais surtout avec une ironie cinglante.

Les Assises de la démocratie

Le résultat de tout cela est que nous avons été confrontés au dilemme politique de savoir si on allait voter ou pas pour François Mitterrand – auquel chacun a répondu à sa façon –, car parmi les membres de nos clubs, on ne rencontrait guère de sympathie pour lui. Il restait quand même le ministre de l'Intérieur de 1954, qui avait envoyé à la mort un grand nombre de militants algériens ; c'était l'auteur, au Parlement, de la fameuse phrase : « L'Algérie, c'est la France, tous les moyens seront réunis pour que la force de la nation l'emporte, quelles que puissent être les difficultés et les cruautés de cette tâche ! » Comprendre : la seule négociation, c'est la guerre ! C'était aussi à nos yeux le symbole du politicien classique, venant d'un groupe central de l'Assemblée nationale, son UDSR, qui lui avait permis d'être ministre onze fois sous la IVe République, pour ne pas y faire une politique très progressiste.

Pour moi, cet échec a aussi préparé une évolution dans mon engagement. Pendant les actions du Club Jean-Moulin, nous nous étions aperçus qu'il existait un certain nombre d'autres clubs en France, menant le même genre de réflexion et d'actions à Paris et en province. À Paris, nous connaissions bien un club issu directement des milieux catholiques de gauche qui s'appelait Citoyens 60, animé par Jacques Delors. Nous étions amis car intellectuellement et politiquement très proches. Nous avions donc entamé des discussions avec ce club. J'ai rencontré Jacques Delors un grand nombre de fois pour mettre sur pied toute une série de collaborations. J'ai beaucoup apprécié cet homme et, depuis lors, nous nous sommes revus souvent et j'ai toujours conservé une grande sympathie pour lui. Rocard et Delors avaient des relations très amicales, teintées d'une petite pointe de concurrence. Ces relations fondées sur une réelle amitié ont toujours permis que la concurrence se fasse dans des conditions d'une courtoisie parfaite. Je me souviens d'un dîner chez un fidèle mitterrandiste, Maurice Benassayag, auquel participait Jacques Delors qui avait, lui, fait le pari de l'alliance, au sein du PS, avec Mitterrand. Les convives se sont mis à dire du mal de Michel Rocard. Jacques Delors les a interrompus : « Je ne permettrai pas une discussion de cette nature. Avec François Mitterrand, Michel Rocard est le seul homme d'État de notre camp, il n'est pas question de l'attaquer devant moi. »

Pas exactement l'attitude d'un Roger Hanin, que j'entendrai, en 1984, insulter Rocard devant Mitterrand – celui-ci lui avait dit : « N'en rajoutez pas, ce pauvre Rocard est bien mal en point. » Et Hanin de répondre : « Les mecs comme ça, c'est quand ils sont à terre qu'il faut les piétiner ! »

Bon, missionné par Georges Suffert, j'ai pris mes petites affaires et suis allé à la rencontre, dans plusieurs villes, des clubs politiques les plus actifs : le Cercle Tocqueville à Lyon, Démocratie nouvelle à Marseille, Positions dans l'Allier, notamment.

Au vu de nos convergences d'analyses, nous sommes tous tombés d'accord pour dire qu'il fallait organiser un rapprochement. Cela s'est fait les 25 et 26 avril 1964, à Vichy[7], où j'ai beaucoup contribué à l'organisation des « Assises de la démocratie[8] », qui se voulaient une manifestation publique massive regroupant onze clubs et un peu plus de mille personnes venant à leurs frais, avec la présentation de nombreux rapports de qualité. Ce fut une action très visible dans la presse et dans le milieu associatif. Un des moments qui permirent une relance de l'activité associative dans des endroits où des gens se croyaient souvent tout seuls. Ils s'apercevaient qu'en réalité nous étions un courant politique, qui pouvait s'affirmer comme tel.

Cela m'a valu un appel de Charles Hernu qui était l'un des plus proches collaborateurs de François Mitterrand et alors à la tête du Club des Jacobins, un club d'une gauche traditionnelle extrêmement laïque, mitterrandiste, qui siégeait au 25 de la rue du Louvre, à Paris. Je mentionne cette adresse car tous les autres clubs mitterrandistes étaient domiciliés au même endroit, c'est dire l'importance réelle de ces clubs, qui étaient surtout des couvertures pour la mitterrandie politique ! À sa demande, je suis donc allé voir Charles Hernu pour m'entendre reprocher d'avoir organisé les Assises de la démocratie sans les inviter. J'ai

7. Georges Lavau, « Les clubs politiques », *Revue française de science politique*, 15 (1), 1965, p. 103-113. Roland Cayrol, Georges Lavau, « Les clubs devant l'action politique », *Revue française de science politique*, 15 (3), 1965, p. 555-569.

8. Michel Rocard en a fait un compte-rendu mi-élogieux mi-critique sous son pseudonyme de Georges Servet, dans l'éditorial du n° 194 de *Tribune socialiste*, le 9 mai 1964, qui reste accessible en ligne.

dû lui expliquer que nous avions choisi des clubs qui, selon une approche programmatique commune, conduisaient un véritable travail, et qu'on ne pensait pas que c'était exactement leur cas. Cela l'a rendu extrêmement furieux. Il m'a dit : « Si c'est comme ça, je vais faire donner toute la franc-maçonnerie et vous allez voir ce que vous allez voir ! » On n'a évidemment jamais rien vu !

Après tout cela, Jacques Pomonti, revenu du service militaire, a retrouvé comme prévu son poste au Club Jean-Moulin. Lui était convaincu d'un nécessaire rapprochement avec la FGDS, comme beaucoup d'autres membres du club. Cela ne m'intéressait plus et j'ai peu à peu espacé mes visites au club jusqu'à ne plus y aller, durant l'année 1966. Je suis ensuite resté à l'écart de la vie politique, jusqu'en octobre 1967, quand Michel Rocard m'a demandé de le rejoindre pour travailler à ses côtés. Une autre aventure exaltante a commencé, pour parfaire ma formation politique.

Chapitre IV

AVEC (ET SANS) ROCARD

J'ai connu Michel Rocard au Club Jean-Moulin, fin 1962. Durant cette période, où j'en étais le secrétaire, il était un personnage qui, tout en étant plus étiqueté à gauche que la majorité des membres du club, était extrêmement présent dans les débats, et a marqué la vie de l'association. Même s'il n'était pas au comité directeur, ni président de commission, c'était un orateur que les membres écoutaient toujours avec intérêt, car il connaissait bien ses dossiers, avait une grande force de conviction et un véritable charisme. J'étais de ceux qui l'ont rapidement suivi avec attention et sympathie. Alors que tout le monde disait que Michel Rocard était compliqué à comprendre, pour moi il avait un vocabulaire et une diction limpides ! J'ai donc vite adhéré à sa personnalité, à ses idées, à son style. J'ai été très heureux de trouver chez lui quelqu'un qui, tout en étant extrêmement sérieux et documenté sur les dossiers techniques – c'était un inspecteur des finances, extrêmement attentif aux problèmes de dépenses publiques –, était aussi porteur d'une forte envie de changer les choses, de bouleverser les structures de l'État, dans le sens de la justice sociale. J'ai vu très vite en lui quelqu'un qui répondait à mes propres espérances, donc je suis devenu assez proche de lui au sein du Club Jean-Moulin. Progressivement, nous sommes devenus des amis.

Avec Michel Rocard

Le 30 avril 1966, a lieu la Rencontre socialiste de Grenoble, qui regroupe un certain nombre d'animateurs de diverses forces politiques, syndicales, associatives, d'une gauche qu'on n'appelle pas encore la « seconde gauche » mais qui, critique envers François Mitterrand et sa Fédération de la gauche démocrate et socialiste, entend mettre l'accent sur la notion de programme et se prononcer pour une transformation en profondeur de la société française : PSU, CFDT, Pierre Mendès France, Centre national des jeunes agriculteurs, UNEF, Club Jean-Moulin, Club Citoyens 60 avec Jacques Delors, etc.

J'ai été de ceux qui ont aidé Michel Rocard (présent à Grenoble sous son pseudonyme de Georges Servet) à bâtir le rapport qui s'intitulait « Décoloniser la province » et qui était, comme son nom l'indique, furieusement décentralisateur, prenant clairement le parti des Girondins contre la tradition jacobine centralisatrice française. En 2023, ce texte reste une référence. Il y a quelques mois, j'étais au Conseil régional de de la Nouvelle-Aquitaine et j'ai entendu le président de la région, Alain Rousset, affirmer que ce rapport est l'un des textes qui demeurent d'une totale actualité aujourd'hui, et qu'il faudrait enfin mettre en œuvre cette « décolonisation » prônée dès 1966. Bref, l'ambition décentralisatrice a été un élément-clé que j'ai très tôt et très fortement partagée avec Rocard. Et j'ai encore récemment publié, dans *Régions Magazine*[1] (dont je suis devenu directeur-conseil), un article intitulé « Oser le girondisme ! » qui lui rend hommage.

En octobre 1967 je ne suis pas membre du PSU et l'idée d'adhérer à un parti politique ne m'intéresse nullement. J'ai toujours préféré la formule des clubs et le mouvement associatif aux structures partisanes qui me paraissent vieillies, condamnées par leurs erreurs historiques et victimes des arcanes de leurs combats internes.

Bref, je ne suis pas intéressé par la vie des partis, alors que Rocard l'est passionnément. Il en est un militant très actif. Il va sans arrêt de ville en ville, avec sa Peugeot 403 – « C'est la voiture du militant, m'explique-t-il alors, parce que ça marche bien, ça fait sérieux mais ça n'en jette pas » –, visite section par section le PSU, pour porter la bonne parole et participer aux sessions de formation des militants de la base. Il est très ancré dans cette vie partisane.

En octobre 1967 il devient le secrétaire national du PSU, à la suite d'une alliance comme on en voit dans les partis politiques. Lui qui se situe dans l'aile modérée du parti, fait alliance avec le courant le plus à gauche,

1. Magazine fondé en 1987, racheté en 2011 par JPW Médias (mon ami Pierre Weill, l'ancien président de la Sofres, qu'on retrouvera plus loin), puis en 2022 par Élan Médias (Éric Lanoë).

représenté par Marc Heurgon. Ce dernier est lui-même très influent à la direction de l'UNEF, dominée alors par les étudiants socialistes unifiés. L'étudiant PSU Jacques Sauvageot, vice-président (et en fait président en exercice) de l'UNEF va faire partie du trio incarnant le mouvement de Mai 68, avec Dany Cohn-Bendit (Mouvement du 22 Mars) et Alain Geismar (Syndicat national de l'enseignement supérieur).

Découverte de la vie partisane

Rocard a donc accédé à la fonction de numéro un du PSU. Je petit-déjeune avec lui dès le lendemain du congrès, au café *Les Deux Magots*, à Paris – il habitait juste à côté, rue Bonaparte –, et il me dit très vite : « Ce serait bien, maintenant, que tu adhères au PSU. » Je lui réponds que non, franchement, je n'ai aucune envie d'adhérer. Cela ne m'intéresse pas. En revanche, j'aurais plaisir à travailler avec lui. Nous convenons que je vais le faire, mais sans être membre du parti.

Je me mets ainsi à m'occuper de ses relations avec la presse, de sa communication et à écrire un certain nombre de ses textes. Il était déjà fort surchargé, puisqu'il poursuivait par ailleurs son métier d'inspecteur des finances.

J'organise donc régulièrement pour lui des déjeuners avec des journalistes, car il ne connaissait guère les médias qui, eux, ne le connaissaient pratiquement pas. J'étais convaincu du brio et du talent de Rocard, et je pensais qu'avec des journalistes toujours avides de nouveauté, cela devrait « marcher ». Cela s'est assez vite révélé exact. Comme bien souvent en politique, émergeait également un phénomène de génération. Quelles que fussent les sympathies politiques des journalistes, connaître quelqu'un de jeune et talentueux qui veut changer le système, cela les intéressait très vite, et ils acceptèrent volontiers ces rencontres et ces discussions. J'ai ainsi, pendant plusieurs années, organisé ces entrevues avec ce qui comptait dans la presse française de l'époque.

Un exemple de la solidarité générationnelle : les pages de politique intérieure du *Figaro* étaient alors dirigées par Michel Bassi. Un jour où je me plaignais auprès de lui que son journal ne parlât jamais de nous, Bassi me fit, tout de go, cette proposition : « Je ne peux pas mettre un journaliste sur Rocard et le PSU, mais si vous faites quelque chose que tu juges intéressant ou original, voici un numéro, appelle-le, c'est celui d'une sténo, dicte-lui un feuillet et ça passera. » La première fois que je l'ai fait, j'ai cru bon de terminer le papier par une légère critique de droite, genre… *Figaro*. Mais Bassi m'a rappelé : « Pas besoin de prendre des distances, fais juste de l'info ! » C'est ainsi que le responsable de la communication de Rocard a, pendant plusieurs années, couvert l'activité de son patron pour le grand journal conservateur ! Une fois, Marc Heurgon m'a fait remarquer : « Tu ne trouves pas que *Le Figaro* est plus objectif avec nous que bien des journaux ? » Je me suis demandé s'il avait flairé quelque chose…

J'ai eu, en fait, le même type de collaboration avec la deuxième chaîne de télévision, pour la couverture des réunions statutaires du parti. La journaliste chargée de nous suivre m'avait dit : « Je ne comprends rien à vos débats, et vous, vous les expliquez très bien, ce serait donc sympa si vous rédigiez les papiers, que je lirai dans nos reportages. »

Je ne suis alors qu'un chercheur débutant, chargé de famille. Michel Rocard avait souhaité qu'on partage entre nous deux les frais de restaurant où nous invitions les journalistes. Ce n'était pas très facile, pour moi. Je me suis rendu compte, un jour, que lui se faisait rembourser cette dépense par le PSU. Petits travers des grands hommes… Bien sûr, je ne lui en ai rien dit.

Je commence aussi à écrire des textes pour lui, à devenir sa plume, sachant presque un peu plus facilement écrire du Rocard que du Cayrol, tant je me suis habitué non seulement au contenu mais au style et au rythme de ses phrases !

Puis arrive le mouvement de Mai 68, et je me trouve embringué dans un maelström qui évidemment se déroule sur un rythme tout à fait différent de ce que je connais depuis octobre 1967. Je n'ai alors pas pu échapper au fait d'entrer au PSU. J'ai donc pris ma carte, dans la section de Boulogne-Billancourt, où j'habitais à l'époque. Mais cela n'a rien changé au fait que je continuais pour l'essentiel à m'occuper d'abord du secrétaire national, Rocard.

J'y gagne au passage un pseudonyme. À l'époque, le journal *Le Monde* publiait une revue de presse régulière. Le chef du service politique du journal, Raymond Barrillon, repérant mon arrivée dans la rocardie, le quotidien publia immédiatement des extraits de mes deux premiers éditoriaux dans *Tribune socialiste*, l'hebdomadaire du PSU. Cela me valut une convocation immédiate dans le bureau du secrétaire général de la Fondation nationale des sciences politiques, Jean Touchard, avec qui j'entretenais d'autre part les meilleures relations. Un peu gêné aux entournures, Touchard commença par me dire qu'il avait plus souvent voté à gauche que moi (ce qui, compte tenu de notre différence d'âge, ne m'étonna guère !), et qu'il avait une forte estime pour Michel Rocard mais que, dans mon propre intérêt, puisque la politique française était mon domaine de recherche, il serait plus simple et plus convenable que je ne me mêle personnellement de politique que sous pseudonyme. Je dus en convenir et devins, au PSU, Gilbert Hercet. Je me souvenais que l'auteur de *Tintin*, Hergé, s'était forgé son nom de plume en écrivant phonétiquement deux initiales de son patronyme, Rémi Georges, RG ; ce fut donc pour moi Hercet, pour RC !

Retrouvons Michel Rocard. Il est alors quelqu'un de très sautillant, qui a toujours envie de bouger, avec la soif dévorante de convaincre, toujours prêt à prendre la parole pour participer aux débats et les gagner ; il est immédiatement sympathique à la plupart de ses interlocuteurs. Il aime bien les restaurants, manger beaucoup, boire pas mal à table ! Nombreux ont été séduits par le contraste avec l'image froide des énarques en politique.

Il a également toujours été extrêmement attaché au fait de ne pas dire ou promettre n'importe quoi. L'idée pour lui, c'est qu'il faut être au service de la transformation sociale, mais que l'État et ses règles, cela existe, que les contraintes économiques et budgétaires demeurent et qu'il faut donc veiller à de ne pas faire de faux serments, à être au contraire capable de tenir ce qu'on promet, sans par exemple faire l'impasse sur les dépenses et les dettes.

C'est cette sorte de mélange qu'on retrouvera tout au long de sa carrière : une volonté de dépassement des frontières politiques traditionnelles de la gauche pour en faire une gauche qui soit plus transformatrice, plus écologiste, plus féministe – ces thématiques sont présentes dans son discours bien avant qu'elles ne le deviennent dans les organisations de gauche –, tout en étant conscient des contraintes économiques.

La référence de Rocard, c'est bien sûr Pierre Mendès France. Celui-ci est devenu membre du PSU, dans la gauche de la gauche, à cause de la guerre d'Algérie, à cause de la trahison de la SFIO et de son leader Guy Mollet à propos de la guerre d'Algérie – Guy Mollet, président du Conseil en 1956-1957, a fait voter des « pouvoirs spéciaux » pour amplifier la répression en Algérie et y a envoyé le contingent des jeunes, appelés sous les drapeaux. La raison même de l'engagement du PSU de l'époque, c'est la lutte pour la paix en Algérie par la négociation avec le FLN, et c'est la volonté de reconnaître l'indépendance des peuples colonisés. Tout cela est au départ beaucoup plus important chez les militants que l'analyse de la situation en métropole.

Mais, dès l'indépendance algérienne acquise en 1962, Rocard sera parmi les premiers à souhaiter un basculement des priorités, pour imposer au vieux parti socialiste et à la vieille gauche une thématique, des méthodes et des pratiques politiques nouvelles, qui soient axées sur une véritable transformation socialiste du pays.

Quand je rejoignais Rocard, Guy Mollet était clairement notre épouvantail. Il y avait chez Rocard la volonté de trouver une gauche qui fût à la fois plus généreuse, plus ouverte aux catégories défavorisées de la population, et aussi plus sérieuse, rationnelle, plus respectueuse des latitudes d'action d'un gouvernement. Ce mélange d'esprit décolonisateur, de mendésisme et de modernité idéologique, c'était le Rocard politique. Sur le plan personnel, il symbolisait au fond assez bien cela, c'est-à-dire qu'il était capable d'aller assez loin dans la transgression verbale, mais aussi de veiller à ce qu'on « ne déconne pas » ! Je me souviens d'un jeune garçon qui s'appelait Gonzales, parlant à la tribune affublé d'une casquette à l'envers. Cela a énervé Michel Rocard au point qu'il est venu lui retirer sa casquette devant des militants absolument sidérés ! Rocard était ce composé de sympathie communicative et de sérieux, avec parfois un zeste d'austérité protestante…

Mai 68

Mai 68 fut un moment de ma vie extrêmement fort et enthousiasmant, que j'ai vécu à la fois comme chercheur (j'y reviendrai) et comme militant.

Sur le plan politique, je pense que dans les innombrables ouvrages d'analyse de Mai 68, l'action du PSU a été minorée parce qu'il y a eu main-basse sur l'écriture de l'histoire de Mai 68 par des auteurs et des militants, notamment par Hamon et Rotman, Krivine, ou mon grand ami Henri Weber, qui ont largement fait croire que les trotskystes étaient à l'origine de tout, dans le mouvement. Certes, ils étaient très actifs et présents dans énormément d'endroits, mais le PSU a été central dans l'action de ce mois de mai car il était le seul à se battre sur plusieurs fronts : l'institutionnel, avec Mendès, le politique, avec Rocard, le syndical, avec la CFDT et l'UNEF, et au niveau du mouvement de masse avec une présence dans toutes les organisations qui se battaient pour le changement. Le PSU était la seule force politique à essayer de tenir les deux bouts de la chaîne : celle de la révolte populaire et celle de l'action institutionnelle.

Je me souviens de nombreuses réunions avec les différents courants de la gauche et de l'extrême gauche, des tentatives de rapprochement qui échouaient avec la CGT, des marches incessantes dans la rue, avec Rocard, Geismar, Cohn-Bendit, Krivine. Je me rappelle ces confrontations entre Mendès, Rocard, la CGT, la CFDT, où chacun avait du mal à faire un pas vers l'autre. Je me souviens aussi de ma réticence envers le « parti révolutionnaire dont la France aurait besoin », un thème qui commençait à se développer au sein du PSU. Je suis resté un homme de gauche, plutôt sceptique face à cette idée de contagion cumulative des masses autour d'un nouveau parti révolutionnaire qui permettrait, le moment venu, de « déborder », par l'action populaire, les aspects réformistes du mouvement.

Le 24 mai 1968, l'ancien résistant et secrétaire de la commission économique de la CGT, André Barjonet, parfois présenté dans la presse, d'une manière que je crois un peu exagérée, comme le « numéro deux de la CGT », démissionne de toutes ses fonctions à la CGT et de son mandat au Conseil économique et social et adhère immédiatement au PSU. Je découvre un homme dont les propos teintés d'humour ne font pas dans la dentelle, qui appartiendra tout de suite à l'aile gauche du PSU. Il habitait le XVIe arrondissement parisien.

Il me raconte un jour qu'il a une femme de ménage espagnole, prénommée Maria ; elle est chargée, chaque matin avant de venir travailler chez lui, de passer au kiosque pour lui acheter *L'Humanité*, le quotidien du Parti communiste. Elle en profite pour acheter ce qui lui plaît. Un jour, Barjonet lui propose : « Maria, vous ne voulez pas jeter un œil sur *L'Huma* ? » Réponse de la femme de ménage, citée par André Barjonet : « Ah non, c'est le journal de Monsieur, moi je lis *Le Figaro* ! »

C'est le PSU qui a organisé à Paris l'ultime meeting de la période, le 27 mai, au stade Charléty, réservé par nous, et dont Barjonet est l'un des orateurs. Nous savions, à ce moment, que Mai avait « perdu » – alors que les gauchistes faisaient encore mine de crier « Tout est possible ». Nous le savions parce que Mendès, pressé par les syndicats de donner un mot d'ordre clair, s'y était refusé, parce que les formations d'extrême gauche continuaient à rêver sans vrai plan d'action, parce que surtout le Parti communiste et la CGT se méfiaient de toute perspective politique de changement de régime, lui préférant une sortie classique par les acquis sociaux, et bien sûr parce que l'opinion se lassait du désordre et du manque d'essence à la pompe.

On connaît la fin : la droite gaulliste organisa une immense manifestation aux Champs-Élysées derrière André Malraux. De Gaulle, après avoir pataugé – allant jusqu'à disparaître de Paris sans même en prévenir son Premier ministre, pour aller quémander auprès du général Massu, à Baden-Baden, le soutien de l'armée, ce dont Massu le dissuada ! – et après avoir proposé un référendum, se résolut à suivre les conseils de Pompidou et provoqua des élections législatives, qu'il gagna haut la main.

Battu par ses propres divisions et ses errements, le mouvement de Mai 68 fut désavoué dans les urnes. Défaite annoncée, et logique. Mais les germes du mouvement – la demande d'une société plus juste, une réorganisation des pouvoirs de décision, le féminisme, l'irruption de la jeunesse – n'avaient pas fini d'ensemencer la société française…

Le régime avait gagné mais le général, qui n'avait pas compris ce qui arrivait en profondeur, tint à organiser un référendum, le 27 avril 1969. Non sans aplomb ni courage, il annonça qu'il se retirerait si le scrutin lui était défavorable. Le peuple, sans avoir lu sa proposition de réforme sur la régionalisation et sur le remplacement du Sénat par une chambre représentant les forces vives, économiques et sociales, se prononça, avec le soutien de Valéry Giscard d'Estaing, pour le départ du général. « Dix ans, ça suffit ! » – scandaient les manifestants, depuis Mai 68…

La campagne présidentielle de 1969

Le soir du référendum, j'étais dans les studios de Radio Monte-Carlo pour participer à la soirée électorale. Je raconte plus loin, dans ce livre, cette soirée psychédélique.

Depuis cette première soirée en tant que chercheur, j'ai adopté une ligne dont je n'ai jamais dévié : rester purement professionnel. Je regarde ce qui se passe dans les urnes, j'explique les mouvements de voix aux auditeurs ; si je fais une opération d'estimation, je surveille mon estimation et je donne les résultats. Et cela ne me fait ni chaud ni froid. Réellement. Je suis dans la position d'un médecin qui ausculte ses patients, et pose son diagnostic, j'y reviendrai.

Donc, là, en 1969, le général s'en va, et dès le lendemain je me dis que Rocard va devoir être candidat à la présidentielle. Je l'appelle et je lui dis : « Je ne sais pas comment ça se passe dans le cadre du règlement du parti, mais il est évident que tu dois être candidat. » Il me répond : « Tu crois vraiment ? » Je lui rétorque tout de go : « J'en suis sûr. » Au bout d'un moment au téléphone, il convient que c'est sûrement la seule solution et qu'il va s'occuper de mettre en place le mode de désignation.

Malgré l'opposition de Pierre Mendès France, figure tutélaire du mouvement, à toute idée d'une candidature à l'élection présidentielle au suffrage universel direct, Michel Rocard a donc été très vite d'accord sur le fait que la période supposait que notre voie fût celle-là.

Je le fais inviter à la radio le soir même pour annoncer sa candidature. On a ainsi pris de vitesse le parti, qui n'a pas encore eu le temps de dérouler sa mécanique.

Mais bon, il est en tout cas candidat aux yeux de l'opinion en même temps qu'il est candidat devant le parti – et il sera désigné.

Rocard est décidé à faire une vraie différence entre le parti et lui – il y aura la campagne du candidat d'un côté, l'activité du parti et son soutien au candidat de l'autre.

Je suis désigné comme directeur de la campagne présidentielle. On décide de louer des locaux, rue de Rivoli. Le parti nous attirera bien des ennuis durant toute la campagne, principalement à cause d'un thème et d'un mot…

Les passages des candidats dans les émissions officielles de la télévision ont été tirés au sort et Rocard a été désigné parmi les premiers à prendre la parole dans la campagne, pour la première soirée de diffusion. Claude Neuschwander – un centralien que j'avais connu au troisième cycle de Sciences Po et qui reste aujourd'hui un ami très proche – travaille à l'époque à l'état-major de Publicis et nous rejoint avec un magnétoscope professionnel. Rocard répète avec trois ou quatre d'entre nous un texte qu'il a rédigé chez lui, et que j'ai relu avant qu'il l'enregistre. Il n'y avait pas tellement de corrections à faire. Mais il y a une chose que je n'ai pas corrigée, même si bien sûr je me suis dit « aïe » et le lui ai fait remarquer. Il m'a répondu : « Je sais bien ! » Dans les thèmes que Rocard mettait en avant, dès son premier discours officiel, figurait en effet, en bonne place, cette phrase : « Il faut reconstruire la gauche. » Or reconstruire la gauche n'était absolument pas le vocabulaire du PSU. Il fallait, à la rigueur, construire le socialisme, faire un parti révolutionnaire, etc., mais reconstruire la gauche ? Non ! Ce vocabulaire, selon nos partenaires/concurrents internes, était celui de la social-démocratie de papa, il tournait le dos à l'élan révolutionnaire de Mai 68… Nous avons donc évidemment connu des problèmes de ce côté-là. Des problèmes récurrents, scandant la tension entre notre versant révolutionnaire, gauchiste, et notre versant « réaliste », rocardien. Gauche nouvelle ou alliance de toutes les forces révolutionnaires.

Juste avant le démarrage de la campagne, nous avions mis la dernière main à un petit livre de poche, prêt à sortir au Seuil, *Le PSU et l'avenir socialiste de la France*. J'y signais (de mon vrai nom) une cinquantaine de pages d'ouverture, expliquant l'histoire et la sociologie du parti. Et Rocard répondait aux questions de plusieurs intellectuels amis, Jean-Marie Domenach, Robert Fossaert, Jacques Julliard et Jean Lacouture.

Dès l'annonce de la candidature, j'appelle Jacques Julliard au Seuil, et nous convenons d'ajouter quelques pages en fin de livre pour expliquer le sens de cette candidature présidentielle. Je passe immédiatement à cette rédaction. Une heure plus tard, je vais porter à l'atelier de fabrication de l'éditeur… quelques questions de Julliard et les réponses de Rocard, que ni l'un ni l'autre n'auront eu le temps de voir !

Le livre a été un instrument très utile dans la campagne présidentielle.

Julliard m'avait demandé aussi de passer au Seuil pour signer une renonciation à mes droits d'auteur, en faveur du PSU – comme cela était convenu, pour Rocard comme pour moi. Il m'a appris plus tard que le candidat avait, lui, oublié de le faire. Petits travers des grands hommes…

Nous menons une campagne très active. On découvre ce qu'est une campagne présidentielle où en permanence, déjà à l'époque, il faut absolument répondre à tout et à n'importe quoi, dans un temps extrêmement court, dicté par les circonstances exceptionnelles. On s'amuse beaucoup, on découvre beaucoup, on est vite très fatigués, mais c'est une belle aventure !

Bien sûr, pour anticiper, pour être prêts à dégainer très vite, nous avions dressé une liste de questions prévisibles. On sait par exemple que, parmi les questions qu'on pose ordinairement à un candidat à la présidence de la République, il y a celle sur les écrivains préférés et les livres préférés. Rocard n'aime pas la littérature. Il dévore des livres, mais des ouvrages d'économie. Donc on fait préparer des fiches et notamment je me souviens que Jean-Marie Vincent, trotskyste de notre équipe, spécialiste de l'Allemagne, me fait une fiche sur le livre *La Montagne magique*. Arrive une interview sur France Inter avec Suzanne Gauthier, qui était cheffe du service politique, et inévitablement elle lui demande quels sont ses livres et son écrivain étranger préférés. Michel Rocard commence sa réponse par cette phrase qui m'est restée dans l'oreille : « Je ne sais pas si vous connaissez cet auteur allemand qui s'appelle Thomas Mann… », propos qui trahissaient le fait qu'en réalité il venait de découvrir le célèbre romancier, auteur de *La Montagne magique*…

Nous devions donner tous les jours à RTL le nom d'un soutien du candidat, une personnalité connue autant que possible à qui la station accordait quelques minutes pour expliquer sa position. On me dit que le grand écrivain breton Louis Guilloux, l'auteur du fameux *Sang noir* en 1935, grand écrivain du Front populaire et soutien des républicains espagnols en exil, appuierait Rocard. J'obtiens son numéro de téléphone, je l'appelle et il me dit : « En effet ! Je n'ai jamais été aussi enthousiaste pour une candidature. Oui, je vais voter pour Rocard. » Je lui demande alors s'il serait prêt à prendre deux ou trois minutes à la radio pour expliquer pourquoi. Et il me dit : « Bien volontiers mais je ne me déplace plus, donc il faudrait qu'on vienne m'interroger à Saint-Brieuc. » Je me renseigne auprès de RTL, on me répond que Louis Guilloux c'est formidable, c'est une vraie personnalité qu'on n'entend plus, donc ils vont envoyer quelqu'un. En fin de journée, Rocard me demande : « Au fait, qui parle pour moi sur RTL aujourd'hui ? » Je lui annonce tout fier que c'est Louis Guilloux, et lui : « Louis qui ? ».

Nous organisons un grand meeting au Palais des sports de Paris, où dix mille personnes sont venues pour acclamer notre vedette – là, le parti, et notamment ses sections d'Île-de-France, a remarquablement accompli son travail de mobilisation. On y a fait parler des personnalités de différentes sensibilités du parti, d'un talent puissant (qui sont toutes devenues des amis à moi), Marc Heurgon bien sûr, le syndicaliste agricole Bernard Lambert, l'avocat pénaliste Henri Leclerc (qui sera plus tard président de la Ligue des droits de l'homme).

Pendant la préparation de la réunion, je reçois un appel de la grande avocate et militante féministe Gisèle Halimi. Elle me dit : « Je suis enthousiasmée par cette candidature. Je crois que vous montez un truc au Palais des sports et que c'est toi qui l'organises ; je veux en être, je voudrais parler. » Gisèle Halimi et son mitterrandisme de stricte obédience… je me dis que la malheureuse va se faire massacrer par nos militants et notre extrême gauche ! J'essaie donc de l'alerter. Évoquant cette image de sociale-démocrate mitterrandienne, je lui propose de venir en soutien à la tribune mais de ne pas prendre la parole. « Mais si, je veux parler ! » me répète-t-elle. Je m'en ouvre donc à Michel Rocard quelques heures plus tard, et il tranche : si elle veut venir parler et puisque c'est une femme vraiment remarquable, avec des convictions, et bien laissons-lui une place à la tribune, et qu'elle parle !

Elle est donc venue, elle a parlé, au moins la moitié des milliers de militants présents scandaient en chœur, de manière interminable : « Non à la social-démocratie ! Non à la social-démocratie ! » Et elle a tenu. Se centrant sur la cause des femmes, elle a même fini par renverser la salle, avec brio, et se faire acclamer !

Autre cas de figure, j'appelle une des actrices vedettes de théâtre et de cinéma de l'époque, Delphine Seyrig, pour lui demander si elle veut bien signer un appel en faveur de la candidature Rocard et elle me répond : « Ah mais quel dommage, tu m'appelles un quart d'heure trop tard !

— Comment cela, trop tard ?

— Ben, Alain Krivine vient de m'appeler et j'ai dit oui. »

Comme quoi l'engagement politique pour un candidat tient parfois à peu de chose…

Nous avions vu Mendès au tout début de la campagne et il ne nous avait pas caché qu'il n'était pas chaud à l'idée qu'il y ait une candidature du PSU et surtout que, selon toute probabilité, il serait amené à prendre lui-même une autre décision. Il avait fini par nous dire qu'il était en train de se rapprocher de Gaston Defferre, et qu'il n'était pas impossible qu'il passe au-dessus de ses préventions contre l'élection présidentielle pour composer un tandem, non pas une simple candidature présidentielle mais une double candidature politique Defferre/Mendès, présentés comme les futurs président et Premier ministre, qui rompe ainsi avec les usages de la Ve République. Donc il nous avait honnêtement prévenus de ce qu'il s'apprêtait à faire.

J'ai ramené ce jour-là Michel Rocard en voiture de chez Mendès. Il était extrêmement heurté et amer de cette position du « président ». Mais à partir de là, nous avons vécu dans l'attente du moment, à l'évidence inévitable, où Mendès annoncerait cette opération.

Un matin, écoutant tôt la radio, j'apprends que Mendès et Defferre font officiellement cause commune pour l'élection présidentielle. Je ne fais ni une ni deux, je fonce au siège de notre quartier général, rue de Rivoli, où je retrouve un ami du PSU, Agustín Albero, qui signait sous le pseudonyme de Christian Guerche en tant que directeur du journal du parti. Lui aussi s'était précipité en raison de l'événement, craignant que Rocard, par fidélité mendésiste, ne réagisse trop mollement à l'annonce.

Nous rédigeons ensemble un communiqué de presse d'une extrême violence qui finissait par : « C'est avec tristesse que nous enregistrons cette désertion... » Nous dictons cette « déclaration de Michel Rocard » à l'AFP, qui est immédiatement reprise sur les ondes. Plus tard dans la matinée, Rocard arrive et il se met à crier dans le couloir, passant devant mon bureau : « Qui est le malade qui a balancé ce communiqué insensé ? » Albero étant reparti, j'avoue : « C'est moi. » « Quoi ? » hurle-t-il. Il court dans son bureau et en claque la porte avec fracas. Je me dis qu'on va le laisser ruminer.

Non seulement il n'a évidemment rien pu y faire, mais il a eu encore moins de chance, car plus tard, le journaliste de RTL qui nous suivait, Jacques Ségui, arrive dans mon bureau et me dit qu'il a manqué la conférence de presse de Rocard – il croit qu'il y a eu une conférence de presse – réagissant à l'annonce Defferre/Mendès. « Je ne l'ai pas en son, ajoute-t-il, je suis très ennuyé pour nos éditions. Est-ce qu'il pourrait me refaire le son ? » J'accompagne *illico* Ségui jusqu'au bureau de Rocard au fond du couloir, j'ouvre la porte, je tends la dépêche à Rocard et je l'informe que le journaliste de RTL voudrait qu'il lui redise le communiqué en son, et j'ai vu mon Rocard, furibond, lire très sérieusement : « C'est avec tristesse que nous enregistrons cette désertion... »

Il est donc des fois où le communicant viole le politique... Il faut reconnaître cette grâce à Michel Rocard : non seulement il ne m'a pas tenu rigueur de notre initiative commune avec Alberro, mais il ne m'en a jamais reparlé.

AFP, communiqué de Michel Rocard,
le 16 mai 1969

L'appui apporté par Pierre Mendès France à la candidature de Gaston Defferre ne change rien au caractère de celle-ci. Gaston Defferre représente une variante du centrisme. La gauche socialiste ne saurait se reconnaître dans ce projet.

En prenant cette position, Pierre Mendès France vient de briser lui-même l'image qui lui avait valu l'estime et l'amitié de tous ceux qui croient à une transformation socialiste de ce pays. C'est avec tristesse que nous enregistrons cette désertion. C'est avec résolution que nous poursuivrons notre combat pour le socialisme.

Nous avons eu, pendant la courte campagne, connaissance de sondages, même privés, par des amis dans la presse ou par les équipes d'autres candidats, notamment, bizarrement, celle de Georges Pompidou. Et donc nous avons vu que notre candidature se mettait à exister, distançant l'extrême gauche, cependant que Defferre perdait des points. Nous nous sommes mis à espérer franchir la barre des 5 % de votes ! Nous n'avons pas atteint ce chiffre mais ce n'était pas grave sur le plan financier car notre campagne nous a rapporté plus d'argent qu'elle ne nous en a coûté, grâce aux dons et aux souscriptions. Mais nous espérions, *in fine*, dépasser Defferre/Mendès. Nous n'avons obtenu que 3,7 % des voix contre 5 % pour Defferre. Nous n'avons donc pas pu gagner ce combat de titans !

Le PSU et après...

Rocard n'a pas cru au programme commun de la gauche, il ne le trouvait pas sérieux. Et il n'a pas cru à l'OPA de Mitterrand sur le Parti socialiste. Le programme commun était pour lui une addition de promesses intenables – ce que Mitterrand savait très bien aussi mais cela lui était égal, il était simplement entré dans cette logique habituelle de la gauche française : peu importent les textes, car un texte n'est qu'un moyen d'échange pour nouer des alliances. Et Rocard éprouvait pour Mitterrand la plus profonde inimitié, lequel la lui rendait au centuple, considérant son jeune concurrent comme un imposteur. Déjà en 1960, le PSU avait refusé l'adhésion de Mitterrand ; déjà en 1965, les animateurs du PSU avaient essayé d'échapper à sa candidature présidentielle et de monter une autre candidature, idéalement celle de Mendès France, mais tout cela avait échoué. Cela en dit long sur le fait que le personnage Mitterrand, pas plus que la stratégie d'union de la gauche sur un tel programme commun, ne paraissaient être la voie souhaitable, ni envisageable, pour Michel Rocard.

Et finalement, on le sait, cela a marché... Évidemment la donne en a été changée. Rocard a bien dû constater que Mitterrand avait gagné son pari après le congrès d'Épinay en 1971, qu'il avait réussi à s'emparer du PS, et que la gauche unie avec les communistes semblait être partie pour durer.

Rocard, au début de l'année 1974, est convaincu que désormais il n'y a pas d'autre voie que le ralliement à Mitterrand et au PS. Ce en quoi je ne suis pas d'accord avec lui – je ne suis évidemment pas non plus de ceux qui optent pour la construction d'un parti révolutionnaire avec l'extrême gauche. Avec quelques autres, notamment mes amis Pascal Dorival et François Peronnet, qui nous a quittés très récemment, nous proposons une période de transition et de vérification pour évaluer si, à la fois en termes de textes de référence et de pratiques militantes à la base, il apparaît possible, ou pas, d'opérer un rapprochement avec le « nouveau PS ». Et comme très souvent, c'est entre les gens qui sont les plus proches que finit par passer un clivage lors d'un congrès. En octobre 1974, au Conseil national d'Orléans, c'est une motion dont je suis (dont Gilbert Hercet est !) le premier signataire qui bat la motion de Michel Rocard. Deux tiers contre un tiers !

L'expérience de ce PSU fut tout à fait singulière, originale et m'a beaucoup apporté. Ce fut un parti hybride, qui ressemblait à un Parti socialiste resté de gauche, n'ayant pas oublié sa perspective de justice sociale et de lutte pour l'égalité dans le monde, et composé d'acteurs très divers du mouvement associatif.

C'est au PSU, alors que cela n'appartenait guère à la panoplie des partis de la gauche traditionnelle, que j'ai adhéré aux thèses féministes les plus engagées et à un militantisme résolu en faveur de l'écologie. Deux options auxquelles je suis toujours resté fidèle.

J'ai eu aussi l'occasion, par le PSU, de faire des voyages dans des pays où le parti comptait des partis « amis ». Je suis ainsi allé dans plusieurs pays arabes, qui m'ont toujours intéressé depuis ma jeunesse maghrébine. Je suis ainsi allé au Maroc rencontrer des dirigeants de la gauche ; j'ai notamment, pour *Tribune socialiste*, interviewé mon vieil ami Abderrahim Bouabid, l'un des fondateurs du grand parti, l'Union socialiste des forces populaires. Je ne l'ai évidemment pas censuré, il a donc pu dire qu'il était favorable au rattachement au Maroc du Sahara occidental, ce qui m'a valu de fortes remontrances au sein du PSU.

Je suis aussi allé en Algérie. Quels qu'aient pu être mes liens avec les nationalistes algériens pendant la guerre d'indépendance, j'ai vite été échaudé par leur conception de la démocratie et de l'organisation de leur parti unique, le FLN. J'ai eu, comme on dit au Quai d'Orsay, des discussions « franches » avec eux sur ce point. Je constatais que mon proche ami Jean Mendelson, secrétaire de la commission internationale du PSU, était plus bienveillant envers eux que moi.

J'ai visité l'Irak et constaté que leur langue de bois était encore pire ! Mais cela m'a permis de rencontrer Saddam Hussein, alors qu'il n'était que vice-président.

Le plus cocasse a sans doute été l'interview que j'ai réalisée du raïs libyen Mouammar Kadhafi, en 1975. Montrant sa curieuse connaissance de la vie politique française, il m'avait accueilli avec cette question inattendue : « Comment va notre grand ami commun, Michel Debré ? »

Lorsque le secteur « Femmes » du PSU avait appris que je partais à Tripoli, leurs représentantes étaient venues me voir en m'intimant, le mot n'est pas trop fort, de l'interroger sur la pratique de l'excision dans son pays, même si cela était limité à certaines tribus du Sud. Je m'ennuyai ferme, en entendant Kadhafi me faire un cours, fort orienté, de géopolitique mondiale, tout en manipulant un grand globe terrestre. Je finis par l'interrompre pour l'interroger sur l'excision. L'interprète hésite, il a visiblement peur de devoir poser une pareille question au raïs, mais vaillamment il finit par le faire. Kadhafi se tait brusquement, et me regarde intensément. Ses yeux lancent carrément des éclairs. J'ai vraiment eu l'impression qu'il allait nous tuer, l'interprète et moi ! Puis, se reprenant, il m'explique qu'il est défavorable à l'excision mais qu'il s'agit là d'un aspect de tradition culturelle ancestrale dans une région particulière.

Revenons en France ! Même si le PSU était aussi un parti où les fractions les plus gauchistes avaient leurs courants organisés – trotskystes, maoïstes... –, ses pratiques étaient d'abord celles de militants qui, au plan local comme au niveau national, étaient très engagés dans le mouvement associatif et syndical français.

Et puis quel plaisir de pouvoir converser, au sein du parti, avec les sociologues Pierre Naville, Edgar Morin, Serge Mallet, avec l'historienne Michelle Perrot, avec le haut fonctionnaire Jacques Sallois, avec tant d'hommes et de femmes qui se trouvaient au cœur de la bataille des idées !

À cette époque, beaucoup de dirigeants de la CFDT étaient membres du PSU, et dans le monde associatif, des mouvements de parents d'élèves aux associations féministes en passant par celles de défense de l'environnement, le PSU était très présent et réciproquement. Et puis c'était aussi le réceptacle de beaucoup de fractions gauchistes qui, faute de mieux, espéraient faire du PSU « le parti révolutionnaire dont la France a besoin ». Et le PSU, c'était la tentative de faire vivre tout cela à la fois. Ce qui donnait quelque chose d'original parce que régnaient une entente humaine, une camaraderie assez exceptionnelle, mais entraînait de vives batailles de courants, de tendances, qui furent une des tristes caractéristiques de cette petite organisation – le PSU n'a jamais compté plus de quinze mille membres.

Les congrès étaient le lieu d'affrontement de courants divers qui échappaient largement à l'entendement à l'extérieur du parti. Mais ce bouillon de culture militante et d'idées représentait un apport très riche à la réflexion et aux pratiques politiques. Et à l'évidence, il était aussi difficile d'imaginer que cela pût fonctionner de manière pérenne, parce que se manifestait en permanence cette opposition interne autobloquante.

Lorsque la gauche unie autour de François Mitterrand remporta la victoire en 1981, un bruit courut avec insistance au PSU et alentour selon lequel Michel Mousel, ancien président de l'UNEF et secrétaire national du PSU de décembre 1974 à janvier 1979, et... Gilbert Hercet entreraient au gouvernement. C'est dire les soupçons entretenus chez les « gauchistes » à l'encontre des « politiques » dans notre genre, qui n'avaient au demeurant pas cette ambition ! De fait, c'est Huguette Bouchardeau, secrétaire nationale du PSU en 1979 après Mousel – la première femme en France à la tête d'un parti politique, candidate à l'élection présidentielle de 1981, avec le soutien du PSU, de la trotskyste Ligue communiste révolutionnaire (LCR) et d'une Fédération de la gauche alternative, abritant notamment des trotskystes et d'anciens maoïstes –, qui acceptera en 1984 la proposition de François Mitterrand d'entrer dans le gouvernement Fabius comme ministre de l'Environnement (avec Michel Mousel comme directeur de cabinet).

J'ai eu, grâce au PSU, l'occasion de verser dans le journalisme puisque j'ai été le directeur du journal hebdomadaire du parti, *Tribune socialiste*. Plaisir de composer un journal et d'animer une équipe chargée d'une mission concrète. Difficulté de faire cohabiter des auteurs de courants divers. Et plaisir de participer à l'organisation des fêtes du PSU, à La Courneuve, moins peuplées que celle de *L'Huma*, mais tout de même extrêmement courues. J'y tenais le stand, central, de *Tribune socialiste*.

Qu'on me permette cette digression : un jour, le service d'ordre du parti a amené à notre stand un jeune Algérien, pris sur le fait d'une tentative de viol. Le service d'ordre du Parti communiste (qui nous louait l'espace de la fête par l'intermédiaire du Conseil général du département de la Seine-Saint-Denis) nous avait prévenus : dans ce genre de cas, ils pouvaient « se charger » de ces individus, sans laisser de traces physiques de leur intervention. Cette solution ne m'agréait évidemment pas. Alors, remettre l'individu à la police ? Cela ne faisait pas partie des traditions des formations de gauche.

J'en suis là de mes interrogations, lorsque des militantes féministes, du secteur « Femmes » du PSU, viennent exiger de moi une rencontre immédiate avec l'auteur de la tentative. Je vais l'interroger avec elles. Le jeune homme, immigré, sans éducation, chômeur, égaré, arrache des larmes aux militantes venues en découdre – et elles réclament qu'on le libère sur-le-champ ! Difficulté des pressions contradictoires...

J'ai éprouvé le même plaisir de presse (et la même difficulté) à être, fin 1970, aux côtés d'un chaleureux, optimiste et infatigable ami, Paul Noirot, l'un des initiateurs de *Politique Hebdo*, à la suite de la revue *Politique Aujourd'hui* à laquelle j'avais participé pendant plusieurs années et où j'avais connu d'anciens communistes, qui avaient quitté leur parti pour d'autres combats ; je repense par exemple avec émotion à l'historienne Madeleine Rebérioux, grande jauressienne et femme remarquable, qui sera aussi présidente de la Ligue des droits de l'homme. L'hebdo s'est voulu ouvert aux divers courants de la gauche. J'ai même eu l'occasion d'y avoir, en juin 1976, un débat franchement contradictoire avec Alain Krivine, le fondateur de la LCR, un homme de qualité et tout à fait sympathique, qui déclencha une minicrise interne dans le parti révolutionnaire.

Pour ma génération, il est clair que le PSU a joué un important rôle de laboratoire d'idées et d'apprentissage militant. Ce capital politique a été reconverti dans de nombreuses forces politiques et syndicales, notamment avec celles et ceux qui sont partis au PS avec Rocard et sont devenus députés ou ministres socialistes.

La CFDT

Pour moi, c'est peut-être le moment de dire combien mon travail avec le PSU a été lié à celui entrepris avec la

CFDT, dans la ligne de mes engagements précédents. Je ne sais même plus si c'est au Club Jean-Moulin, au PSU ou à la CFDT que j'ai connu certains amis cédétistes, de Marcel Gonin à Edmond Maire, ou à Jacques puis François Chérèque. C'est bien là que j'ai rencontré, aussi, Nicole Notat, Jean Kaspar et Laurent Berger. Et mes amis Alexandre Bilous, Marie-Noëlle Thibault, Jean-Louis Malys, Jean-Marie Charpentier. Tant d'autres.

La CFDT était pour nous le syndicat des copains.

J'ai beaucoup travaillé avec elle. J'ai participé à la réflexion stratégique de la confédération, à l'ombre de ses secrétaires généraux successifs.

J'ai été très présent auprès d'Edmond Maire pour contribuer à ses écrits, notamment au texte de rentrée publié dans *Le Monde* tous les ans, où il s'agissait de lancer des pavés dans la mare du syndicalisme et de la politique française.

J'ai travaillé aussi en liaison avec l'équipe de direction de la revue du syndicat, *CFDT aujourd'hui.*

J'ai participé à beaucoup de sessions de commissions exécutives et de bureaux nationaux, notamment parce que je collaborais, de manière évidemment bénévole, au secteur de la communication de la CFDT, largement mise en place par Claude Neuschwander, déjà évoqué plus haut, un autre grand ami du Club Jean-Moulin et du PSU, ancien patron de l'usine Lip autogérée en 1974, devenu dans les années 1980 directeur général de la FNAC. Nous avons ainsi, lui et moi, largement mis en place le dispositif de la campagne des élections prud'homales de 1982, les seules vraiment tenues comme des élections au suffrage universel des salariés. Nous avons été très actifs, depuis le choix de la thématique, le choix des images, l'affichage...

Nous avons eu le sentiment de mener, cette année-là, une véritable politique de communication électorale, pour la première fois au sein d'une organisation syndicale. À l'époque, Edmond Maire était, dans nos études, plus populaire auprès des salariés que son organisation, la CFDT. Il existait déjà une personnalisation, qui avait gagné aussi le mouvement syndical et dont il bénéficiait. Nous avions donc, Neuschwander et moi, beaucoup insisté auprès de la CFDT pour que les affiches nationales comportent la photo d'Edmond Maire, lui-même y étant très hostile. Finalement c'est son entourage, puis son bureau national qui ont été convaincus, et Edmond Maire a fini, non sans réticence, par accepter. Nous avons essayé d'aller un peu plus loin, en pointant que les études qualitatives sur son image montraient que sa pipe, telle celle de M. Hulot, était un instrument d'identification et de reconnaissance très efficace pour lui. On a donc suggéré que l'affiche comprenne une photo d'Edmond Maire avec sa pipe. Là, j'ai cru qu'il allait avaler ladite pipe et nous faire passer par la fenêtre. Limite de la force de communication du conseiller amateur !

Quand on est dans un parti politique, cela a souvent un côté « hors sol », on rencontre très peu de « vraies gens », on voit très peu la façon dont chacun vit vraiment dans sa vie quotidienne et pourquoi on se bat. Le mouvement syndical, c'est le contraire. Il y a moins d'envolées lyriques sur les programmes, sur les amendements à faire voter que des batailles concrètes à mener, des gens qui ont des problèmes, des souffrances, des situations à résoudre, des mal-être, et donc j'ai toujours trouvé très important d'être au milieu d'eux.

La CFDT se voulait un syndicalisme d'action, réformiste, négociateur. J'ai été rapidement persuadé qu'il deviendrait le premier syndicat de France, grâce à cette ligne. Mais Edmond Maire ne voulait pas qu'on ait l'air trop sûrs de nous. Il disait : « Attention, pas d'arrogance, avançons doucement. » Moi, j'étais convaincu que nous étions en train d'asseoir un nouveau syndicalisme, qui allait battre le syndicalisme archéostalinien ou anarchiste.

Ce qui m'a frappé, c'est que s'est développée, au sein de la CFDT, au fil des années, une homogénéisation tout à fait incroyable des pratiques et des attitudes, des manières de mener les combats, des manières d'analyser la conjoncture. À la télévision ou à la radio, dans chaque interview d'un militant CFDT de n'importe quel coin de France, on s'est mis à reconnaître un discours et un *ethos* CFDT. Quel que soit le conflit social, on retrouvait une même ligne, avec un vocabulaire commun. A donc émergé une catégorie idéologique et sociale que la CFDT a creusée. La CFDT a ainsi réussi à devenir une force assez rare dans le syndicalisme mondial. Une force dans laquelle je me suis bien souvent reconnu.

Et puis, le mouvement associatif a beaucoup compté pour moi, jusqu'à aujourd'hui.

Comment ne pas évoquer Bernard Wallon, de l'association Communication publique à SSAE (Soutien, solidarité et actions en faveur des émigrants), où j'ai aussi eu le bonheur de connaître François Héran, professeur au Collège de France, notre meilleur démographe et connaisseur de l'immigration ? Ou Danièle Josselin, de la Ligue des droits de l'homme, de tous les combats internationaux ? Je pense aussi à Jacques Henrard, infatigable animateur d'associations de culture populaire et dirigeant du Centre national de la vie associative. À Marcel Desvergne, inlassable militant du mouvement associatif en Aquitaine. À François Laperou, avec ses Rencontres de Cannes. À Édouard de Broglie, militant de l'écologie, ami des associations de handicapés et lanceur de publications, notamment distribuées par des réseaux de SDF, comme l'actuel magazine *Épatant*.

À tous ces militants dont les combats éclatants ou obscurs ont souvent été l'honneur de la démocratie citoyenne.

J'ai été heureux de l'hommage qui me fut fait, pour le centième anniversaire de la loi de 1901 (créant en France le contrat d'association), d'être invité à ouvrir et à présider le grand colloque tenu à Paris, au Palais des congrès de la porte Maillot.

J'ai aussi eu l'occasion, moins souvent il est vrai, de frayer avec la pensée libérale. J'ai participé, dans les années 1990-2000, à des réunions du discret *think tank* Renouveau civil. Il s'agissait de promouvoir la vivacité de la société civile par rapport au politique. Ce club était animé par Yves Cannac, aronien, ancien secrétaire général adjoint de l'Élysée sous Giscard, président de l'Institut de l'entreprise ; j'y retrouvais mes estimés collègues Alain Lancelot, directeur de Sciences Po de 1987 à 1996 et membre du Conseil constitutionnel de 1996 à 2001, et Jean-Claude Casanova, président de la Société des amis de Raymond Aron, président de la Fondation nationale des sciences politiques de 2007 à 2016 et directeur de la revue *Commentaire*, à laquelle il m'est arrivé plusieurs fois de collaborer, ainsi qu'à *Sociétal.*

Rocard/Mitterrand

Mais retrouvons Michel Rocard dans le parti de François Mitterrand. Les relations entre les deux hommes, c'est bien connu, ne se sont jamais vraiment améliorées. Mitterrand s'est amusé à humilier Rocard dans pas mal d'occasions. Dans le premier gouvernement, Rocard est ministre du Plan. Un soir, l'Élysée fait savoir qu'il y aura deux fois moins de gardes à l'entrée de ce ministère !

Des petites vexations de ce type ont été sans arrêt mises en œuvre. Elles sont révélatrices du climat qui régnait entre eux. Au moment où l'État nationalisait les banques, on cherchait des personnalités pour les présider. Michel Rocard faisait partie des ministres économistes qui ont été appelés en séance de rattrapage pour proposer un ou deux noms. Il proposa Claude Alphandéry, un vieux camarade, ancien résistant communiste et membre du Club Jean-Moulin, économiste de renom et militant endurci. Lorsque le Conseil des ministres se tint pour désigner les présidents de banque, il n'y eut aucune discussion sur les noms proposés. Mais, arrivé à ce nom, Mitterrand interrompit la lecture : « Ah, Michel Rocard, dites-nous donc qui est Claude Alphandéry ! »

Petite guéguerre sournoise, petit jeu permanent.

Lorsque Mitterrand nomme Rocard (qui espérait mieux) à l'Agriculture, il lui dit être sûr de contenter son vœu : « J'ai remarqué que pendant tout le temps où vous avez été à la tête du PSU, vous faisiez figurer dans la nomenclature de votre parti [et c'était vrai !], "secrétaire national, chargé de l'agriculture". Donc vous avez toujours été passionné par l'agriculture ! »

Mais Rocard pensait que Mitterrand finirait par reconnaître sa valeur. Or Mitterrand n'a jamais essayé même de comprendre Michel Rocard. Parlant de Rocard, il m'a même expliqué un jour de 1985 : « Je ne comprendrai jamais rien à tous ces gens qui passent leur temps à discuter des heures et des heures dans des réunions, pour aller jusqu'au fond du fond du fond du tonneau des Danaïdes, ce n'est pas du tout ma conception de la politique, cela ça ne m'intéresse pas. »

Il y a réellement une incompréhension profonde qui dure, qui dure, avec un Rocard qui continue à se dire qu'ils vont finir par travailler ensemble. C'en était presque gênant pour les amis de Rocard de le voir en face de Mitterrand, petit garçon essayant de se faire aimer.

Les Français n'en ont du reste pas été dupes.

Je crois avoir été le premier en France, dans les années 1970, à faire des études qualitatives sur les hommes politiques. Quelqu'un nous avait aidés à travailler dans cette direction au Club Jean-Moulin, Alain de Vulpian, l'un des fondateurs de la Cofremca, qui avait commencé à mettre en place des techniques de ce genre pour étudier l'image de Gaston Defferre au moment où nous avions décidé de soutenir sa potentielle candidature présidentielle de 1965.

Dans une étude qualitative, contrairement aux sondages, on ne cherche pas à mesurer des volumes mais des mécanismes d'intensité et d'orientation des opinions. Donc on va travailler sur un petit nombre d'individus qu'on va garder longtemps, soit en face-à-face pendant au moins une heure et demie, soit en réunion de groupe. On prend alors six à dix personnes pendant, disons, quatre heures, parfois six, pour essayer avec des techniques projectives et des jeux de comprendre comment se fabriquent les images, les représentations, les stéréotypes sur les hommes politiques, les idées politiques, les comportements électoraux...

Je me disais à l'époque, en voyant dans notre propre institut le travail que faisait le service marketing pour les marques – on essaie de faire se projeter les consommateurs sur la marque, sur le produit, sur la façon dont sont présentées les bouteilles, les boîtes, et ce que cela suggère en termes d'adhésion ou de répulsion –, pourquoi ne pas appliquer ces techniques aux mécanismes par lesquels cette adhésion et ces images se construisent en politique ?

J'ai demandé à des animateurs psychosociologues qui travaillaient déjà pour le service marketing de notre institut d'appliquer ces grilles à la politique. Et cela a incroyablement bien fonctionné, notamment avec le psychanalyste Alain Godrèche. Au point que c'est devenu un secteur important du développement des instituts d'études en France, comme d'ailleurs aux États-Unis, en Allemagne ou en Grande-Bretagne. Ces études sont très peu souvent rendues publiques parce que, à la fin, il n'y a pas de pourcentages. C'est un rapport écrit, une analyse avec des citations, qui est forcément long, au moins quelques dizaines de pages si l'on souhaite une analyse assez fine.

Donc cela n'intéresse pas les médias. J'ai eu l'occasion de rendre publiques parfois quelques études qualitatives, notamment dans *Le Nouvel Observateur*. Mais en effet cela n'est pas très « vendeur » : pour un lecteur de journal, c'est fastidieux. Mais pour les politiques eux-mêmes et pour leur entourage, c'est souvent extrêmement riche d'enseignements.

Grâce à un sondage, on sait si un individu, un événement sont jugés positifs ou pas, mais on ne sait pas pourquoi ni comment ; là on le sait, et avec une certaine verdeur !

Si l'on fait une étude qualitative sur un homme politique, cet homme politique peut venir suivre la réunion de groupe en direct d'une pièce à côté, sur un magnétoscope ou derrière une glace sans tain, ou il peut envoyer quelqu'un de son équipe suivre ce matériau brut, avant de juger l'interprétation que nous en ferons. La façon dont les gens parlent politique dans ces réunions est parfois assez violente. Les citoyens s'expriment librement et crûment. Ils sont choisis au hasard, mais de façon à représenter des caractéristiques sociales différentes, sans se connaître. Tout le talent du psychosociologue qui anime réside justement dans la capacité à créer une dynamique de groupe et un climat de liberté de parole pour que tous se dévoilent. Donc la parole s'exprime et les gens… y vont franchement ! Quand vous faites un portrait chinois de quelqu'un – si c'était un animal, si c'était une qualité, ce serait… – et que vous entendez les gens choisir pour parler de vous des animaux que vous détestez, c'est une sévère atteinte à votre image, cela peut vous infliger des blessures narcissiques sérieuses. Il y a un côté « remise en question personnelle » qu'on ne trouve pas dans les sondages. Dans un sondage, on monte ou on baisse et on peut se dire, bon, d'accord ça évoluera. Là, ce sont uniquement sur les qualités et les défauts personnels que les gens s'expriment ; cela touche évidemment les acteurs politiques concernés au cœur de leur estime de soi.

Quand notre toute première réunion s'est terminée, Rocard, qui y avait assisté à mes côtés, me dit : « Bon, je vais prendre mon bus pour rentrer chez moi. » Je l'ai accompagné jusqu'à l'arrêt car je voyais qu'il était groggy, vraiment groggy. Et il m'a dit et répété : « C'est quand même dur tout ce que je viens de supporter. C'est incroyable ! Qu'est-ce qu'on se prend ! Je ne pensais pas une seconde qu'on était vu comme ça, à ce point. » Il faut dire qu'il venait, entre autres joyeusetés (et parmi, quand même, des compliments !), d'entendre qu'il ne savait pas parler, qu'il était souvent incompréhensible, qu'il serait toujours terrassé par Mitterrand, lequel serait toujours plus vicieux et plus fort. Tout cela lui a fait un choc. Cela plaide d'ailleurs en faveur de sa vraie part d'innocence.

Comme sondeur, j'ai fait plusieurs fois des études qualitatives sur les rapports entre Mitterrand et Rocard. On demandait par exemple aux personnes interrogées : si c'était un film, qui seraient les acteurs qui incarneraient leurs personnages, et qu'est-ce qui se passerait ? Quels qu'aient été le genre des sondés, leur catégorie sociale, leur région, on obtenait à peu près toujours le même scénario : le personnage de Rocard était joué par Jean-Louis Trintignant et celui de Mitterrand par Michel Piccoli, et c'était toujours Michel Piccoli qui avait raison de Trintignant à la fin du film, par exemple en lui prenant sa femme, lui faisant perdre toute dignité. L'opinion avait, au fond, compris et anticipé ce que, dans leur relation, Rocard ne voulait pas savoir, ou croire.

Entre les deux tours des élections législatives de 1988, Mitterrand explique aux Français qu'il ne tient pas à un raz-de-marée au second tour, parce qu'il n'est pas forcément bon pour les institutions de la République qu'un seul parti détienne tout le pouvoir, et évidemment cela aboutit… à cette majorité relative ! À partir de là, tout le monde sait que Mitterrand va désigner à Matignon le seul socialiste qui pourra travailler avec une majorité relative, Rocard, bien qu'il l'apprécie toujours aussi peu et souhaite s'en débarrasser dès que possible.

La guéguerre va continuer, la façon dont cela s'est terminé est connue de tous. En effet, il est « viré », comme prévu. Il l'est d'autant plus, en 1991, que pendant ces trois ans Rocard a travaillé avec un cabinet extrêmement actif et en étant très entreprenant au Parlement pour gérer sa majorité relative. Il a fait voter un certain nombre de textes très importants, notamment le RMI (devenu RSA) et la CSG. Il a également réglé la question calédonienne. De tout cela, Mitterrand a conçu une certaine admiration aigrie, et cela l'a encore plus décidé à se débarrasser de cet homme encombrant.

L'inconvénient pour Rocard a sans doute été que l'agenda gouvernemental ne contenait plus de nouvelles mesures qui auraient pu être significatives aux yeux de l'opinion. Mitterrand a donc senti le bon moment : même si Rocard continuait à bénéficier de bons sondages, il n'avait plus de quoi relancer une forte mécanique d'adhésion. Il a choisi ce moment pour l'écarter.

Cela aura quand même permis à Rocard d'être Premier ministre pendant trois ans, d'y avoir montré les facettes de son talent, d'avoir fait aboutir des réformes décisives malgré une majorité relative au Parlement, et d'avoir bénéficié jusqu'au bout d'un bilan d'opinion favorable, ce qui est loin d'être le cas de tous les Premiers ministres !

Mes relations devenues compliquées avec Michel Rocard

Pendant toute cette dernière période, mes relations avec Michel Rocard furent un peu compliquées, parce que je m'étais séparé de lui au PSU après en avoir été très proche.

Le lendemain matin du Conseil national du PSU en 1974, Michel Rocard est invité sur France Inter, moi aussi. Lui parce qu'il vient de perdre la direction de son parti, moi, aucun rapport, comme collaborateur occasionnel et bénévole de la station, pour parler de l'actualité électorale. Quand nous entrons en studio, le présentateur du journal dit, hors antenne : « Ah, voilà les battus ! » Nous sommes liés dans l'esprit des observateurs, je me suis tellement acharné auprès des médias pour essayer d'imposer Rocard qu'il leur est difficile d'imaginer que, désormais, on n'est plus d'accord.

Ma relation singulière avec Rocard naît de là. Elle est faite à la fois d'une grande proximité, car on a travaillé ensemble quotidiennement durant plusieurs années, et de cette séparation, actée autour des choix stratégiques.

Notre relation varie selon les moments. Il y a ceux où on fait, lui et moi, l'effort de prendre en compte ce qui nous unit, et d'autres où on retient plutôt ce qui nous sépare, et où l'énervement gagne. Ces relations ont été, dossier par dossier, problème par problème, parfois très sympathiques – déjeuners ensemble, invitations à Matignon pour échanger avec lui et des membres de son cabinet, commandes d'études par sondage ou qualitatives sur l'action qu'il mène. Le lien ne s'est jamais rompu, mais je ne suis plus dans le cercle de ceux qui sont estampillés comme d'authentiques rocardiens.

Et puis il y a des points sur lesquels nous avons divergé. Je suis par exemple resté fidèle à l'écologie, alors qu'il était un socialiste très désireux de se battre pour la croissance économique. Je me souviens, en 2013, nous avons tous deux été désignés comme membres du conseil d'orientation de La Fabrique écologique (fondation écologiste pluraliste cofondée par Géraud Guibert). Lors de la première réunion, j'ai dû rappeler à un Rocard un peu irrité que les Premiers ministres avaient tous, depuis vingt ans, présenté des budgets fondés sur des hypothèses de croissance jamais ensuite vérifiées, alors qu'il serait sans doute de meilleure méthode de calculer les hypothèses de budgets sans nouvelle croissance : cela permettrait des corrections aisées si d'extraordinaire la croissance remontait, et cela serait plus efficace du point de vue de la politique de l'environnement… Le défenseur acharné de la croissance ne l'a pas très bien pris.

J'ai tenu ici à parler de toute cette longue période, de 1962 à 1993, parce que j'ai bien sûr été marqué par l'entièreté de la relation avec Michel Rocard, parce que cela me semble illustrer le fait que j'ai toujours tenu à préserver ma liberté à tous les instants de ma vie, et parce que je pensais légitime de livrer l'ensemble de ces souvenirs, bons ou moins bons, concernant cette forte et attachante personnalité de la vie politique française.

Et aussi parce que mon parcours au Club Jean-Moulin, dans le mouvement des clubs politiques, au PSU, à la CFDT ou en « rocardie », aura, avant que je renonce à appartenir à toute organisation, ancré à jamais mes opinions dans un socle démocratique et entériné une volonté de faire du citoyen la base et le sujet exigeant de tout développement démocratique.

Un jour, je vais à un rendez-vous à l'hôtel de Matignon pour rencontrer un conseiller du Premier ministre. Par hasard, je regarde l'agenda mendésiste, je le compare avec le calendrier rocardien, et je constate que la veille, Rocard était Premier ministre depuis sept mois et dix-sept jours. Pour tous ceux qui ont côtoyé Mendès France, cette durée est un symbole : ce fut celle de son mandat à la présidence du Conseil. Je monte au premier étage, et il se trouve que le Premier ministre en sort. Me voyant là, il m'apostrophe chaleureusement : « Tiens, tu es là, toi ? Entre donc boire un coup ! » Je le suis, nous devisons. Je lui dis ma trouvaille, et lui : « Tu rigoles ? Bien sûr que je l'ai vu ! Hier, j'ai demandé qu'on m'apporte du champagne, et je l'ai savouré tout seul, dans ce bureau. »

Chapitre V

JE SUIS D'ABORD UN CHERCHEUR

J'ai commencé ma carrière de chercheur au début de 1965 aux côtés de Pierre Schaeffer, à la radio-télévision publique. Je l'ai connu par l'intermédiaire de Georges Suffert, du Club Jean-Moulin, dont la femme travaillait avec lui. Quand j'ai voulu trouver un autre point de chute professionnel que le club, en 1965 (j'en suis resté membre, mais j'avais cessé d'être rémunéré), ce dernier m'a fait rencontrer Pierre Schaeffer, célèbre compositeur, un des pères de la musique électroacoustique, mais aussi à l'époque directeur du service de la recherche de la RTF (il l'est resté jusqu'en 1975).

C'était un centre de recherche avancé, très centré sur la musique, mais l'idée de Schaeffer était alors d'étendre le champ d'activité de son laboratoire notamment à la sociologie des médias. Il m'a proposé de travailler sur le regard qu'ont les téléspectateurs de la télévision et celui que les professionnels de la télévision ont de leur public. Je me suis donc essayé à ce stimulant jeu de miroirs. J'ai organisé des séances au cinéma Le Ranelagh. Nous présentions des images à plusieurs dizaines de personnes ;

ceux qui étaient présents sur les images étaient là pour débattre et le public réagissait. Cela m'a plu d'emblée, d'entrer ainsi dans l'univers mental des téléspectateurs, et dans celui des créateurs de contenus télévisuels. J'ai pris plaisir à être ce chercheur observant ces différents regards.

J'avais déjà immédiatement pensé, en finissant Sciences Po, à épouser le monde de la recherche. Et cette expérience à la RTF a achevé de me convaincre que telle était ma vocation. Elle n'a duré que quelques mois, car au fond il me manquait quand même quelque chose. D'abord l'existence d'une communauté de chercheurs avec laquelle travailler, car j'étais le seul venant des sciences sociales dans le service. Et puis me faisait défaut une dimension politique, qui me passionnait.

Le Cevipof

Alors que je sortais d'un troisième cycle de deux ans, de doctorant, à la Fondation nationale des sciences politiques (FNSP), qui m'avait énormément intéressé, j'ai reçu un appel de Jean Touchard, qui était le secrétaire général de la FNSP – un homme très brillant, cultivé, exigeant, amusant, attachant, un spécialiste reconnu de l'histoire des idées ; il avait été, avec Raoul Girardet et René Rémond, mon professeur dans un remarquable séminaire de troisième cycle.

Jean Touchard m'a appris que le poste d'assistant de l'Association française de science politique se libérait, un poste à plein-temps rattaché à Sciences Po. Théoriquement, l'assistant était à la disposition du président de l'association, qui était alors Jean-Jacques Chevallier, un autre spécialiste de l'histoire des idées politiques, pratiquant par ailleurs des blagues de potache dans l'amphi, du genre : « Les hommes, et par les hommes j'entends un terme générique qui embrasse les femmes ! »

Mon interlocuteur ne m'a pas caché qu'en vérité c'était surtout lui-même qui était aux commandes au quotidien et qu'il avait besoin d'un assistant pour faire vivre l'organisme. J'étais très honoré qu'il me proposât cette fonction, que j'exercerais au sein du Centre de recherches politiques de Sciences Po – le Cevipof, pour Centre d'étude de la vie politique française, et non pas d'après le nom d'un général russe blanc, comme une plaisanterie de chercheurs le prétendait ! –, où je pourrais conduire en outre mes travaux personnels. J'ai donc hérité d'un bureau rue Saint-Guillaume (puis successivement rues de la Chaise et de l'Université), que j'ai partagé pendant des années avec Colette Ysmal, avec qui je mènerais des recherches communes et qui deviendrait une amie très proche.

Quand j'y repense, c'était un temps où il était facile de trouver du travail, on avait même le choix. En effet, j'ai peu après été appelé par le directeur du CERI (Centre de recherches internationales de Sciences Po), qui m'a aussi proposé un poste pour m'occuper de la politique au Maghreb car j'avais fait, je l'ai dit, mon mémoire sur les partis politiques marocains après l'indépendance. J'ai franchement hésité sur le moment. Ce qui m'a fait basculer du côté de l'étude de la vie politique française, c'est notamment que je considérais que ma connaissance de la langue arabe était insuffisante, et qu'on ne pouvait pas passer à ce degré de recherches en faisant le pari qu'il suffirait de parler français avec les élites de ces pays. Ma mère étant professeur d'arabe, je dois en effet avouer avoir été, dans le secondaire, un peu réfractaire à l'idée d'étudier la matière enseignée par elle, même si j'adorais ma mère ! Je n'ai donc pas accepté l'offre du CERI et suis entré au Cevipof, que je n'ai jamais quitté et où j'ai vécu de très heureuses années de chercheur, jusqu'en 2006. Avec la chance de pouvoir y travailler avec des directeurs éminents, Jean Touchard (jusqu'en 1966), Georges Lavau (1967-1975), Alain Lancelot (1975-1987), ma complice Annick Percheron (1987-1991), qui m'a très amicalement introduit auprès des collègues américains fameux dans notre discipline, et bien sûr mon proche ami Pascal Perrineau (1991-2013).

J'ai donc commencé en jouant le rôle d'assistant pour l'Association française de science politique, en même temps que de chercheur au Cevipof. Ma mission à l'AFSP était stimulante, je rencontrais régulièrement les membres du bureau de l'association et je travaillais quotidiennement avec ce grand monsieur qu'était Jean Touchard.

Je travaillais également à l'enquête puis à la rédaction de mon premier livre pour le Cevipof, consacré à François Mitterrand. Cela m'a valu d'être son premier biographe ! Ce livre[1] couvre, à l'aide de recherches documentaires, la période 1945-1967 ; pour la campagne présidentielle

1. Roland Cayrol, *François Mitterrand, 1945-1967*, Paris, Presses de Sciences Po, 1967.

je m'étais déplacé partout où le candidat de la gauche était allé s'exprimer, j'ai fait des retranscriptions de ses discours et les ai intégrées dans mon analyse.

Je l'ai dit plus haut, François Mitterrand n'a pas beaucoup apprécié ce livre. Il ne me l'a pas dit directement, mais il l'a fait savoir à certains de mes amis qui se sont empressés de me le raconter.

Ce livre a été pour moi à la fois très intéressant à faire et aussi un peu frustrant parce que j'étais partisan d'une science politique qui ne fût pas essentiellement documentaire, mais une véritable recherche, notamment quantitative. J'ai donc assez rapidement réorienté mes travaux sur d'autres aspects du phénomène politique. Soit des domaines qui me permettaient de travailler sur l'opinion, soit des travaux sur le personnel politique, qu'il s'agît des militants[2] ou des députés.

J'ai travaillé très vite sur les militants des partis politiques et d'abord les congressistes, partant de cette idée qu'on trouvait là une couche de gens intéressante, une élite politique de rang moyen, facile à cerner, facile à joindre. Je suis allé, soit seul soit avec Jean-Luc Parodi et Colette Ysmal, dans les divers congrès des partis français. Nous y étions avec nos questionnaires, rédigés par nous, ronéotés par nous, distribués par nous-mêmes dans les rangs des congressistes. Une recherche artisanale !

---

2. Voir notamment « Les votes des fédérations dans les congrès et conseils nationaux du Parti socialiste (1958-1970) », *Revue française de science politique*, 21 (1), 1971, p. 51-75. Ou encore « Le choix du PSU », *Revue française de science politique*, 17 (5), 1967, p. 931-938, à propos du Ve congrès de ce parti, en juin 1967, où Rocard en devint le dirigeant.

Obtenir l'accord de l'appareil de chaque parti était plus ou moins difficile, en fonction des partis ou de l'image qu'ils avaient des politologues. J'ai ainsi suivi de nombreux congrès, j'ai rassemblé des données, publiées ou présentées dans des congrès internationaux de science politique.

Je peux me targuer d'avoir assisté au congrès de fondation du Front national, en 1972, à l'époque où cela n'intéressait pas grand monde. Jean-Marie Le Pen, auprès de qui j'avais été envoyé par Alain Lancelot (ils étaient étonnamment assez copains), et qui nourrissait de l'admiration pour la FNSP, m'a précisé *illico* : « Il n'y a pas de problème, tout vous est ouvert, vous aurez votre coin dans la salle et le droit de distribuer vos questionnaires. » Périodiquement, presque toutes les heures, pendant le congrès, Le Pen demandait instamment au micro à ses congressistes de remplir le document de « nos amis de la Fondation nationale des sciences politiques ».

Je me suis rendu aussi, avec Jean-Luc Parodi, au congrès du Parti des forces nouvelles, l'ultra-droite de l'époque. Il y avait un premier rang réservé à la presse et aux observateurs, où il n'y avait personne d'autre que nous deux ! Et dans la salle, beaucoup de jeunes gens au crâne rasé qui nous dévisageaient avec un drôle d'air.

J'ai suivi tous les congrès socialistes pendant de nombreuses années, notamment le fameux congrès de fondation du nouveau PS à Épinay, en 1971. Lors d'un de ces congrès, Charles Hernu s'était levé en hurlant : « Quoi ? On cherche à savoir si nous sommes juifs et francs-maçons ? » Nous sommes restés interdits. Il est vrai que, dans le questionnaire, nous avions des items portant sur la pratique religieuse ou sur l'adhésion à des associations. Heureusement, le président de séance fit taire l'excité !

J'ai suivi également le congrès de fondation du RPR, en décembre 1976. J'ai raconté plus haut l'épisode cocasse où Charles Pasqua a convaincu Jacques Chirac d'accepter l'administration de notre enquête.

Ce travail dans les congrès a fini par s'arrêter car un institut de sondage, la Sofres, a décidé qu'il y avait là un marché à prendre et a déployé ses moyens, bien plus importants que les nôtres, pour réaliser ce type d'enquêtes.

En revanche, j'ai étendu cette recherche, à l'occasion d'une réunion du Consortium européen de science politique, à des chercheurs d'autres pays européens qui avaient entendu parler de nos enquêtes et souhaitaient faire de même. Nous avons donc lancé auprès de l'ensemble des congrès de partis européens une étude sur ce que nous avons appelé les « *middle level elites* ». Nous avons monté un groupe de travail, notamment avec des collègues allemand et italien, Karlheinz Reif et Piero Ignazi, qui sont devenus des amis, et nous avons pas mal publié dans des revues scientifiques[3]. Mais un de mes grands regrets est que cela n'ait jamais débouché sur un livre bilan de toutes ces données comparatives.

3. Roland Cayrol, Karlheinz Reif, « Conscience individuelle et discipline partisane. La culture politique des militants de l'Europe de l'Ouest », *International Political Science Review*, 4 (1), 1983, p. 36-47. Roland Cayrol, Piero Ignazi, « Cousins ou frères ? Attitudes politiques et conceptions du parti chez les militants socialistes français et italiens », *Revue française de science politique*, 33 (4), 1983, p. 629-650.

Le livre était, à vrai dire, prêt à sortir, seule la moitié de l'introduction, qui devait être rédigée par notre collègue allemand, n'a jamais été terminée, et notre confrère s'est opposé à la sortie de l'ouvrage tant que sa contribution ne serait pas prête. Servitude de la recherche, pour tous les collègues européens qui m'avaient remis leur chapitre, et qui se sont retrouvés Gros-Jean comme devant !

J'ai d'autre part fréquenté, pendant de nombreuses années, les congrès de partis non plus pour y distribuer des questionnaires, mais simplement pour mieux connaître et comprendre l'actualité partisane.

Je me souviens par exemple du congrès de Rennes du Parti socialiste, en 1990, où le PS se déchira.

J'y étais avec Bertrand Tavernier. Le cinéaste m'avait demandé, peu avant, de jouer mon propre rôle dans un film où le personnage central, un député socialiste idéaliste joué par Fabrice Luchini, découvrait peu à peu ce qu'était, hélas, la politique « en vrai » et en sortait fort marri. Luchini, moins connu qu'aujourd'hui, était venu à Rennes. Tavernier tournait. Le prétendu « député » abordait abruptement des congressistes et les faisait parler. Par exemple, après la réunion de la commission des résolutions (où les alliances se nouent et se dénouent), on avait appris que, contrairement à ses engagements, Jean-Pierre Chevènement s'était rallié à une motion de synthèse autour des partisans de Mitterrand. Luchini lui lance : « Et les militants, là-dedans ? Vous ne les avez pas consultés ? » Et Chevènement : « Les militants ? » Et il fait un bras d'honneur !

Le dernier soir du congrès, nous dînons avec Lionel Jospin. Tavernier livre son commentaire désabusé :

« Je croyais qu'on parlerait de politique, d'idéologie. Or de quoi parle-t-on dans tous les couloirs ? De camarades qui sautent leur secrétaire, ou d'autres qui se tirent avec la caisse ! » Lionel Jospin, pour une fois hilare, le corrige : « Non, pas seulement ! Regarde, lui [il montre, à table, l'un de ses lieutenants], il saute sa secrétaire *et* il se tire avec la caisse ! »

Cela a achevé de décevoir le cinéaste.

De fait, Bertrand Tavernier n'a pas réussi à finir son film, il y a renoncé, m'expliquant : « Homme de gauche, je m'aperçois qu'un tel film serait forcément antipolitique et poujadiste. »

Mai 68 à Sciences Po

L'atmosphère à Sciences Po, occupé par les étudiants, était, en mai 1968, chaude et effervescente.

Il faut, pour le croire, avoir entendu le très modéré Jean-Luc Parodi vanter avec fougue les mérites du drapeau rouge, dans le grand amphi Boutmy – rebaptisé d'abord Lénine, puis Che Guevara lorsque Sciences Po lui-même devint l'institut Lénine, cependant que l'amphi Leroy-Beaulieu était rebaptisé Rosa Luxemburg !

Le corps étudiant de Sciences Po est toujours, politiquement, au centre de gravité du monde universitaire français. En Mai 68, les divergences entre versions du gauchisme marxiste occupaient donc les discours enflammés des élèves (et de leurs enseignants, souvent).

Et puis, il y avait la réflexion sur l'avenir de l'institution, et de l'université en général.

Comme chercheur, j'ai fait partie de ces innombrables groupes qui n'ont pas arrêté de réfléchir à la façon dont il faudrait travailler demain. J'ai passé énormément de temps, avec beaucoup de collègues, à Sciences Po, à élaborer des réformes, des réformes et encore des réformes. Le mouvement de Mai 68 se voulait révolutionnaire mais il aura été un incroyable tourbillon, dans toutes les sphères de la société, de propositions de réformes !

Nous avons proposé des réformes de Sciences Po et de la Fondation nationale des sciences politiques. Il s'agissait *grosso modo* de la création, pour remplacer notre institution de fabrication des élites, d'une « université des sciences sociales ». Je me revois avec beaucoup de camarades, notamment l'inestimable Frédéric Bon, trop tôt disparu, palabrant des jours durant pour arriver à préciser notre vision de la relance de la recherche dans cet établissement.

Même chose pour le programme d'études : la science politique n'était pratiquement pas enseignée à Sciences Po, alors qu'elle l'était même dans les *Business schools* américaines !

Il y a eu ainsi tout un temps incroyable passé à réfléchir aux moindres aspects de la gestion, de la dévolution du pouvoir, de la transmission des connaissances, des matières enseignées rue Saint-Guillaume. Dès que nous quittions nos groupes de travail à Sciences Po, nous foncions, Fred Bon vers le journal *Action*, et moi vers le PSU !

Mes relations avec mon « patron », Jean Touchard, ont alors connu, disons, des hauts et des bas. Je me souviens de lui, venu haranguer les étudiants sur la « péniche » du hall d'entrée et plaider pour la démocratie – surtout en affirmant sa pleine solidarité avec le doyen de la faculté de Nanterre, le remarquable philosophe Paul Ricœur (qui avait alors été, si mes souvenirs sont bons, coiffé d'une poubelle par des étudiants en colère).

Rentrant dans son bureau, il m'avait dit : « C'est bien la première fois que je parle sans notes ! » Ce qui était du reste inexact : il avait pris le temps, en descendant l'escalier, de griffonner quelques phrases !

Bon, je m'étais, tout au long de la période, plus senti Mai 68 que Touchard (tout en lui gardant estime et sympathie).

Du coup, j'ai moins eu l'occasion de fréquenter son bureau. Lorsque, après l'été, j'y suis retourné, j'ai tout de suite été frappé par le changement du mobilier et le lui ai fait remarquer.

Et lui, ne manquant jamais d'humour, de rétorquer : « Eh oui, Cayrol, c'est… Directoire ! »

Comment j'ai contribué à l'invention des estimations électorales dès 20 heures

À partir de la présidentielle de 1965, j'ai participé à toutes les publications électorales du Cevipof. Mais je travaillais peu sur les électorats, plutôt sur la conduite de la campagne et sur le rôle des médias. Ce n'est que progressivement que j'ai commencé à m'intéresser aussi au comportement électoral, soit en France, soit de manière comparée au niveau européen. Au milieu des années 1970, j'ai en effet participé au lancement d'un groupe d'étude sur les élections en Europe, qui a publié un livre sur les premières élections européennes au suffrage universel, en 1979, *Communicating to Voters*[4], dirigé par mon grand ami Jay Blumler, Américain installé en Grande-Bretagne, aujourd'hui disparu.

Il y avait au Cevipof, parmi nous, un collègue irremplaçable, Guy Michelat[5], qui jouait le rôle de méthodologue en chef et n'était jamais avare de son temps pour aider les chercheurs du laboratoire. Je me rappelle par exemple avoir passé des jours avec lui dans les sous-sols du Cevipof : il avait inventé une machine, le « scalogramme », qui permettait de construire des échelles d'attitude à partir des données d'enquête. Nous avons ainsi traité les résultats des réponses au questionnaire soumis aux militants des partis, et ce grâce à des cartes perforées et un travail sur le scalogramme essentiellement effectué à la main. Ceux qui ont l'habitude de faire cela aujourd'hui en se contentant d'appuyer sur quelques touches d'un clavier d'ordinateur ne peuvent même pas imaginer combien, à l'époque, c'était fastidieux et chronophage ! Il fallait y travailler des heures et des heures, des jours entiers. Mais c'était très intéressant, car on voyait progressivement apparaître une cohérence et on pouvait prendre conscience, je dirai physiquement, de ce qu'est une échelle d'attitude ; on voyait, au fur et à mesure que les cartes perforées étaient entrées dans la machine, s'agréger par tas les réponses qui formaient des échelles.

---

4. Jay Blumler (dir.), *Communicating to Voters. Television in the First European Parliamentary Elections*, Sage Publishing, 1983.

5. On consultera avec profit l'ouvrage *Aux frontières des attitudes : entre le politique et le religieux. Textes en hommage à Guy Michelat*, Paris, L'Harmattan, 2002.

Guy Michelat consacrait du temps à chacun pour essayer de penser des moyens, des technologies à même de nous aider dans nos recherches et dans le traitement des données recueillies. Et bien sûr, on parlait souvent d'élections avec lui.

Et puis il y avait, outre Michelat, ceux qu'on appelait les « électoralistes » pour désigner les spécialistes des comportements électoraux, comme Frédéric Bon, Jean Ranger, Jean-Luc Parodi, Colette Ysmal, Gérard Grunberg, François Platone, tous des collègues devenus de vrais amis (les trois premiers aujourd'hui disparus).

Nous nous sommes demandé quels moyens pourraient nous permettre de proposer aux radios et aux télés de couvrir en direct les soirées électorales, en donnant des résultats significatifs peu après la fermeture des bureaux de vote, alors que les médias égrenaient à l'époque des données locales qui ne disaient rien des résultats globaux – qu'on attendait durant des heures. Et souvent, tout recommençait le lendemain matin pour avoir enfin connaissance des chiffres officiels.

C'est dans le cadre de notre *brainstorming* collectif qu'est née l'idée, au fond assez simple, de travailler non pas sur un échantillon d'individus, comme on le fait dans les sondages, mais sur un échantillon de bureaux de vote. Au fond, l'idée de départ était très simple : les gens ne votent jamais par hasard. Le vote est un cheminement. À partir du vote qu'on a déjà émis, on continue à voter plutôt vers tel camp, vers tel parti, ou bien l'on change ! La base, c'est donc ce qu'on a déjà voté, et comment l'on évolue.

L'idée a donc été d'engranger l'historique des bureaux de vote sélectionnés – je rappelle que le Cevipof était leader des travaux de géographie électorale. On peut donc caractériser chaque bureau d'après son histoire. On pourrait ainsi, à partir des résultats connus des bulletins tout juste dépouillés dans ces bureaux de vote, les comparer, bureau par bureau, avec leurs résultats antérieurs, et faire apparaître le cheminement électoral des citoyens. À partir de ce cheminement dans chaque bureau de vote, il suffirait de procéder par addition de toutes ces tendances dans tous ces bureaux, pour obtenir un résultat global de l'échantillon, qui s'approcherait du résultat de l'élection dans le pays.

C'étaient des algorithmes simples, mais il fallait y penser. Et cela a donné des résultats remarquables, où la fameuse marge d'erreur est très faible.

L'impératif de la rapidité médiatique nous a ensuite conduits à vouloir aller encore plus loin. Au départ, on a utilisé les résultats définitifs de l'échantillon de bureaux de vote dans la France rurale, des petits bureaux qui ferment dès 18 heures. Cela nous laissait assez de temps pour projeter les résultats nationaux à 20 heures.

Puis est arrivé le moment où, comme pour les municipales, l'État a autorisé les radios à divulguer les estimations en direct. Et là, l'un d'entre nous, Jean Ranger, qui avait l'avantage d'être maire de sa commune et de devoir souvent superviser des dépouillements, nous dit que le code électoral, et la pratique habituelle, prévoit que dans chaque bureau de vote, on commence par renverser les urnes, recompter les bulletins et faire des tas par centaines, qui sont alors dépouillés par les scrutateurs. Et il a eu cette idée simple, une fois de plus, de partir de la première centaine de bulletins dépouillés. C'était risqué, mais cela pouvait ressembler à un tirage aléatoire parfait. On a donc essayé cette méthode.

Nous avons envoyé des enquêteurs dans chaque bureau retenu, en leur demandant de nous téléphoner les résultats pour les cent premiers bulletins ; comme on avait encore un doute sur notre choix, ils devaient nous rappeler après les deux cents premiers dépouillés, puis encore une fois après les cinq cents, et enfin pour le résultat final. Finalement, les résultats sur les cent premiers bulletins dépouillés n'ont pas donné de mauvaises tendances. Un peu moins bonnes certes que sur des bureaux entièrement dépouillés, mais tout de même correctes. Nous avons travaillé ainsi, dans notre coin, en ayant bien le sentiment d'innover mais sans nous prendre pour des aventuriers de la recherche !

Hors Cevipof, une équipe du Centre français de recherches opérationnelles avait travaillé sur une base comparable lors de l'élection présidentielle de 1965, pour Europe n° 1 (qu'on appellera Europe 1 à partir de 1983) – le premier média en France à avoir ainsi délivré des estimations, peu après la clôture du scrutin. Ces estimations avaient été très bonnes.

Lorsque nous sommes arrivés sur ce marché quelques années plus tard, nous avions besoin d'informaticiens ; nous nous sommes dit qu'on allait travailler avec eux, s'ils étaient libres. Mais, fait étonnant, le personnel de 1965 de l'entreprise avait été entièrement renouvelé, et il ne restait plus personne dans ce centre qui fût capable de reproduire leur méthodologie. La mémoire d'entreprise avait été complètement perdue en quatre ans (mais nous avons tout de même réussi à recruter l'un d'eux !).

Celui d'entre nous qui a pu commencer à faire une opération d'estimation électorale selon la méthode Cevipof, c'est Jean-Luc Parodi, avec l'Agence France Presse (AFP) et une reprise organisée sur Radio Monte-Carlo (RMC), pour le référendum voulu par le général de Gaulle en 1969.

J'étais à l'époque, sur RMC, commentateur régulier et donc utilisateur de l'opération conduite par Jean-Luc. Nous avons eu les résultats de l'estimation des votes (toujours sur cartes perforées !) peu après 18 h 30. Nous avons téléphoné à RMC pour leur donner le résultat du référendum – la défaite du général –, que la plupart avaient prévu mais que beaucoup ne parvenaient pas à croire.

Lorsque je suis arrivé au studio parisien de RMC, c'est le rédacteur en chef, Jean-Michel Royer, un sympathique gaulliste de gauche lui-même ancien assistant de l'Association française de science politique et un temps membre du Club Jean-Moulin, qui m'a ouvert, me lançant : « Ah, tu es venu prendre mon bureau ! » Le journaliste vedette de la station, Claude Maurel, était effondré devant le piano du studio. Il articula difficilement : « Moi, je ne peux pas souffrir cette défaite du général, je n'animerai pas cette soirée », et il a disparu ! RMC était à l'époque une station monopolisée par les gaullistes et dirigée par Jacques Maziol, ancien ministre de la Construction de Georges Pompidou. Une grande réception était prévue, de grands buffets de victuailles avaient été dressés. Il n'est venu personne…

Nous avons continué lors des élections suivantes. Avec France Inter, nous avons conduit pour les municipales de 1971 une estimation des résultats où je me suis trouvé en association avec Colette et Jean-Luc. Nous avions retenu quelques villes de France et encore une fois c'est la radio, publique cette fois, qui a été donneuse d'ordre, la télévision n'ayant toujours pas voulu s'embarquer dans une telle aventure.

Tout s'est extrêmement bien passé au premier tour, quant à nos résultats. Sauf pour une ville où nous avons obtenu des résultats satisfaisants mais moins bons, en l'occurrence Marseille. Certaines de nos estimations sur les secteurs de vote de la ville se trouvaient en décalage avec les résultats réels. Nous nous sommes demandé d'où venait l'erreur. J'ai donc pris, entre les deux tours, l'avion pour Marseille et grâce à mes bonnes relations avec Gaston Defferre, je suis allé le voir dans son bureau à l'Hôtel de Ville.

Il a l'air de s'en amuser et décroche devant moi son téléphone pour appeler une personnalité de la mairie, au nom corse, et lui dit : « J'ai devant moi M. Cayrol, politologue, qui doit vérifier des données sur le scrutin. Vous pouvez tout lui dire car c'est un ami ! » Je vais donc rejoindre son interlocuteur au bureau des élections de la mairie, et celui-ci me dit : « Ah oui, je comprends d'où vient votre problème, mais il est insoluble. » Je rétorque que je voudrais commencer par comprendre ! Il m'explique, en substance : « Vous allez comprendre tout de suite. Prenons une rue de Marseille, par exemple la rue Paradis. Vous voyez au numéro 1, vous avez 72 inscrits, or c'est un appartement F2 ! Prenons maintenant le

28, vous avez 92 inscrits, mais c'est un terrain vague ! Il faut donc que vous compreniez qu'à Marseille il y a trois grandes forces politiques républicaines : les communistes, nous les socialistes et le MRP. Marseille est une ville très stratifiée socialement, donc nous sommes chacun forts à un endroit, et ailleurs nos voix ne nous servent à rien, donc nous faisons des... échanges républicains entre électeurs inscrits des différents secteurs. » Incroyable ! Le problème était en effet insoluble !

Les années suivantes, nous avons les uns et les autres conduit de telles opérations d'estimation, désormais avec la signature d'instituts de sondage (dont les responsables n'ont jamais cherché à comprendre quelle était la méthodologie des estimations) et avec la télévision, qui a adopté cette méthode probante et efficace. Les instituts de sondage en ont pris la responsabilité opérationnelle, grâce à leurs moyens logistiques bien supérieurs à ceux de nos petites équipes. Et puis pour les chaînes de télévision, il était utile que la responsabilité des opérations fût assumée par un institut connu...

Pour ma part, dès que j'ai eu cofondé l'institut de sondage Louis Harris France, j'ai mené des opérations d'estimation pour les soirées électorales médiatiques à partir de 1977, et j'ai continué plus tard, à partir de 1986, avec CSA. Fait cocasse, il m'est arrivé, au début, d'être commentateur dans un média alors que mon institut organisait l'opération d'estimation pour un média concurrent ! Mais très vite, j'ai commenté les résultats de mon institut, en tant que politologue, sur France Inter et sur une chaîne de télévision, en l'occurrence souvent FR3 – devenue France 3 en 1992 –, avec qui j'ai conclu un partenariat de longue durée. C'est ainsi que j'ai participé à cette antenne pendant nombre de soirées électorales tant que la chaîne a commandé des estimations de façon autonome, avant qu'elle ne décide de participer à des opérations conclues pour l'ensemble du secteur public audiovisuel.

Estimations mises à part, ces soirées électorales répondent à une dramaturgie bien connue désormais, où le sondeur est presque toujours coupable, aux yeux d'au moins un des camps. Soit les sondeurs se sont trompés, soit leurs sondages ont impressionné, voire intoxiqué les électeurs. Si un écart existe entre les derniers sondages publiés et le résultat, c'est qu'on a voulu manipuler, et si les résultats sont en phase avec les tendances des derniers sondages, c'est aussi qu'on a réussi à manipuler ! Le procès fait aux sondeurs est un grand classique de ces soirées, j'y ai été personnellement confronté plusieurs fois dans ma carrière. Procès parfois intenté par ceux-là mêmes qui m'avaient commandé des études durant toute la séquence électorale, y compris des vagues confidentielles.

J'ai donc eu des prises de bec avec les uns et les autres. Je me souviens ainsi que lors d'une de mes premières soirées électorales, sur RMC, je me suis un peu sottement accroché avec Michel Jobert, dont le Mouvement des démocrates avait présenté des candidats dans soixante-quinze circonscriptions. Il faisait au total un résultat très médiocre, et il l'expliquait au micro en affirmant que son résultat global devait être multiplié par cinq ou six pour mesurer son véritable poids électoral. Je lui ai fait valoir que son raisonnement ne tenait pas car s'il n'avait que soixante-quinze candidats, c'était un aveu de faiblesse pour son mouvement qui n'avait pas pu présenter des candidats ailleurs, et que d'autre part… cinq fois zéro cela fait toujours zéro ! Il l'a très mal pris et m'a dit après : « Vous êtes vraiment méchant ! »

Je me rappelle un soir d'élection où le socialiste Louis Mermaz s'est mis à critiquer les sondages. Je lui ai rétorqué : « Mais, enfin, vous n'avez pas toujours dit ça ! » « Non, je dois le reconnaître, me répond-il, précisant : Nous nous en sommes même souvent réjouis ! » Une autre fois, ça a été le socialiste Henri Emmanuelli, plusieurs fois Jean-Marie Le Pen. Et pas mal d'autres… Les hommes politiques jouent le jeu de la dénonciation des sondages sur les plateaux, mais au fond ils savent bien que ce n'est qu'un jeu, une posture, une diversion pour éluder leurs responsabilités lors de mauvais résultats.

Comment j'ai annoncé à François Mitterrand qu'il venait de gagner l'élection présidentielle de 1981

En 1981, j'étais à la fois sondeur et politologue sur les plateaux. Dans une présidentielle, il y a deux semaines entre les deux tours de scrutin et il est à l'époque interdit de publier des sondages la seconde semaine. Donc plusieurs des grands instituts de la place – le mien y compris – ont proposé à Giscard et à Mitterrand de réaliser des sondages privés en commun, avec un financement partagé, pour mesurer la dynamique de campagne dans la dernière semaine.

J'ai donc eu à présenter à chacun des deux candidats le résultat du dernier sondage. Le vendredi en fin d'après-midi, j'ai, comme convenu, appelé le président en exercice, que mon sondage donnait battu. C'est là que Giscard m'a dit qu'il sentait une poussée en sa faveur, épisode que j'ai évoqué dans le premier chapitre de ce livre.

Avec Mitterrand, cela c'était bien passé puisque notre sondage le donnait gagnant et il a été convenu que je devais l'appeler le dimanche en fin d'après-midi, à *l'hôtel du Vieux-Morvan*, à Château-Chinon, pour lui donner les résultats de notre estimation. Le hasard, ou la chance, a fait que j'ai été le premier en mesure de sortir de nos machines un résultat fiable à 18 h 26. Il faut dire que pour un second tour de présidentielle, le dépouillement se déroule très vite, car il n'y a que deux candidats. À 18 h 26 donc, j'appelle François Mitterrand et je lui dis : « Bonsoir monsieur le président, vous êtes élu… » Il me répond : « Vous êtes sûr ? » Je réponds par l'affirmative, lui précisant que l'estimation est stabilisée et qu'il n'y aura plus de changement notable. Et là il me désarçonne en demandant : « Suis-je obligé de le dire à ceux qui sont autour de moi ? » Curieuse question ! Je lui réponds : « Monsieur le président, vous faites absolument ce que vous voulez. Je vous ai donné les résultats, vous en faites ce que bon vous semble, moi, chez vous, je n'appelle que vous. » Est-il besoin de rappeler qu'à l'époque il n'y a pas de chaînes d'info en continu, pas de téléphones mobiles, pas de réseaux sociaux et que ce secret d'initié peut bien être gardé pendant plusieurs dizaines de minutes ! Et il commente : « Fort bien, je préfère attendre un peu avant de le leur dire. » Et en effet, j'ai appris plus tard qu'il n'avait rien dit à son entourage pendant vingt à trente minutes, et qu'il continuait à converser comme si de rien n'était, écoutant ceux qui relayaient des rumeurs, qui avaient, disaient-ils, entendu des choses… Lui donnait l'apparence de celui qui gardait la tête froide face à l'incertitude de son destin, suscitant l'admiration, alors que tous ses amis étaient sur des charbons ardents.

Comment j'ai reçu ma seule décoration : le Mérite agricole !

Je ne suis pas favorable aux décorations, pourtant pas mal de Premiers ministres m'ont proposé la Légion d'honneur. J'ai toujours refusé, parce que je pense qu'un chercheur en science politique ne doit pas accepter la Légion d'honneur de la part du pouvoir. Je vois bien que certains le font, je ne leur en fais aucun grief, mais pour ce qui me concerne je pense qu'on n'a pas une relation avec le pouvoir de telle nature qu'on puisse accepter cette médaille au titre de reconnaissance de ses bons et loyaux services.

J'ai eu l'occasion plusieurs fois de dire que je n'en voulais pas. Un soir, c'était du temps du gouvernement Jospin, je suis invité à dîner au ministère de l'Agriculture. Un ancien camarade du PSU, Louis Le Pensec, en était le ministre.

Nous sommes une dizaine, attablés, et quelqu'un me repose la question de la Légion d'honneur. Je réitère que je n'en veux pas. Quelqu'un me demande alors s'il existerait une décoration que j'accepterais. Sans doute parce qu'on est au ministère de l'Agriculture, je dis, pour blaguer : « Peut-être le Mérite agricole. » Éclats de rires dans la salle à manger : pourquoi le Mérite agricole, insiste-t-on ?

La première raison c'est qu'en effet je ne le mérite en rien, je n'ai jamais eu aucune qualité à faire valoir en matière d'agriculture, donc ce serait vraiment uniquement une plaisanterie. Et puis c'est une décoration qui fleure bon la République d'antan.

Je pensais en rester là, point final de l'histoire. Quelques semaines plus tard, je reçois un coup de téléphone de quelqu'un qui se présente comme étant de la préfecture de police de Paris. Je me demande quel délit j'ai bien pu commettre. Il me rassure, me dit qu'il m'appelle pour me demander d'envoyer une pièce d'identité, parce que je suis proposé pour une décoration. Craignant que ce ne soit la Légion d'honneur, je le prie de me dire de quelle décoration il s'agit. Il me rétorque qu'il n'a pas le droit. Finalement, il a bien voulu m'indiquer qu'il s'agissait du Mérite agricole. J'ai ri. Et, toute honte bue, j'ai envoyé une copie de ma carte d'identité !

J'ai reçu la copie du décret me nommant chevalier du Mérite agricole. Je raconte cette bonne fortune à mon ami, connu au PSU, Jean-Paul Huchon, devenu président de la région Île-de-France, ancien directeur de cabinet de Michel Rocard à Matignon mais aussi, auparavant, au ministère de l'Agriculture, et qui avait été président du Crédit agricole. À tous ces titres, il était commandeur de cet ordre, et il m'a dit : « Excellent, si tu veux je te la remets, ça serait sympa. »

Il faut dire qu'une remise du Mérite agricole dans les jardins du Conseil régional d'Île-de-France, entouré de nombreux amis amusés, cela ne manquait ni de charme ni de panache ! Nous avons, Jean-Paul Huchon et moi, prononcé de petits discours, rappelant combien j'avais honoré l'agriculture française, sans cacher qu'il y avait une dimension ludique dans tout cela.

Je dois dire que nous avons été, ma femme et moi, propriétaires d'une maison dans le magnifique département du Lot durant trente-deux ans, et s'il y a bien un endroit où je n'ai jamais dit que j'étais chevalier du Mérite agricole c'est bien là-bas, parce que cette décoration y est prise très au sérieux. Si par hasard des amis paysans lotois lisent ce livre, je leur demande vraiment pardon de leur avoir caché cette aventure. Et j'ajoute, pour ma défense, que j'ai pratiqué assidûment les arts culinaires du Lot et que j'ai vanté sans relâche, à la capitale et ailleurs, les bienfaits de son terroir et de sa cuisine.

Ce que j'ai essayé de montrer, ou retour sur quelques-uns de mes ouvrages

Parmi mes publications qui ont compté à mes yeux, je souhaite ici revenir sur une petite sélection d'ouvrages d'analyse politique, en expliquant ce que j'ai voulu démontrer dans ces livres et comment cela a nourri mon point de vue de politologue.

Mes travaux, mes réflexions ont été publiés par plusieurs éditeurs. Je leur ai toujours dit que je les considérais comme des « imprimeurs », pour les dissuader de m'imposer des corrections ! Je dois dire qu'ils ont été bienveillants envers moi. Et même, que je n'ai que de bons souvenirs avec eux. Avec Mireille Perche, aux Presses de Sciences Po, un peu rude mais charmante et compétente ; avec Jean-Étienne Cohen-Séat, humour et culture faits homme, chez Hachette et Calmann-Lévy ; avec Olivier Nora, chez Grasset – le fils de Simon, que j'avais tant aimé au Club Jean-Moulin –, une merveille de charme et d'intelligence, premier lecteur attentif et délicat de mon manuscrit ; avec mon ami Gilles Achache, chez Calmann-Lévy, aussi drôle que brillant, aussi imaginatif que respectueux des auteurs ; et par-dessus tous, s'ils me le permettent, avec Isabelle Seguin (trop tôt arrachée à la vie, elle qui l'incarnait si bien), inventive, perfectionniste, chaleureuse, sincère, prévenante, que j'ai suivie sans la moindre hésitation dans ses maisons d'édition successives.

Le métier de député[6]

En premier, je pense au livre sur les députés français. L'idée de départ était de continuer à travailler sur les *middle level elites* mais en montant dans l'échelle des responsabilités, et de récolter les réponses à un questionnaire pour savoir qui étaient les députés français élus en 1968, après la dissolution. Qui ils étaient non seulement en termes de sociologie, mais en termes de mobilité sociale, ce qui les avait amenés à souhaiter devenir

6. Roland Cayrol, Jean-Luc Parodi, Colette Ysmal, *Le Député français*, Paris, Armand Colin, 1973.

députés, et puis quelle idée ils se faisaient de leur rôle. Nous visions l'interrogation, non pas d'un échantillon de députés mais du maximum d'entre eux, si possible de tous – et nous avons approché cet objectif. Nous avons réparti les quatre cent sept interviews entre Colette Ysmal, Jean-Luc Parodi et moi. Nous avons ainsi effectué une très intéressante plongée dans le personnel politique, avec des face-à-face d'une bonne heure au minimum, et d'un maximum de trois heures quarante-cinq pour le plus bavard !

Cela m'a permis de vivre des moments assez insolites. Impossible pour moi de ne pas me souvenir du communiste Virgile Barel, des Alpes-Maritimes, né en 1889, qui me répondit à la question sur la profession de son père : cocher de fiacre ! Je me souviens d'avoir interrogé Robert Fabre, qui allait être, à la tête des radicaux, l'un des trois leaders de l'Union de la gauche. Je lui demande pourquoi il a voulu devenir député et il m'explique : « Je vois que vous ne savez pas ce que c'est que d'être pharmacien à Villefranche-de-Rouergue ! » Visiblement il voulait partir de sa ville natale pour vivre d'autres aventures. Je me souviens aussi de l'ancien ministre gaulliste Louis Joxe (père de Pierre, ministre socialiste, lui), qui m'a reçu dans son magnifique appartement de la place Dauphine, et pour qui il avait fallu trois interviews car il voulait tout raconter dans le détail. Avec une courtoisie extrême, il m'offrait à chaque fois force verres de porto tout en me racontant sa vie, au point que je me sentais ivre à la sortie de chaque entretien. Par exemple, il m'a raconté qu'en 1946 il était allé trouver le général de Gaulle pour lui dire que, restant bien sûr gaulliste, il pensait néanmoins réadhérer au Parti radical. Et de Gaulle lui avait répondu : « Ah bon, Joxe, on va blanchir les sépulcres ? » La phrase du général m'avait paru bien rude, au moins ambiguë, renvoyant au Nouveau Testament – « Vous ressemblez à des sépulcres blanchis, qui paraissent beaux au-dehors et qui, au-dedans, sont pleins d'ossements de morts et de toute espèce d'impureté », Matthieu, XXIII, 27 –, mais Joxe paraissait la prendre avec philosophie !

Je me rappelle également avoir été fasciné, en interrogeant la communiste Marie-Claude Vaillant-Couturier, par son matricule de camp de concentration, tatoué sur le bras. Je me rappelle Arthur Conte, devenu plus tard le président de l'ORTF, me demandant : « Cayrol, Caïllerol, c'est de chez moi, ce nom ? » Je lui dis que le village de mes ascendants est Marquixanes (Pyrénées-Orientales). « C'est bien ce que je disais, c'est dans ma circonscription ! » Le temps d'un entretien, cela nous a rapprochés et il s'est montré très disert !

Bref, cette enquête nous a permis de voir qui étaient ces députés et d'en faire la description, à la fois sur le plan sociologique et en termes de différences selon les formations politiques.

La plupart des députés appartenaient aux catégories sociales privilégiées mais, si les députés de droite étaient, en nette majorité, issus de milieux familiaux bourgeois, ceux de gauche étaient majoritairement en mobilité sociale ascendante, leurs parents appartenant bien plus souvent aux catégories populaires ou aux classes moyennes inférieures.

Leur vision des institutions était alors très divergente : les députés centristes et de droite appréciaient fortement les mécanismes de la Ve République, encore rejetés massivement par ceux de gauche.

Quant au fonctionnement de l'Assemblée, la discipline de groupe – l'obligation de voter au Parlement selon les directives du parti – était beaucoup moins bien acceptée à droite qu'à gauche, alors que dans la réalité, les députés gaullistes étaient contraints d'être, comme on le disait alors, les « godillots » disciplinés du général !

Moi qui étais volontiers critique à l'égard des politiques – au fond je le suis resté quant aux apparatchiks, aux ténors de la vie politique et aux jeux de rôles auxquels ils se prêtent –, j'ai apprécié de découvrir ces élus de terrain. Il y a chez beaucoup d'entre eux une simplicité, une modestie, avec un zeste de satisfaction d'être arrivé là où ils sont, qui a toujours déclenché chez moi plutôt de la sympathie pour les députés.

La télévision fait-elle l'élection ?[7] *Et le goût pour la recherche comparative*

Voilà une question que j'ai essayé de prendre à bras-le-corps très tôt mais qui au fond ne sera jamais totalement tranchée. Je connaissais Gabriel Thoveron, de l'Université libre de Bruxelles, depuis plusieurs années, et nous nous sommes retrouvés, lui et moi, en compagnie de Jay Blumler, de l'université de Leeds, au Congrès mondial de l'Association internationale de science politique à Montréal en 1973.

---

7. Roland Cayrol, Jay Blumler, Gabriel Thoveron, *La télévision fait-elle l'élection ?* Paris, Presses de Sciences Po, 1978.

J'avais déjà publié dans la *Revue française de science politique*, en 1970, un compte-rendu critique de plusieurs ouvrages sur les relations entre télévision et politique – dont ceux de Kurt et Gladys Lang, le numéro de la revue belge *Études de radio-télévision*, dirigé par Gabriel Thoveron et Anne Pluvinage-Paternostre, ainsi que du livre qui a fait date de Blumler et Denis McQuail, *Television in Politics : its Uses and Influence* (1968).

Ces derniers développaient la théorie des « usages et gratifications » pour étudier le rôle qu'avait pu avoir la télévision lors des élections générales de 1964 dans deux circonscriptions du Yorkshire, en Angleterre. L'hypothèse de départ de cette théorie est que, selon le type d'usages qu'on va faire, qu'on veut faire ou qu'on sait faire de chacun des médias qu'on utilise lors d'une campagne électorale, ce média – par exemple la télévision – est susceptible d'avoir ou pas une influence. Il ne faut donc pas tenir compte principalement de l'importance quantitative du visionnage de la télévision par les électeurs mais plutôt des types et des degrés de motivation pour lesquels les électeurs suivent les émissions politiques et les informations sur les élections. *Grosso modo*, chez ceux qui regardent les médias par simple distraction, pour suivre l'actualité générale, cela ne fait ni chaud ni froid à leur comportement électoral. En revanche, ceux qui vont y chercher des argumentaires de campagne sont susceptibles d'en trouver, et par conséquent éventuellement de changer d'avis.

Nous avons eu des élections quasi concomitantes en 1974 en France, en Grande-Bretagne et en Belgique, et nous avons décidé, à Montréal, d'administrer un questionnaire commun fondé sur cette théorie, pour essayer d'en vérifier les fondements. Je ne pensais pas que c'était forcément l'alpha et l'oméga de l'explication sociologique des effets des médias, mais je pensais que c'était assez fin, assez malin, et que cela méritait d'être regardé de plus près. Et cela a donné des résultats assez convergents dans nos trois pays. Nous avons constaté des différences d'approche dans l'utilisation des médias, susceptibles d'expliquer leur influence. À un moment où l'idée était plutôt au « on ne trouve jamais rien, et ça n'influe pas », nous avons mis au jour le soubassement d'une hypothèse selon laquelle il pouvait y avoir une influence, mais qu'elle dépendait beaucoup de l'utilisation que chaque citoyen entendait avoir du média télévision. Chez les citoyens avides de mieux percevoir les enjeux et les argumentaires de campagne, ce rôle de la télévision paraissait plus important encore, parce que nous étions (déjà) entrés dans une période marquée par un net fléchissement de la stabilité des comportements politiques, ce que les Anglo-Saxons ont baptisé la « volatilité électorale ». L'électorat est devenu moins rigide. Ses votes sont moins guidés par l'habitude, les traditions familiale, sociale, religieuse.

La télévision s'est développée au moment où ces mutations prenaient de l'ampleur. C'est à la suite de la première campagne électorale télévisée qu'en France, le général de Gaulle a été mis en ballottage. En Grande-Bretagne, la résurgence du parti libéral a été grandement facilitée par son accès à la télévision. En Belgique, la percée des partis non traditionnels s'est faite l'année où la radio-télévision a créé les émissions mettant les candidats « face à l'opinion ».

La télévision n'a certainement pas créé ces phénomènes politiques. Sans doute les a-t-elle amplifiés, peut-être a-t-elle joué un rôle de catalyseur. Surtout, elle est venue à point pour répondre à un besoin : élargir la gamme des moyens d'information d'un électorat aux préférences moins nettement fixées. Devenue le moyen préféré de cet électorat, la télévision a évidemment vu la portée de sa mission – et de son influence – encore accrue.

Ce travail en commun et ce soubassement théorique ont achevé de me convaincre qu'on ne pcut pas avoir une vision monolithique facile, et *a fortiori* méprisante, de la foule électorale. On a affaire à des individus, des citoyens qui sont façonnés par des histoires, des trajectoires et des catégories sociales, par leur façon de regarder la politique, exprimant un besoin ou une détestation qui méritent d'être pris en compte.

Grâce à ce travail et cette complicité intellectuelle, Blumler et Thoveron sont devenus pour moi plus que de bons collègues, de vrais amis.

Moi qui déteste rédiger des nécrologies, j'ai dérogé pour l'un et l'autre, dans *Le Monde*[8].

L'avantage de la recherche comparative avec des collègues étrangers tient à ce qu'on est en terrain extérieur (nous nous retrouvions souvent à Bruxelles ou dans une ville d'Europe où se tenait un congrès…) et qu'on peut à la fois travailler, parler, dîner, échanger et donc se faire

8. Roland Cayrol, « Gabriel Thoveron, spécialiste de l'histoire et de la sociologie des médias », *Le Monde*, 4 avril 2007, et « La mort de Jay G. Blumler, professeur de science de la communication », *Le Monde*, 10 février 2021.

des amis, qui deviennent très chers. Gabriel Thoveron et Jay Blumler sont maintes fois venus chez moi, je suis allé chez eux, à Bruxelles ou à Leeds.

Thoveron était un vrai chercheur, très fin dans ses analyses, avec une belle écriture, ce qui n'est pas le fait de tous les sociologues et politologues hélas, qui jargonnent et usent d'un style abscons pour faire savant ; c'était aussi un homme plein d'humour et un enseignant hors pair. C'est moi qui l'ai fait venir à Sciences Po, à Paris, pour délivrer le cours d'histoire des médias pendant quelques années. Il y a excellé ! Les étudiants lui attribuaient des appréciations très positives, notamment parce que son expertise s'accompagnait de cette simplicité, cette drôlerie qui faisaient de lui un intellectuel « simple », et c'est un compliment sous ma plume comme dans les évaluations étudiantes.

Blumler, lui, c'était un personnage, avec une grande stature, une corpulence, une barbe impressionnante et un chanteur exceptionnel – il chantait l'opéra en anglais, en italien et en russe. Il avait cette façon de tout prendre avec énormément de sérieux car il a toujours cru à la science quantitative et à la vertu du chiffre. D'un autre côté, il était mû par une incroyable et permanente envie d'apprendre, de comprendre et de conseiller. Il était américain de nationalité, mais comme il vivait en Angleterre depuis les années 1950, il avait décidé de s'investir dans ce pays. Il a eu un très grand rôle auprès de la BBC et en partie aussi auprès de la chaîne privée ITV, notamment pour y établir des codes d'éthique. Il souhaitait avec force que soient instituées et respectées des normes professionnelles, et que les citoyens puissent participer au contrôle de la télévision. Il a ainsi joué un rôle impressionnant, en tant que chercheur mais aussi comme acteur d'un véritable lobby éthique. Et sa chaleur humaine était très communicative !

Ce sont ces recherches sur la télévision qui m'ont permis pendant plusieurs années, à partir de 1977, d'animer à Venise, à la demande de la Fondation Georgio-Cini, des colloques internationaux d'études centrées sur la télévision. Les autorités italiennes n'étant pas forcément en avance dans la fixation des dates de colloque, quel plaisir ce fut de contacter des collègues de plusieurs pays pour leur demander un rapport, et de m'entendre dire que cela n'était pas envisageable dans le trop court délai qui leur était imparti mais de les convaincre en leur expliquant : « C'est à Venise, pour trois jours, tous frais payés et vous serez logé à l'hôtel *Danieli* ! »

J'ai également fait partie d'un groupe de travail européen créé autour de Jay Blumler pour étudier les élections européennes et le rôle des médias pendant ces élections[9].

J'ai rédigé le volume de la collection Thémis, fameuse chez les étudiants, sur la presse écrite et audiovisuelle (combien n'ont-ils pas travaillé sur « le Cayrol » !), puis, près de vingt ans plus tard, une nouvelle version sur l'ensemble des médias[10]. Elle comprenait une dernière partie consacrée à l'état des connaissances sur leur influence.

9. Jay Blumler (dir.), *Communicating to Voters. Television in the First European Parliamentary Elections*, *op. cit.*

10. Roland Cayrol, *La Presse écrite et audiovisuelle*, Paris, PUF, 1973 ; *Les Médias. Presse écrite, radio, télévision*, Paris, PUF, collection « Thémis », 1991.

Je me suis intéressé assez tôt aux dérives professionnelles du travail journalistique, et aux dégâts causés par l'évolution des médias modernes sur le fonctionnement de notre démocratie[11].

J'ai eu le plaisir, après la publication de mon livre sur le sujet, d'apprendre que je détenais, après mon bon maître Alfred Grosser, le record des ventes de l'éditeur de Sciences Po !

Et bien sûr, je n'ai pas été insensible à l'importance prise par Internet et les réseaux sociaux dans les formes nouvelles de la vie politique et leur rôle dans la montée des intolérances. Cela m'a valu, comme je l'ai déjà dit dans le chapitre I, d'être membre de la commission indépendante sur « Les Lumières à l'ère numérique », qui a proposé, dans son rapport[12], des mesures pour tenter de faire évoluer positivement, en France et en Europe, cet écosystème complexe.

Les bienfaits de la recherche comparative internationale

En tout domaine, j'ai toujours fortement apprécié la dimension internationale, et d'abord européenne, de la recherche. L'Europe est devenue mon milieu naturel. Cette immersion a sans conteste joué un rôle dans l'affermissement de mes sentiments politiques proeuropéens.

---

11. Roland Cayrol, *Médias et démocratie. La dérive*, Paris, Presses de Sciences Po, 1997.

12. Gérald Bronner (dir), *Les Lumières à l'ère numérique*, Paris, PUF, 2022. Voir également la note n° 3, p. 151.

Vivant pleinement « en Europe », j'avais de plus en plus de mal à admettre les réticences envers la construction de cette indispensable union que je voyais, sous mes yeux, parfaitement fonctionner.

L'université d'Oxford y a été ma première tête de pont. Nuffield College d'abord, avec Philip Williams (le meilleur connaisseur de la Quatrième République), Lincoln College ensuite, avec David Goldey (américain de naissance, devenu un observateur avisé et plein d'humour des arcanes de la vie politique française), et puis la Maison française de l'Université, dirigée par ma collègue Monica Charlot, mettant fort intelligemment en œuvre ses qualités britanniques autant que françaises par le mariage (avec notre estimé collègue de Sciences Po, Jean Charlot).

C'est en 1968 que j'ai participé à mon premier voyage officiel à Oxford. La Fondation nationale des sciences politiques entretenait des relations institutionnelles avec Oxford, et des réunions d'étude de l'actualité avec les experts de Nuffield College avaient lieu tous les six mois, chez l'un ou chez l'autre. Seules les huiles de Sciences Po étaient conviées au voyage à Oxford ; au sortir de Mai 68, en signe d'ouverture, je fus également invité !

Je fus initié à un vieux cérémonial. Afin de ne pas risquer les retards d'avion, nous partions en train pour Oxford et en revenions d'abord en taxi jusqu'à Gatwick ou Heathrow, puis par avion jusqu'à Paris. Sur place, outre les réunions d'échange, nous avions droit aux repas dans l'une des belles salles à manger des enseignants et des élèves. Le soir, nous étions reçus à dîner par le doyen dans un adorable petit salon ; sitôt le dîner terminé, nous changions de salon pour déguster les bouteilles mémorables de porto ou de madère, puis de cognac, issus de la collection XIXe siècle du College. Tout le monde n'était pas invité : fort peu féministe, la tradition réservait ce moment privilégié aux messieurs. Les femmes, y compris chercheuses chevronnées, étaient au même moment conviées à un thé par l'épouse du doyen, et avec elles ma chère amie Annick Percheron alors même qu'elle était la directrice du Cevipof !

Notre départ en train s'effectuait en wagons-lits, deux personnes dans chaque compartiment. Je fis le premier voyage en compagnie d'Alfred Grosser. Quelle ne fut pas ma surprise, vers 6 heures du matin, quand, soudain réveillé, je vis Grosser rabattre la tablette du compartiment et se mettre à écrire. Comme je m'étonnais, il m'expliqua : « Où que je me trouve, j'écris chaque jour de 6 heures à 9 heures. Comme ça, j'ai ensuite toute ma journée à consacrer à autre chose. »

Pour le retour on nous commandait plusieurs taxis pour nous rendre à l'aéroport, à raison de deux personnes par taxi. Cette première fois, en 1968, Jacques Chapsal, le patron de Sciences Po, avait prévu de partager une voiture avec le plus « capé » de la délégation : François Bloch-Lainé. Mais, à la surprise affreusement déçue de Chapsal, Bloch-Lainé, peu porté sur le protocole, lui dit devant moi : « Je suis chargé d'animer un groupe de travail gouvernemental sur la création de la future université Dauphine. Je vais faire le voyage avec Cayrol, il me fera part de ses idées. »

J'eus d'autres occasions de constater l'originalité de François Bloch-Lainé.

À l'aéroport, nous sommes une petite dizaine à attendre l'heure de notre embarquement. Un message parvient des haut-parleurs réclamant M. Bloch-Lainé. Il nous explique : « C'est parce qu'ils ont repéré que j'étais membre du Conseil d'administration d'Air France, ils m'offrent une voiture pour me conduire à l'avion ! » Et il va au comptoir, demande (et obtient) cinq voitures, de manière que ses collègues ne soient pas choqués par une différence de traitement…

François Bloch-Lainé, président du Crédit lyonnais de 1967 à 1974, m'a un jour raconté : « J'adore mon métier à la banque. Mon seul cauchemar, c'est lorsque la voiture m'y conduit tous les matins, je sais que je vais tout de suite trouver, dans la petite salle d'attente qui jouxte mon bureau… Arlette Laguiller[13] ! »

À Lincoln College nous avons droit, mon épouse et moi, à un petit appartement coquet avec terrasse, au sein même de l'établissement. Au matin, un serveur en tenue vient nous offrir le petit déjeuner dans des ustensiles en argent. Les dîners se prennent dans la grande salle des étudiants, où chacun arbore sa toge. Dépaysement garanti !

Autre expérience européenne : la Belgique, en l'occurrence son Fonds national de la recherche scientifique (FNRS), l'équivalent de notre CNRS. Celui-ci a été l'un des tout premiers organismes de ce genre à inviter des membres étrangers à siéger à sa Commission des sciences sociales, gérant le financement des projets de recherche et la carrière des chercheurs. Bel exemple

13. Trotskyste, porte-parole de Lutte ouvrière, six fois candidate à l'élection présidentielle, de 1974 à 2007 et déléguée syndicale F.O. au Crédit lyonnais.

d'ouverture. J'ai inauguré, avec un collègue suisse, cette fonction que j'ai exercée plusieurs années, à Bruxelles. Ce fut une expérience passionnante, qui m'a plongé dans l'univers de la recherche de toutes les universités belges.

Là aussi, cérémonial particulier. Chaque réunion d'une journée de la commission comportait une matinée où l'on passait en revue les universités et les chercheurs francophones. Après un plantureux déjeuner, chacun emportait son verre de cognac en salle de réunion où l'après-midi était consacré aux universités et aux chercheurs flamands. Bien sûr, siégeaient les représentants des universités flamandes autant que francophones et chacun avait le droit de voter dans chaque demi-journée. Mais j'ai vite remarqué que les chercheurs wallons n'assistaient pas aux discussions concernant les collègues flamands, alors que ces derniers participaient à la totalité de la journée…

Une autre collaboration fructueuse : avec la Roumanie. Je suis allé, en 1972, à une réunion organisée à Bucarest par l'Association internationale de science politique. Il n'y avait évidemment pas de politologues roumains – la discipline n'était pas autorisée. En leurs lieu et place, des membres du gouvernement, à commencer par le ministre des Affaires étrangères ! Dans mon intervention, j'ai relevé ce fait troublant.

À la fin de la séance, un auditeur est venu me dire qu'il était le responsable des études de la télévision publique, et me demander si j'étais libre le soir. C'est ainsi que j'ai fait la connaissance de Pavel Campeanu, qui est ensuite devenu un ami, ainsi que de son épouse, Stefana Steriade, sociologue.

Le soir, Pavel m'a entraîné au siège de la télévision, où nous avons retrouvé quelques collègues à lui. Il m'a présenté en affirmant que j'étais un ami, et qu'on pouvait parler librement devant moi. Tous étaient des démocrates convaincus. En plein Bucarest, dans un organisme public, au pire moment de la dictature de Ceauşescu, nous avons ainsi échangé tranquillement et, je dirai, chaleureusement.

Pendant des années, nous avons travaillé ensemble. Notamment en construisant un échantillon national de la population roumaine et en organisant des sondages libres. La Roumanie étant un pays rural, mes amis ont demandé à des acteurs de films ou de séries connus du public d'être leurs ambassadeurs auprès d'habitants de leur village, pour leur poser des questions dont on leur garantissait que les réponses ne seraient pas transmises à l'État, ni au parti. Progressivement, l'échantillon bricolé est devenu représentatif. Des résultats ont été reproduits en ronéo, à l'intention de démocrates choisis. Parfois, les questions étaient les mêmes que celles posées par des organismes officiels. Nous avons souvent enregistré des différences de cinquante points de pourcentage entre ces organismes et notre méthode !

Pour vérifier leur légitimité, l'équipe de Pavel a parfois demandé aux répondants de se livrer, à heure dite, à une action : éteindre cinq minutes leur téléviseur, marcher quelques minutes autour de la fontaine de leur village… À chaque fois cela fonctionnait, les citoyens le faisaient !

J'ai acquis la conviction que, dans les pires régimes autoritaires, l'opinion publique existait et que l'information circulait… J'ai pu vérifier cela dans d'autres pays – au Chili, au Maroc, j'y reviendrai.

J'ai donc toujours été sceptique, par exemple aujourd'hui concernant la Russie pendant la guerre d'Ukraine, devant ces affirmations, chez nous, selon lesquelles les peuples seraient abrutis par la propagande et ne sauraient pas ce qui se passe réellement.

Régulièrement, Pavel Campeanu nous faisait parvenir par la bande, à moi ou à des amis, des chapitres de ses prochains livres, à charge pour nous de les transmettre à son éditeur canadien ou américain[14].

Les réunions des associations européennes et internationales de science politique ont également été des occasions de rencontres intéressantes, parfois inattendues, permettant de saisir des aspects de la vie politique dans le pays. En marge du congrès de l'Association internationale de science politique, tenu à Moscou en août 1979, j'ai eu l'occasion de passer quelques heures avec le traducteur français de Leonid Brejnev, alors secrétaire général du Parti communiste de l'Union soviétique et leader incontesté du pays.

D'origine arménienne, venu de France alors qu'il était enfant, notre traducteur nous a fait visiter, à mon épouse et à moi, son appartement, bien modeste compte tenu de ses fonctions, mais c'était un privilège d'avoir un appartement sans avoir à le partager avec un collègue. Il nous a expliqué les combines de la vie dans le système,

14. Voir notamment *Origins of Stalinism. From Leninist Revolution to Stalinist Society*, Routledge, 1986 ; *The Genesis of the Stalinist Social Order*, M. E. Sharpe, 1988.

notamment pour trouver de l'essence, quand le carburant venait à manquer, grâce au réseau de pompistes arméniens !

Lors du même congrès, à notre hôtel, un jeune collègue soviétique a toqué à la porte de notre chambre. Il s'est immédiatement engouffré dans la salle de bains (scène alors classique à Moscou) et a ouvert en grand les robinets d'eau, pour couvrir les sons captés par les micros espions. Nous avons pris un rendez-vous discret en ville. Ce politologue, parlant un français parfait, travaillait sur la CFDT. Il savait tout, sur chaque fédération et chaque courant de la centrale syndicale. Il n'était pourtant jamais allé en France, il n'avait jamais obtenu de visa pour pouvoir quitter l'URSS. C'était son rêve : aller à Paris, voir « en vrai » les militants de la CFDT…

J'ai pu rencontrer à Moscou des dissidents remarquables. J'ai par exemple fait la connaissance, par sa femme la comédienne Marina Vlady, une amie à nous (de mon épouse, surtout), de Vladimir Vyssotski, un grand comédien shakespearien encensé par les autorités mais surtout connu du public par ses chansons, enregistrées sur des disques pressés en Bulgarie, des chansons considérées comme résistantes parce qu'elles parlaient de la vie quotidienne des Soviétiques. J'ai pu le constater : on ne pouvait faire trois mètres dans Moscou sans qu'il fût abordé par des admirateurs, chasseurs d'autographes. Volodia nous a fait connaître pas mal d'amis à lui. Un acteur qui ne savait en français que… les pièces de Molière, toutes apprises phonétiquement. Un chanteur d'opéra que nous sommes allés écouter dans *Le Nez*, de Chostakovitch, dans un théâtre qu'aucun média ne citait mais qui, par le téléphone russe comme certains parlent du téléphone arabe, était miraculeusement complet ! J'ai découvert une contre-culture d'artistes – peintres, comédiens, musiciens, chanteurs – qui ne pouvaient faire connaître leur art qu'à leurs semblables, pratiquants d'une création tenue en lisière par le pouvoir.

Pas bien longtemps après, hélas, le 9 août 1980, je rendais hommage à Vyssotski en faisant, dans *Le Nouvel Observateur*, la narration de son enterrement – auquel près d'un million de Moscovites venaient d'assister – dans un article qui commençait ainsi : « Aucun journal, aucune radio, aucune chaîne de télévision de Moscou n'avait cru bon d'annoncer sa mort. Et pourtant, prévenus par ce fabuleux téléphone populaire souterrain que seules connaissent les sociétés totalitaires, ils étaient des milliers, des jeunes surtout, devant son théâtre pour manifester leur peine, leur tristesse. »

Opinion, sondages et démocratie

Étant sondeur autant que politologue, j'ai eu très souvent l'occasion de participer à des écrits et à des débats à propos des sondages, certains m'avaient même baptisé « le pape des sondages » !

Je l'ai fait pour défendre l'utilisation de cette méthode, irremplaçable sur plusieurs plans : connaître les contours de l'opinion publique, plaider en faveur d'une amélioration permanente de la déontologie et des techniques de cette discipline, défendre une utilisation et une lecture adultes de leurs résultats.

J'ai écrit un grand nombre d'articles dans ces domaines et deux petits ouvrages[15].

À vrai dire, le second livre constitue une nouvelle édition, revue et augmentée, du premier : les Presses de Sciences Po avaient vendu les droits de publication à la Chine, c'est la raison pour laquelle il m'a été demandé cette nouvelle parution. J'en ai été fort surpris, dans la mesure où les sondages ne sont guère le pain quotidien des habitants de la dictature chinoise ! Au demeurant, possesseur d'un exemplaire envoyé par l'éditeur chinois, je dois avouer ne pas être capable de juger de la fidélité de mon traducteur au texte original !

Le fait est là : le sondage est le produit de la société démocratique et il a toujours été interdit dans les régimes totalitaires. Ni l'URSS, celle de Staline comme celle d'après, ni le Chili de Pinochet, ni l'Argentine du général Videla, ni la Chine, celle de la grande Révolution culturelle et celle d'après, ni le Vietnam, ni Cuba, ni aucun des régimes despotiques du tiers-monde ou de l'Est européen, ni Franco ni Salazar n'ont jamais toléré, de près ni de loin, les sondages d'opinion. L'opinion publique ne pouvait pas y exister.

Le concept d'opinion publique, tel que nous le comprenons aujourd'hui, est né en France avec les Lumières. Les révolutionnaires promulguent la libre expression et la libre diffusion des idées et des opinions ; ils adoptent le principe de la publicité des débats, usent et abusent

15. Roland Cayrol, *Sondages, mode d'emploi,* Paris, Presses de Sciences Po, 2000, et *Opinion, sondages et démocratie*, Paris, Presses de Sciences Po, 2011.

du concept d'opinion publique, le confondant d'ailleurs souvent avec celui de volonté générale. Cette confusion n'en finira pas de créer des dégâts. L'existence d'une opinion publique est un élément constitutif de l'expression de la volonté générale, elle n'y suffit à l'évidence pas. Lorsqu'un groupe ou un peuple se met à « vouloir » quelque chose, il ne se contente pas d'opiner, il agit, sur le plan individuel et collectif (élections, manifestations, grèves, associations, mouvements…). Connaître l'état de l'opinion publique, fût-ce grâce aux sondages, ne permet pas d'inférer ce que serait la volonté populaire, qui s'exprime par bien d'autres moyens. Nos révolutionnaires de 1789 ont ici ouvert la voie à de nombreuses dérives, aujourd'hui encore fréquemment constatées chez les politiques ou dans les médias qui, à partir de données de sondages, en appellent à « ce que veulent les Français ».

Encore faudrait-il, de surcroît, s'interroger sur la légitimité de « l'opinion sondagière », comme disait Jean-Luc Parodi, c'est-à-dire l'opinion publique telle qu'elle s'exprime par les résultats des sondages d'opinion, à représenter l'opinion publique tout court. On connaît, à cet égard, la diatribe de Pierre Bourdieu contre les sondages, à partir d'un article publié sous ce titre fort parlant : « L'opinion publique n'existe pas. »[16] Le philosophe-sociologue y écrivait notamment : « L'opinion publique qui est manifestée dans les premières pages des journaux sous la forme de pourcentages (60 % des Français sont favorables à…) cette opinion publique est un *artefact* pur

16. Dans la revue *Les Temps modernes*, 29 (318), janvier 1973.

et simple dont la fonction est de dissimuler que l'état de l'opinion à un moment donné est un système de forces, de tensions et qu'il n'est rien de plus inadéquat pour représenter l'état de l'opinion qu'un pourcentage. »

Ou bien Bourdieu signale des évidences. Il souligne la limite claire de la technique des sondages, qui ne permet que de saisir des opinions exprimées isolément par des individus dans une situation artificielle (l'enquête) ; il oppose ce recueil à l'état de l'opinion d'une société et à sa volonté politique, faite en effet de forces et de tensions. On ne peut que l'approuver. Ou bien le plus important pour lui est d'affirmer que la fonction des sondages serait, en vérité, de *dissimuler* la volonté politique populaire parce que sondeurs et journaux seraient au service du grand capital : cela ne vaut que le crédit, politique pour le coup, qu'on accorde à ce type d'analyse...

Le coup de génie des inventeurs des sondages d'opinion, Gallup, Roper, dans les États-Unis des années 1930, a été de transférer aux hommes et à leurs opinions les principes déjà bien connus de l'enquête représentative. Ce faisant, ils ont introduit une technique qui allait chambouler non seulement la perception de l'opinion publique mais aussi la politique, les sciences sociales, les médias.

Je ne reviendrai pas ici sur les progrès des techniques de sondage, leurs exploits et leurs erreurs. Ils sont en tout cas devenus un élément essentiel de la vie politique et médiatique de nos pays.

J'insisterai cependant sur deux combats que j'ai entendu mener.

Le premier a concerné la loi française du 19 juillet 1977 sur la publication des sondages électoraux. Celle-ci, outre des mesures tout à fait utiles comme l'imposition de mentions dans la publication desdits sondages ou la création d'une Commission des sondages, interdisait, en son article 11, de publier, de diffuser ou de commenter tout sondage, par quelque moyen que ce fût, durant la semaine précédant chaque tour de scrutin, soit deux semaines d'interdiction de publication de sondages pour les élections à deux tours. Donc, pendant ces périodes « décisives », la réalisation des sondages restait tout à fait possible – on sait que cela a constitué une excellente affaire pour les sondeurs, qui regorgeaient alors de commandes privées. Ce qui était censuré, c'était la *publication* des enquêtes d'opinion. L'information existante, de surcroît selon moi une information utile à la décision citoyenne, était donc réservée aux acteurs qui pouvaient se la procurer sur le marché. Elle était interdite aux organes de presse et aux citoyens. Il s'agissait d'une loi d'atteinte pure et simple à la liberté de la presse. Peu d'acteurs politiques, et peu de responsables de presse, se sont insurgés contre cette loi scélérate. J'ai donc dû prendre la tête de l'offensive !

Il a fallu vingt longues années pour qu'en 1997, entre les deux tours des élections législatives, *Le Parisien* finisse par publier, le 26 mai, un sondage électoral réalisé par notre institut CSA pour *La Tribune de Genève*. En violation, donc, de la loi. Poursuivi devant le tribunal correctionnel sur plainte de la Commission des sondages, Philippe Amaury, directeur de la publication du journal, était attaqué, sur le fondement de la loi de 1977, pour avoir, au cours de la semaine précédant un scrutin, « publié un sondage d'opinion ayant un rapport avec l'élection ». Provoquant la surprise, et contrairement à une jurisprudence constante, le tribunal relaxa le prévenu, arguant de l'incompatibilité de la loi française de 1977 avec la Convention européenne de sauvegarde des droits de l'homme. Le ministère public interjetait immédiatement appel de ce jugement et obtenait satisfaction devant la Cour d'appel le 29 juin 2000.

La Cour de cassation mit fin à la dispute avec un arrêt historique de sa chambre criminelle en date du 4 septembre 2001. Elle jugeait qu'aux termes de l'article 10 de la Convention européenne des droits de l'homme, la loi de 1977, en interdisant la publication, la diffusion et le commentaire, par quelque moyen que ce soit, de tout sondage d'opinion en relation avec une consultation électorale, instaurait une restriction à la liberté de recevoir et de communiquer des informations qui n'était pas nécessaire à la protection d'intérêts légitimes. Elle en déduisait qu'étant incompatible avec les dispositions conventionnelles européennes, ce texte français ne pouvait servir de fondement à une condamnation pénale. Par cet arrêt, qui constituait un revirement de sa propre jurisprudence, la Cour de cassation française rejoignait la position adoptée sur la même question par d'autres juridictions étrangères, comme le Conseil d'État de Belgique ou la Cour suprême du Canada. J'ai eu le sentiment d'une mission accomplie !

L'autre combat a été celui engagé contre les partisans de Pierre Bourdieu. J'ai bien connu le sociologue, fameux mondialement, pour avoir substitué ce qui me semble essentiellement une sémantique nouvelle aux travaux de Marx. Je me souviens de nos longues promenades, sous les arbres de Carcans-Maubuisson ou d'Hourtin, à l'occasion d'universités d'été de la communication. Nous étions en désaccord sur beaucoup de points mais la conversation a toujours été amicale, avec un homme simple, dans le privé. J'ai volontiers accueilli, comme sondeur, les doctorants ou stagiaires qu'il a souhaité m'envoyer.

Les membres de l'école de Bourdieu – les plus moqueurs d'entre nous les appelions les « bourdivins » – étaient à mes yeux des admirateurs simplistes et sectaires des positions du maître. Les sondeurs leur apparaissaient comme des ennemis (ils n'ont pas changé) et eux, comme porteurs de vérités au nom du peuple (ils n'ont toujours pas changé).

Il ne s'agit pas ici de rejeter en bloc la réflexion de Bourdieu et de ses épigones. Ce qu'a écrit le philosophe-sociologue-militant, sur la construction d'une opinion publique par les sondages ou sur le risque de « l'imposition d'une problématique » par les questionnaires des sondeurs me paraît tout à fait recevable.

L'enquête par sondage recueille des opinions individuelles et, considérant que l'échantillon de population est représentatif et que chaque opinion en vaut une autre, postule que l'addition de ces opinions constitue l'opinion du public, ou l'opinion publique.

« On ne photographie pas une construction sociale », écrit mon confrère Loïc Blondiaux, et il n'a pas tort. Aussi les sondeurs, comme tous les sociologues utilisant les entretiens, ne prétendent-ils pas photographier directement une opinion publique mais bien, à partir d'entretiens individuels, construire des données d'opinion publique. Comme l'a écrit un autre politologue-sondeur,

Gérard Grunberg[17] : « Certes, cette “opinion publique” est une construction, un artefact [...]. Mais [...] toute opération scientifique construit des artefacts. La classe ouvrière, par exemple, est un artefact. Ce qui ne veut pas dire qu’il n’y a pas d’ouvriers. »

De même, s’il s’agit de savoir si l’opinion publique ainsi mesurée par les sondages résumerait à elle seule l’opinion publique tout court, *a fortiori* la *volonté politique* d’une société, rendons tout de suite les armes. Les sondages ne sauraient avoir cette prétention. Toutes les formes d’expression de l’opinion doivent être prises en compte et analysées si l’on vise à établir l’état de l’opinion d’une société. Les sondages ne sauraient prétendre au monopole de l’expression de l’opinion publique.

Non, la « faute » reprochée aux sondeurs – il se trouve que ceux-ci la revendiquent pleinement sans y voir une faute ! – réside dans le fait que, dans l’opinion publique qu’ils construisent à partir de leurs enquêtes, ils considèrent que chaque opinion en vaut une autre. Ils appliquent la logique du suffrage universel – un homme ou une femme, une voix – à l’étude de l’opinion, reflétant *ipso facto* la façon dont elle se manifeste. « Ce sont bien, écrit justement Blondiaux, deux définitions de l’opinion publique qui sont ici à l’œuvre et s’opposent. L’une qui reconnaît à la fois l’égalité et l’universalité de principe des opinions, l’autre qui les refuse, au nom d’une autre conception de l’opinion publique. L’une qui se réfère à

17. Gérard Grunberg, « Les ennemis de l’opinion. L’opinion publique, les politologues et le suffrage universel », *Le Débat*, 4 (66), septembre-octobre 1991, p. 41 à 49.

une opinion publique majoritaire, l'autre qui privilégie une opinion éclairée, formée pour les uns de militants et pour les autres d'êtres d'exception[18]. »

Ou des deux à la fois : dans son livre à charge anti-sondages, le zélateur de Bourdieu, Patrick Champagne[19], propose comme solution alternative aux sondages à la fois le recours à l'avis de « l'opinion éclairée » – ceux qui « savent » – et à l'étude des manifestations directes des minorités agissantes.

C'est que nos auteurs entendent bien faire tomber sous le coup de la même critique sondages et élections au suffrage universel. « Si les sondages d'opinion, écrit Champagne, seront aussi facilement adoptés par une large fraction de la classe politique, c'est parce qu'ils se rapprochent des procédures électorales traditionnelles. » Ce sont, ensemble, les sondages et les élections qui, selon lui, sont opposés à la logique « réelle » de l'opinion, en l'occurrence les manifestations de rue.

Les sondeurs doivent avouer, et ils le font, que dans la construction de l'opinion publique à partir des sondages d'opinion il y a en effet ce présupposé intellectuel que chaque opinion en vaut une autre.

Le second aspect fondamental de l'attaque de nos sociologues-militants vise, tout bonnement, le complot politique auquel les sondeurs se livreraient contre la démocratie.

---

18. Loïc Blondiaux, *La Fabrique de l'opinion. Une histoire sociale des sondages*, Paris, Seuil, 1996.

19. Patrick Champagne, *Faire l'opinion. Le nouveau jeu politique*, Paris, Éditions de Minuit, 1990.

Nous apprenons, chez Champagne, que « l'imposition de la technologie des sondages d'opinion est le résultat d'un véritable travail collectif auquel participent, avec leurs intérêts propres, différents mais convergents, un ensemble d'acteurs appartenant au champ politico-journalistique et ayant un intérêt commun à la production de cette nouvelle croyance : spécialistes de la sociologie électorale [...], conseillers importants du personnel politique [...], responsables des instituts de sondage [...], personnel politique enfin ». Le centre du dispositif, pour notre dénonciateur, se trouve à Sciences Po : « Sciences Po occupe [...] une position centrale en ce sens que cette institution tend à imposer *(sic)* aux hommes politiques, aux journalistes, aux sondeurs et aux politologues une certaine vision de la politique dans laquelle les sondages d'opinion occupent une position importante. »

Le dénonciateur va encore plus loin : « La démocratie est sans doute moins menacée aujourd'hui par le totalitarisme que les politologues invoquent comme un épouvantail que par la démagogie et le cynisme que la pratique des sondages encourage par contre très directement. »

Je le disais il y a quelques années : on pourrait se contenter de sourire. Pourtant, cette prose rencontre un réel écho chez nos sociologues, dans nos universités. Faute d'éléments de réflexion critique, ces thèses simplistes semblent même aujourd'hui constituer, en France, l'idéologie universitaire dominante.

Pourquoi ce succès, me suis-je interrogé, en un temps où partout le marxisme, qui déjà, s'en souvient-on, prétendait fonder une vraie science face à la fausse – la science bourgeoise –, s'effondre, et avec lui toutes les explications mécanistes qu'il avait engendrées ?

Mon hypothèse a été et reste celle-ci : dans un monde complexe où les sciences sociales maniant la recherche empirique compliquent toute explication globale, où de surcroît les chiffres sont devenus envahissants, il est intellectuellement reposant de rendre compte de l'évolution du monde par un sens caché. Le dévoilement est à la mode, comme la recherche du chef d'orchestre clandestin dans une certaine presse ou sur les réseaux sociaux. Dans une époque où le sens commun n'a plus de support philosophique identifiable, on recherche avidement des références éthiques ou politiques parées des vertus de la « science ». Et comment résister si cette « science » prétend de surcroît révéler des vérités cachées et démasquer des intérêts occultes ?

Lanceur d'alertes sur la politique et la démocratie

J'ai parfois le sentiment de parler, ou d'écrire, dans le désert !

On accuse souvent les politologues, moi y compris, de ne pas avoir vu venir les crises et les problèmes, d'avoir négligé la montée de l'abstention, celle du populisme, les difficultés des classes moyennes et populaires et la force de leurs colères, l'irruption des Gilets jaunes, le rejet du personnel politique et des élites dirigeantes.

Immodestement sans doute, je crois plutôt avoir publié au cours de ces décennies, outre mes analyses permanentes dans la presse, à la radio ou à la télévision, quatre ouvrages qui auront été ceux d'un lanceur d'alertes sur l'hostilité à la politique et sur les attentes et les colères des citoyens, des catégories populaires en premier lieu.

Dans le premier, six ans avant la fin du siècle dernier[20], analysant les données d'opinion de l'époque, j'étudiais le désenchantement à l'égard de la politique, et même son dénigrement, et m'interrogeais sur les moyens possibles d'une réconciliation entre les Français et la politique, annonçant qu'il y allait « du salut de la démocratie dans ce pays ».

Observant le poids du chômage sur les préoccupations du peuple français (quarante ans en tête des soucis), je constatais que les citoyens s'étaient donné trois valeurs de substitution : celle de « la sécurité-immigration, le couple de tous les dangers », celle de « l'éducation-formation, ou comment s'en sortir ? » et celle de « l'environnement : laissons au moins une planète propre à nos enfants ! ».

Je consacrais un chapitre à la mise à l'écart des jeunes et à leur attente d'être « remis dans le jeu ».

Je montrais, en 1994 donc, comment s'effritaient déjà les grandes références politiques, de la division gauche/droite à tous les mots en « -isme » et à toutes les idéologies totalisantes. Je relevais les nombreuses raisons et les contours de la profonde désaffection des Français à l'égard de la politique et plus encore des politiciens. De ceux-ci on attendait désormais qu'ils soient non plus seulement intelligents ou compétents mais d'abord honnêtes, rejoignant ainsi les exigences des électeurs américains.

---

20. Roland Cayrol, *Le Grand Malentendu. Les Français et la politique*, Paris, Seuil, 1994.

Au passage, je notais que, dans une enquête CSA-*Sélection du Reader's Digest* où l'on demandait « ce que c'est que d'être un bon citoyen, d'avoir un esprit civique », l'action majoritairement jugée comme la plus importante était celle de suivre scrupuleusement le code de la route (72 %), devant la dénonciation d'un crime ou délit dont on aurait connaissance et l'achat de produits ménagers non polluants. « Aller voter » n'arrivait qu'en septième position avec 43 %, soit quasi trente points de moins que le respect du code de la route ! Et même seulement 24 % chez les moins de 25 ans...

Et je plaidais évidemment pour que « les hommes politiques soient mieux à même d'écouter les demandes et les attentes des citoyens et se mettent en position de savoir articuler [...] des réponses et des propositions qui correspondent aux enjeux de l'heure ».

Autant de coups d'épée dans l'eau, je dois le reconnaître, même si beaucoup de lecteurs, parmi lesquels des responsables politiques, m'ont fait savoir leur franche approbation !

Au cours des années 2000, j'ai eu l'occasion, dans plusieurs ouvrages, de réenfoncer ces clous, et d'actualiser mes alertes.

En 2006, je commençais mon livre[21] par une anecdote, en évoquant les réunions de groupe tenues par mon institut autour d'un animateur psychosociologue, où sept à dix personnes sont invitées à discuter, à échanger, à jouer des rôles. Tous les soirs, des citoyens discutent ainsi, et sont scrutés par des analystes.

---

21. Roland Cayrol, *La Nuit des politiques*, Paris, Hachette Littératures, 2006.

Et je racontais : « Tous les soirs, en France, dans une de ces réunions, un participant, tout à trac, prédit, soulevant en général l'assentiment des autres : "Ça va péter !"

« Ah bon, ça va péter, qu'est-ce à dire ? Pas clair : quelque chose va se passer, on ne sait quoi, personne ne peut préciser – un grand bouleversement, un chambardement, un vaste mouvement social, une révolution ! En tout cas, dans ce pays, "ça va péter !".

« Pourquoi donc ? Parce que "ça ne peut plus durer comme ça !". Le pays ne va pas bien, on ne sait pas où on va, il y a trop d'injustices. Ça va péter… »

Je reconnais que personne n'a évidemment prévu, *a fortiori* tant à l'avance, les Gilets jaunes – nul ne sait prévoir les mouvements sociaux, ni quelle sera l'étincelle qui les déclenchera. Cependant nous connaissions, depuis des années, en écoutant ce pays, son ébullition, son sens des injustices, son attente d'un événement choc qui révélerait cet état inacceptable de la situation des « gens ». Ça devait « péter ».

J'écrivais alors : « Plus que dans d'autres pays, ce décalage entre aspirations citoyennes et réalisations gouvernementales a marqué la situation française. Le sentiment s'est renforcé que, concernant le travail, l'emploi, la dignité de chacun finalement, la politique était impuissante. Au-delà des alternances, s'est installée cette impression sourde et forte : nos décideurs sont incapables de comprendre notre exigence majeure. Incapacité, surdité, trahison des promesses ? Peu importe, d'une certaine façon : le fait paraît établi, les majorités successives ont été incapables d'enrayer la courbe fatale. Tel est le point d'arrivée : promesses non tenues, notamment celles sur le chômage, dénonciations aussi spectaculaires qu'électoralistes par les politiques du bilan de leurs prédécesseurs, insincérité, enfin, quant à ce qu'il est possible de faire ; tout cela compose un cocktail devenu imbuvable : c'est l'explication de base du discrédit des politiques. »

Et plus loin : « Partout, qu'il s'agisse du local, du niveau national ou de l'Europe, toutes les enquêtes révèlent le besoin en profondeur des habitants de ce pays de ne plus être dirigés seulement par ceux "d'en haut". »

J'épinglais la « bulle » politique, celle du Palais-Bourbon et du palais du Luxembourg, celle des partis, du gouvernement, qui semble comme figée dans l'air, à des kilomètres des citoyens. Non seulement *ils* ne se préoccupent pas de nos problèmes, mais *ils* vivent entre eux, selon d'étranges règles qui n'ont pas de rapport avec la vie réelle. Ils légifèrent et nous donnent des règles à suivre, mais eux-mêmes font tout pour y échapper.

Je traitais de « l'américanisation » de la vie politique française et notais que nous sommes, de fait, allés plus loin que les Américains : il y a dans la culture anglo-saxonne protestante un respect pour les institutions et pour la fonction exécutive qui impose certaines limites. Chez nous, point ! Même si hélas la radicalisation politique des dernières années a abouti aux États-Unis à faire sauter cette digue de respect.

Je rappelais que nous avions vu Chirac danser dans une émission de Patrick Sébastien, Jospin chanter « Les Feuilles mortes » à la télé, et François Léotard « L'Ajaccienne », Jack Lang et son épouse accepter d'être candidats dans l'émission *Tournez manège*, ou Mitterrand évoquer, pour surenchérir sur le défi linguistique de la vedette de télévision Yves Mourousi, le mot « câblé », censé selon lui être encore plus moderne chez les jeunes que le mot « chébran » sur lequel il était interrogé !

L'après-midi du 15 janvier 2006, chez Michel Drucker sur France 2, invité par l'auteur-chanteur Didier Barbelivien, Nicolas Sarkozy expliquait, comme une évidence, que le chanteur et l'homme politique étaient devant le même objectif : « Faire naître des émotions. » Oui, faire naître des émotions : on l'avait vu chez le président américain Richard Nixon, dans sa fameuse émission narrant l'arrivée de Checkers, le chien de sa fille, en 1952 : il s'agissait de prendre non pas la posture de l'argumentation, face à ses difficultés politiques de l'heure, mais celle de l'émotion de la vie privée. Et le même Sarkozy, comparant toujours chanteurs et politiques, de nous expliquer benoîtement qu'ils avaient « le même public »... Le même public, la même posture, la même recherche des mêmes émotions : on en était arrivé là. Nicolas Sarkozy avait le mérite de dire tout haut ce que la plupart pensaient tout bas.

Nous avons pris l'habitude d'assister au mariage de Borloo, à la naissance du bébé de Ségolène Royal, aux vacances de Chirac ou de Strauss-Kahn, au parcours des mannequins de la famille Villepin. Nous avons lu Rocard, dans un magazine people, nous parler de son divorce. Et nous avons même pu contempler Arlette Laguiller, la candidate trotskyste de Lutte ouvrière, dans son HLM ! Et j'ajoutais : « Ne nous plaignons pas : nous l'avons voulu, nous, public, nous faisons le succès de ces reportages et de ces interviews. Nous avons suivi le feuilleton de Cécilia [Sarkozy]. Nous avions, médusés, assisté au vaudeville funèbre de l'enterrement de Mitterrand, réglé par ses soins, avec ses deux familles en pleurs. Nous avions découvert le même Mitterrand sur son lit de mort. »

Et, baissant mon regard désabusé sur cette évolution navrante, je citais cette si juste phrase de Machiavel, dans *Le Prince* : « Il n'est pas nécessaire à un prince d'avoir toutes les qualités [...] mais bien il faut qu'il paraisse les avoir. [...] Les hommes, en général, jugent plutôt avec les yeux qu'avec les mains, car chacun a l'occasion de voir, mais tâter bien peu. »

Quelques années plus tard, en 2012, traitant des pathologies politiques françaises[22], j'analysais ce que j'estimais être les cinq grandes maladies de notre fonctionnement démocratique :

— la *grippe* du système (le fonctionnement de la Ve République) ;

— les *cancers* de la vie politique (un landerneau animé par les batailles d'ego où les convictions se monnaient, où langue de bois et double discours sont légion, avec en prime la peur du peuple, l'influence pernicieuse des lobbys, les rapports incestueux entre politiques et journalistes) ;

— les *désirs délirants* de la com (la personnalisation, la peopolisation, le règne de l'émotion, l'influence excessive des communicants, le rôle amplificateur des médias) ;

— l'*Alzheimer* des programmes (le décalage entre les attentes des citoyens et les programmes politiques disponibles, le fonds de commerce « sécurité-immigration », le désir et la méfiance envers l'Europe) ;

22. Roland Cayrol, *Tenez enfin vos promesses ! Essai sur les pathologies politiques françaises*, Paris, Fayard, 2012.

— la *maladie infantile* de la participation (l'impossible recherche d'une démocratie qui soit enfin participative).

En 2017, avant qu'Emmanuel Macron réussisse son chamboulement[23] de la vie politique, dès mon introduction, j'écrivais[24] :

« Les Français en ont assez de la politique telle qu'elle se déroule sous leurs yeux de plus en plus horrifiés. Ils ne supportent plus la "guerre de religion" permanente entre deux camps, gauche et droite, qui s'invectivent sans cesse, au lieu de rechercher l'intérêt général. Ils ont le sentiment de vivre de lourdes difficultés – chômage, menace de précarité, affaissement du modèle social, pauvreté et injustice sociale, stagnation du pouvoir d'achat, et puis menaces sur l'avenir écologique de la planète, terrorisme, progrès constants de l'intégrisme islamiste – et la gauche comme la droite continuent leurs petits jeux stériles comme si de rien n'était. Malgré la montée des périls de l'extrémisme en France, en Europe, aux États-Unis, partout. Ces Français n'en finissent plus d'envoyer des signaux d'alarme. Ils protestent. Ils le clament aux sondeurs. Ils manifestent, parfois. Ils votent de moins en moins. Un tiers de ceux qui s'expriment votent pour le Front national, qu'ils ne veulent pourtant pas mettre au pouvoir ! Mais non, rien ne semble dissuader gauche et droite de continuer leur dispute frontale et de poursuivre en même temps leurs absurdes guéguerres internes sans voir que

23. Arnaud Mercier, Philippe Maarek (dir.), *2017 : la présidentielle chamboule-tout. La communication politique au prisme du « dégagisme »*, Paris, L'Harmattan, 2018.

24. Roland Cayrol, *Les Raisons de la colère. L'élection de la dernière chance*, Paris, Grasset, 2017.

la maison brûle. Chez nos concitoyens – intellectuels comme classes moyennes et populaires – se développe cette pressante requête : stop, arrêtez ! Travaillez enfin pour le bien commun du pays ! Ni la gauche ni la droite ne possèdent, seules, de martingale pour nous en sortir. Que tous ceux qui souhaitent participer à un changement maîtrisé trouvent un accord entre eux et laissent au bord du chemin les “conservateurs” sclérosés de leur “camp” respectif. »

Constatant que cela ramenait à cette vieille tendance de l’esprit public depuis la IIIe République à « couper les deux bouts de l’omelette » et que cela avait été rendu impossible par le fonctionnement bipolaire de la Ve, j’affirmais : « Il est donc temps d’écouter les Français et de changer en effet de logiciel politique ! »

Je montrais, chiffres de sondages à l’appui, que sur l’économie, le social, le vivre-ensemble ou même l’immigration, il était possible pour un pouvoir politique d’appliquer une telle ligne, sur des bases permettant de concilier les électorats, extrêmes exceptés.

J’insistais sur la méfiance à l’égard des élites, voire son rejet : « On sait […] la marque – contestée – de cette élite : elle est très uniforme, provenant des mêmes milieux sociaux, favorisés, et des mêmes filières de formation, au sein desquelles Sciences Po Paris et l’École nationale d’administration donnent le *la*. Moule intellectuel puissant, manière commune d’aborder la société, façon de concevoir l’État, mise en valeur des qualités de construction au détriment de celles d’imagination, références communes, jusqu’aux mêmes tics de langage […] : notre élite politique, gauche et droite confondues, fait montre d'une endogamie caractéristique. Cette singularité n'est pas pour rien dans l'antipathie qu'elle suscite volontiers auprès des citoyens, dans les classes moyennes et populaires : "Ce ne sont pas des gens comme nous. Ils ne pensent pas comme nous. Comment pourraient-ils nous comprendre ?" »

Je mettais aussi en avant cette idée, devenue à la mode ces tout derniers temps, d'une nécessaire culture du compromis : « Il y a, aux yeux des citoyens, cette incapacité des politiques à accepter une culture du compromis, cette posture toujours renouvelée de dénonciation sectaire de l'autre, ce refus d'entrer dans un dialogue entre gens de "bords" différents mais de bonne volonté, cette absolue certitude d'avoir raison… »

Et je plaidais, y compris en se dirigeant vers un mode de scrutin proportionnel, pour une Ve République faisant toute sa place au Parlement : « Qui ne voit le bien que cela ferait aux républicains, aux socialistes, à tous en fait que de ne pas s'enfermer dans l'esprit de revanche mais de devoir trouver, quotidiennement, des accords avec d'autres ? Personne sans doute ne pourrait plus, contrairement à aujourd'hui, imposer ses solutions. […] Mais chacun pourrait ajouter sa pierre à un édifice commun, où chacun ferait valoir ses idées, ses propositions, ses objections. On retrouverait, comme en Allemagne ou dans les pays nordiques, cet esprit de recherche d'un compromis politique, parfois même, éventuellement, des périodes d'union nationale (soit de manière longue, le temps d'une législature, comme dans le cas des "grandes coalitions" allemandes, soit sur des lois essentielles – je pense au terrorisme ou au chômage). La meilleure manière de faire cesser la guerre permanente et dérisoire entre deux coalitions résolues à en découdre est bien d'accepter un système parlementaire qui organise en permanence une telle logique du compromis pour avancer. »

Je n'ai assurément pas fait référence à mes livres sur ces thèmes pour revendiquer je ne sais quelle position de visionnaire, mais pour rappeler qu'un politologue humaniste a, parmi d'autres, parfois de manière plus virulente que d'autres, tenté de tenir ce rôle de lanceur d'alertes du système politique.

Sans être toujours entendu par les acteurs politiques, mais au moins avec ce sentiment d'avoir été un interprète actif des demandes citoyennes.

Chapitre VI

UNE AUTRE FACETTE DE LA RECHERCHE : LA FICTION

Meurtres au château et à TF1

L'idée d'écrire un roman pour proposer des analyses politologiques est finalement assez naturelle. Quand on écrit sur la politique, qu'on fait de l'analyse politique, de temps en temps, on se sent un peu bridé parce qu'il y a des choses qu'on connaît sur la politique, et qu'on ne peut décemment pas écrire dans des ouvrages « sérieux » ! Parce que c'est de l'ordre de l'anecdote. Pourtant les anecdotes, si elles n'ont pas leur place dans des ouvrages d'étude politique, sont souvent très significatives de la manière dont la vie politique se passe réellement.

Je me disais, depuis un ou deux livres, qu'il serait amusant et peut-être utile de pouvoir utiliser les armes de la fiction. On peut raconter des scènes qui sont très proches voire parfaitement fidèles à ce qu'on sait de la nature du pouvoir, des partis politiques, des institutions. On peut ainsi, par la fiction, donner une image plus réelle, plus humaine de ce qu'est la vérité politique, notamment la réalité des relations entre les acteurs de ce microcosme.

Je pensais tout cela mais, au fond, sans être absolument sûr d'être à même de le faire un jour.

Le hasard a fait que je déjeune à sa demande avec un éditeur, Pierre Belfond, en présence d'un de ses directeurs de l'époque, Alexandre Wickham, que je connaissais sur un plan amical depuis longtemps. Ils souhaitaient me faire écrire chez eux. Je leur réponds gentiment que non, que je n'ai alors pas vraiment envie d'écrire un nouvel essai politique. Comme ils insistent, je leur lance cette idée de faire une fiction mettant en scène, sous leur nom, des personnalités politiques du moment. Ils sont un peu étonnés mais me demandent *illico* de leur en dire plus. À l'époque, François Mitterrand préside son premier septennat. J'évoque alors l'idée d'un « polar » où je tuerais Mitterrand. À ma grande surprise, ils sont tout de suite conquis et me promettent de m'envoyer un contrat dans l'après-midi. Sur cette seule idée ! On le devine, je ne m'attendais pas à une réaction aussi immédiatement positive. Je retourne à mon bureau et je ne vois rien venir. Puis quelques jours après, Belfond me rappelle en me disant qu'il a parlé du projet avec son conseiller juridique. Et cela leur paraît, finalement, malheureusement injouable de tuer le président de la République en exercice, même dans un roman. Donc ils renoncent. Je n'en suis pas plus marri que ça car si l'idée m'attirait, je n'avais pas réellement commencé à y réfléchir dans le détail.

Mais Alexandre Wickham, qui participait à ce déjeuner, rencontre le patron de Calmann-Lévy, Jean-Étienne Cohen-Séat, qui accroche tout de suite. Celui-ci me rappelle et me dit qu'il est preneur ! Peu importe ce que pourraient en dire les juristes, il veut bien prendre le risque, me demandant tout de même de rédiger trente ou quarante pages qu'il soumettra à un conseiller juridique pour avoir la confirmation qu'il peut prendre cet éventuel risque. J'ai rédigé mes quarante premières pages et le conseiller juridique a dû donner le feu vert.

Je me suis donc lancé dans l'écriture de ce roman avec un certain plaisir, parce que s'enclenche alors ce que j'imaginais : je peux raconter des scènes inventées mais très réalistes. L'amusant est d'ailleurs que pour certaines, elles ont figuré dans le livre avant qu'elles ne se passent en vrai. Par exemple, travaillant sur le personnage de François Léotard, je me dis qu'il n'a aucune chance de s'en sortir comme il le fait avec sa famille politique ; il faut qu'il ait un geste de rupture avec ses alliés du RPR, le parti du Premier ministre Jacques Chirac. C'est le scénario de la vraie-fausse démission de Léotard du gouvernement Chirac, en juin 1987.

J'ai donc éprouvé ce plaisir démiurgique d'inventer sans inventer tout en inventant un peu. Il était convenu depuis le début du projet que je ne publierais pas sous mon nom, parce que cela ne ferait sans doute pas très sérieux de la part d'un politologue. Tant qu'à faire de la fiction, autant pousser le jeu jusqu'au bout, autant inventer aussi un auteur ! Comme on appelle les gens de l'Élysée, les « gens du château », je choisis le nom de Jean Duchateau. L'éditeur laissera entendre d'ailleurs que c'est un familier, voire peut-être un collaborateur du château, et que le manuscrit lui aurait été délivré par un motard officiel.

Le livre paraît, en janvier 1987, sous le titre *Meurtre à l'Élysée*.

Très vite il a de bonnes ventes (il y aura aussi une édition de poche), le roman étant accompagné de cette question-clé qui taraude vite le landerneau politico-journalistique : qui en est l'auteur ? J'ai alors bénéficié d'un concours de circonstances favorable car assez rapidement, *Le Canard enchaîné*, après avoir publié une critique très favorable du livre, a écrit que j'en étais l'auteur. Sur le moment, cela m'ennuie un peu mais il se trouve que, sans que personne ne se mêle de démentir ou d'inventer une fausse piste, dès la semaine suivante, *Le Canard* me présente ses excuses, affirme que je ne suis pas l'auteur et qu'il sait désormais de source sûre que l'auteur est un journaliste politique, d'ailleurs un ami à moi, Alexis Liebaert ! L'intéressé a beau démentir, plus personne n'est sûr de rien. Beaucoup continuent à penser que je suis l'auteur. François Mitterrand me dit : « Arrêtez ! Dites-moi que c'est vous. Je sais que c'est vous ! Je le vois bien. Il y a des choses qui indiquent que c'est forcément vous. Des choses que vous seul savez ! » « Ah bon ? lui ai-je répondu, je ne sais quoi vous dire, je ne l'ai pas encore lu ! » Et il me renvoie : « Ce n'est pas sympathique de ne pas me le dire. J'en ai encore lu des extraits hier soir avec ma femme, et on riait tous les deux. Vous pourriez bien l'avouer ! » Je n'en ai rien fait !

Un jour, Jacques Attali m'appelle et m'invite à déjeuner. Son personnage était important, dans le *Meurtre*. Le président a été tué, personne ne le sait sauf une petite coterie dont il fait partie et il joue, tout au long de mon livre, le rôle du détective. Je me sers dans le roman d'une histoire qu'il a un soir racontée lui-même lors d'un dîner, alors que nous étions six ou huit convives. C'était à propos de son fils Jérémie, qui avait 6 ans à l'époque, et Jérémie lui avait posé cette question : « Papa, est-ce que Dieu peut prétendre qu'il est mort ? » Face à cette délicate interrogation, Attali nous avait dit avoir appelé un rabbin qu'il connaissait. Lequel lui avait répondu : « Mais non. C'est absurde. Bien sûr que non ! » Mais Attali ajoutait qu'il avait quand même consulté un autre rabbin, qu'il connaissait très bien aussi, qui lui avait répondu : « Oui bien sûr, Dieu peut le faire ! » Il s'en amusait devant nous, disant qu'il allait continuer sa quête de rabbins pour essayer de trouver une réponse satisfaisante pour son fils.

Je me suis servi du souvenir de cette histoire comme d'un fil rouge pour l'intrigue. Et Attali me dit là, à déjeuner, après la parution du livre : « Écoute, je sais que c'est toi l'auteur, parce qu'il y a une ou deux anecdotes où je comprends que c'est forcément toi, et en même temps tu as dû te faire aider par quelqu'un qui est beaucoup plus intime avec moi, parce que tu racontes cette histoire de Jérémie que je n'ai jamais dite à personne. » J'ai bien ri (sous cape), me rendant compte que lui-même avait oublié l'avoir narrée à plusieurs convives.

Calmann-Lévy a reçu un appel de Bernard Pivot, qui faisait à l'époque la grande émission de livres à la télévision, *Apostrophes*. Il leur avait proposé : si vous me dites qui est l'auteur et s'il veut bien se dévoiler pendant mon émission, je vous propose de faire une émission spéciale consacrée à lui. C'était bien sûr très alléchant mais on s'est dit que non, on allait continuer à jouer la carte mystère. Du coup, quand j'ai accepté, pour *France-Soir*, de rédiger une interview, la dernière question qu'on m'a posée était : « Dites-nous qui vous êtes ! » À quoi j'ai répondu : « Je suis Bernard Pivot, je voulais montrer qu'on peut vendre des livres sans venir à mon émission. »

Une seule personne, de mes amies de surcroît, une journaliste de gauche connue, a prévenu l'éditeur qu'elle allait attaquer en justice : elle était désignée comme ayant participé, avec son mari, à un dîner dans l'appartement de permanence de l'Élysée et estimait que c'était une manière de les présenter publiquement comme de gauche ! Contre mon avis, l'éditeur lui a proposé une contrepartie financière (d'ailleurs très modeste), et elle l'a acceptée.

Chacun l'aura compris, cela a été un plaisir d'écrire ce livre, et un amusement d'observer les réactions et les questions qu'il a suscitées. Je garde intact le souvenir de ces gens qui prétendaient savoir que c'était moi ou qui au contraire me disaient qu'au fond ils avaient la certitude que c'était Liebaert, ou d'autres encore qui émettaient des hypothèses différentes. Ce fut très drôle ! Et puis on est passé à autre chose, on n'a jamais vraiment dit que j'étais l'auteur. Il a fallu que j'en publie trois : *Meurtre à l'Élysée*, donc, où Mitterrand est tué, *Meurtre à TF1* – là c'est Le Pen qui est tué, mais avec une incertitude sur la cible réelle, lui ou Yves Mourousi, le présentateur vedette de TF1 à l'époque –, et puis, longtemps après, *Meurtre à l'Élysée II*, où Mitterrand est de nouveau assassiné. Tous ont été des succès, les deux derniers dans une moindre mesure toutefois.

Après ces trois livres, j'ai décidé que je n'écrirais plus de roman car j'avais le sentiment d'avoir épuisé le genre ;

d'autant qu'entre-temps la formule était devenue une collection, avec beaucoup de *Meurtre à...* J'ai donc considéré que l'effet de surprise n'existerait plus et j'ai décidé de finir par dire la vérité. Je n'ai pas fait mon *coming out* lors d'une grande révélation publique. Je l'ai fait en catimini, quand, dans un de mes livres suivants, dans la recension bibliographique « du même auteur », j'ai glissé la référence à Jean Duchateau.

Tout le monde a fait comme s'il le savait déjà, même s'il y avait encore un doute chez beaucoup.

Le deuxième opus a généré une réaction amusante. Le Pen étant tué, il y a eu hésitation du clan Le Pen sur la façon de prendre cela. J'ai eu des renseignements sur ce qui s'était dit à la direction nationale du Front national, où Le Pen lui-même était très partisan d'attaquer en justice et a d'ailleurs annoncé par communiqué qu'il allait porter plainte – il ne l'a jamais fait ! Il faut dire que son entourage lui a démontré que ce serait se mettre à dos les rieurs que d'attaquer.

Si je fais le bilan, je dois admettre que l'écriture d'un roman est un exercice plus compliqué que celle d'un essai, parce que avec la construction d'un roman on vit jour et nuit avec ses personnages. On se demande constamment ce qu'on va leur faire faire, de quelles actions ils seraient capables dans tel type de circonstances, s'ils emploieraient ces mots ou pas. Cela devient, osons-le, une obsession ; c'est beaucoup plus prenant psychologiquement, je dirais même physiquement, que l'écriture d'un essai. D'un autre côté, c'est assez jubilatoire parce qu'on fait parler ses personnages. Or dans le dialogue, j'ai pu restituer ce que je savais être la façon dont on communique dans le monde politico-médiatique.

Et puis ce fut une expérience gratifiante car ces livres ont rencontré un large public. Surtout qu'ils furent, je crois, la première uchronie en France à faire intervenir comme personnages les hommes et les femmes politiques sous leur vrai nom.

Je n'ai jamais fait le calcul, mais je pense qu'avec ces seuls *Meurtres*, j'ai vendu plus de livres que tous les autres réunis ! Grâce à eux, j'ai pu acheter ma maison dans le Lot. Dans cette maison se trouvaient une piscine et un court de tennis, piscine que j'appelai Calmann et terrain de tennis que je nommai Lévy !

Et je ne perds pas de vue que l'écriture de ces polars avait aussi la vocation didactique d'éclairer le public sur les mœurs politiques et ses travers, et qu'à cet égard j'ai été comblé. Je sais par d'innombrables témoignages que des dizaines de milliers de Français ont eu le sentiment d'avoir accès à des coulisses qu'on cherche en général à leur cacher.

Chapitre VII

MA VIE DE SONDEUR D'OPINION

Au début de ma carrière de chercheur au Cevipof, je travaillais sur les comportements politiques ; j'ai eu recours, pour mes analyses, aux sondages d'opinion. Je trouvais bien sûr des données intéressantes dans les sondages publiés par les journaux, mais pas toujours tout ce que je souhaitais.

J'ai très vite dû essayer d'avoir accès aux instituts de sondage pour pouvoir poser mes propres questions, dont je puisse me servir dans mes travaux. J'y suis parvenu grâce à des relations amicales dans les instituts. Parfois, les sondeurs ont vendu mes propositions à un journal, parfois ils m'en ont fait cadeau.

Un nouveau métier à plein-temps

Je me suis ainsi de plus en plus intéressé aux sondages avec le vif sentiment d'apprendre, grâce à leur maniement, bien des choses sur l'opinion. Les animateurs de la Sofres, l'institut le plus important en France à l'époque, me demandaient de temps en temps de venir donner un coup de main pour leurs sondages. Nous sommes au début des années 1970.

Plus tard, le patron de la Sofres, Pierre Weill, souhaite créer un nouvel institut d'études. Il a rencontré Louis Harris, qui est à la tête d'un institut éponyme, alors un des principaux instituts de sondage aux États-Unis. C'est un ancien officier de marine reconverti dans les études d'opinion – il avait été en 1960 le « M. Opinion » de la campagne de John Kennedy. Comme les politologues américains, nous étions tous très marqués, en France, par la parution dès 1962 d'un livre de Theodore White, *La Victoire de Kennedy ou Comment on fait un président*, dans lequel le rôle des conseillers de l'ombre du futur président Kennedy était valorisé. Or Louis Harris faisait partie de ces personnages devenus un peu mythiques. Pierre Weill était d'autant plus convaincu de créer un autre institut que la Sofres appartenait alors capitalistiquement à la Banque de Paris et des Pays-Bas et que le programme de la gauche prévoyait la nationalisation des banques d'affaires ; par ricochet, si la gauche l'emportait un jour, se profilait la possibilité qu'un institut de sondage comme la Sofres soit nationalisé. Avoir en France un institut privé indépendant pourrait être utile pour la suite des opérations !

Après des pourparlers auxquels je ne participe pas, Pierre Weill et Louis Harris décident de créer un Institut Louis-Harris France, qui est au départ un minuscule institut avec un très petit nombre de personnes travaillant sur la relation avec les clients, la formulation des questionnaires et la publication, mais ne s'embarrassant pas d'enquêteurs ni de services informatiques, tout cela étant sous-traité à la Sofres. Dans ces conditions, il est convenu que l'institut serait composé essentiellement de deux animateurs : Francis Meyer, qui vient de la Sofres, pour diriger la maison et s'occuper de la partie marketing et industrie – il est devenu un ami – et moi, qui travaillerais sur les études politiques et d'opinion.

Début 1977, je deviens donc le responsable politique et opinion de l'Institut Louis-Harris France. Je vais y rester jusqu'en 1986. Pierre Weill m'a proposé ce poste car nous nous étions connus à la Sofres, le courant était bien passé entre nous et il avait senti que j'étais prêt à m'investir un peu plus dans les sondages.

Je suis arrivé là avec la conviction qu'on pouvait changer un peu les méthodes. J'étais critique sur la façon dont beaucoup de questionnements étaient construits. Je pensais qu'on pouvait être plus fins dans la conduite de certaines études. Bref, après en avoir été utilisateur, parfois un peu frustré, comme chercheur cela m'intéressait de venir mettre ma patte dans cette industrie.

J'ai immédiatement trouvé des clients qui me sont restés fidèles, notamment dans les médias. J'ai réussi à convaincre très vite le journal *Le Parisien* d'intégrer une politique de sondages dans sa ligne éditoriale. Cela a été un succès rédactionnel immédiat, et pérenne. L'existence des sondages Louis-Harris dans *Le Parisien* a intéressé les lecteurs et permis de développer la notoriété et même la vente du journal. Ce succès des sondages a été intimement lié à la façon dont *Le Parisien* rendait compte de la vie politique, avec une véritable stratégie d'intégration des sondages dans les analyses.

Le Parisien, qui a donc joué la carte d'un institut inconnu dès le premier jour, me restera fidèle lorsque je créerai l'activité « opinion » du nouvel Institut CSA, en 1986.

Pour la radio, c'est Radio Monte-Carlo, avec qui j'avais travaillé précédemment comme politologue, qui m'a fait confiance.

Sélection du Reader's Digest, qui pratiquait peu les sondages, décida aussi, avec nous, de faire des sondages un élément de sa politique rédactionnelle.

Sont arrivés ensuite, peu à peu, les clients privés, les institutions, les collectivités locales, les forces politiques.

Et j'ai eu le plaisir d'instituer la pratique de la publication de sondages dans *Télérama* – je deviendrai un familier du directeur de la rédaction, Francis Mayor (aujourd'hui disparu), et un ami personnel de son successeur, Marc Lecarpentier. La rédaction de l'hebdomadaire demanda même à la société propriétaire de me nommer au conseil d'administration du journal, où j'ai siégé de nombreuses années avant d'en démissionner en juin 2001, peu satisfait des conditions dans lesquelles s'amorçait la vente de *Télérama*. Et je suis devenu le sondeur régulier de l'hebdomadaire chrétien *La Vie* ; son directeur de la rédaction puis président, Jean-Claude Petit, est depuis un de mes plus proches amis.

J'ai pu contribuer à développer un institut qui marche bien, où nous étions libres comme l'air puisque Louis Harris, très fier d'avoir un institut en France (il ne parlait pas français, venait en France deux ou trois fois par an, surtout parce qu'il était un adorateur des restaurants trois-étoiles et de la gastronomie française), ne s'intéressait jamais au contenu des études, surtout que l'institut dégageait du bénéfice et que cela lui suffisait.

Il ne m'a appelé directement qu'une seule fois pour parler contenu. C'était au sujet des projections électorales pour la présidentielle de 1981. Il m'a demandé, à quelques semaines du scrutin : « Est-ce vrai que Mitterrand pourrait être élu ? » Je lui réponds : « Oui en effet, c'est vrai, cela me paraît même probable. » Il m'a relancé : « Pensez-vous qu'il va faire fermer les restaurants trois-étoiles ? » Je n'ai pu m'empêcher de rire, ce qui l'a rassuré !

J'ai été très satisfait pendant quelques années de ma situation professionnelle ; cela fonctionnait bien et j'étais très libre de mes choix, pouvant poursuivre à côté ma carrière de chercheur au Cevipof – c'était l'époque où l'on encourageait la « valorisation de la recherche » en dehors de ses activités de chercheur, ma collaboration à Louis-Harris figurant d'ailleurs dans mon rapport annuel d'activité pour le Cevipof.

Cette expérience m'a apporté une autre satisfaction. Par mes origines et ma formation personnelle, je ne me sentais pas un homme d'entreprise. On m'a suggéré cent fois de créer mon propre institut mais je n'en voyais pas l'intérêt. Jusqu'au jour où je me suis dit : après tout, à quoi cela sert-il de s'appeler Louis-Harris en France ? J'ai imposé cette étiquette à des personnes qui n'en avaient jamais entendu parler avant. Elles m'ont suivi plus qu'elles n'ont choisi la marque. Et puis les vicissitudes de la vie professionnelle font que des anicroches sont forcément apparues avec la Sofres. A maturé alors dans ma tête l'idée d'être aux manettes, de devenir maître chez moi. Je n'étais pas absolument décidé mais cela me trottait dans la tête. Il se trouve que celle qui avait remplacé Francis Meyer au bout de quelques années, Claude Suquet, qui venait elle-même de la Sofres, avait beaucoup plus que moi un esprit d'entreprise. Elle a très vite fait le calcul que de rester ainsi salariée de Louis-Harris n'avait aucun intérêt et que tant qu'à faire, autant être à son compte. Elle a donc créé en 1985 l'institut CSA, *Claude Suquet et associés*, et m'a proposé immédiatement de devenir son associé.

Comme j'étais encore en réflexion, j'ai d'abord décliné. Finalement, au bout de quelques mois, j'ai rejoint Claude pour réitérer l'aventure de la création d'un institut de sondage. Je suis allé la voir, nous avons discuté. Elle avait déjà une petite clientèle dans le domaine du marketing, elle avait commencé à installer une étiquette, donc nous avons décidé de garder le nom de CSA. Au départ, elle pensait conserver le nom de CSA pour : *Cayrol et Suquet associés*. Mais personnellement, ça ne correspondait pas à ma vision des choses, d'utiliser mon nom comme une marque, et cela ne correspondait guère aux usages de Sciences Po ! Nous avons abouti à la solution de garder l'étiquette CSA, mais en adoptant comme nom de l'entreprise : *Conseil, sondages, analyses*.

Nous avons donc démarré le nouveau CSA en mars 1986. La clientèle médiatique m'a totalement suivi, ce qui fut une grande satisfaction personnelle. La clientèle privée ou institutionnelle a pour l'essentiel progressivement fait de même, me faisant l'honneur de sa confiance. C'est ainsi que le navire a vogué pour une nouvelle traversée, de 1986 à 2008 (et une période additionnelle, je vais y revenir, entre 2008 et 2011).

Nous avons pu développer, au fil des années, un CSA qui est devenu le premier institut français en matière de publication de sondages dans la presse. Ce fut une vraie réussite, CSA étant passé de petite entité n'ayant pas les moyens de faire le service complet d'un institut à une société qui a su déployer rapidement un réseau propre d'enquêteurs en face-à-face. Nous avons très vite constitué aussi une cellule d'enquêtes téléphoniques, qui à l'époque devint la méthode principale d'interrogation des Français. Cellule installée au bout de quelques années à Nice, c'était une filiale à 100 % CSI, pour *Conseils, sondages, interviews*. J'ai ensuite ajouté une cellule d'enquêtes téléphoniques à Casablanca, au Maroc, tout en garantissant à nos Niçois que rien ne leur serait enlevé en termes de chiffre d'affaires. On a aussi développé nos premières études sur Internet. Bref, nous avons déployé la panoplie totale des études par sondages, et des études qualitatives.

Nous sommes devenus assez vite le premier institut d'études qualitatives en matière politique, à la fois par des entretiens en profondeur et par des réunions de groupes de citoyens. Aujourd'hui encore j'ai la fierté de pouvoir écrire que nous avons, Claude et moi, et toutes nos équipes, réussi à installer un institut qui a compté et qui a extrêmement bien fonctionné. Nous avons eu la chance de recruter à peu près tous les meilleurs éléments que nous recherchions, dans chacun des services (études qualitatives ou quantitatives, informatique, gestion des enquêteurs, analyse politique…) et la chance de constituer des équipes remarquables, dont beaucoup de membres étaient en vérité supérieurs à moi dans la connaissance de chacun de ces domaines.

Je suis heureux de constater aujourd'hui qu'à la tête des départements Opinion ou France de grands instituts de sondage officient des anciens de nos équipes, dont je suis toujours resté proche, comme Emmanuel Rivière chez Kantar, Frédéric Dabi et Jérôme Fourquet à l'Ifop, Jean-Daniel Lévy et Delphine Martelli-Banégas à Harris Interactive, Bruno Jeanbart à Opinionway.

Un universitaire saisi par le goût de la gestion d'entreprise

J'ai découvert durant cette partie de ma vie professionnelle l'animation de l'entreprise. Contrairement à mes préventions, cela m'a beaucoup intéressé. Nous sommes restés ensemble plus de vingt ans avec Claude, comme copilotes de CSA, elle comme présidente, moi comme directeur général. Tout fonctionnait en double commande. On a toujours tout décidé en commun, sur la stratégie, sur les ressources humaines, sur les accords à signer, sur les contrats à passer. Et pendant ces vingt années, il n'y a pas eu un seul différend personnel, nous n'avons pas connu la moindre journée de désaccord. Chacun devine que c'est rarissime dans la vie d'une entreprise. C'est probablement encore plus rare dans une entreprise à 50/50 dans la répartition du capital. Mon amitié avec Claude n'a jamais connu de bas, que des hauts !

Mon intérêt pour la vie des entreprises s'est ravivé par ma participation, de 2004 à 2019, au conseil stratégique de la société Ernst & Young, qui propose une activité de commissaire aux comptes, d'auditeur financier et de conseil en entreprise. Quelques grandes sociétés mondiales exercent ces activités. On les appelle les *Big Four*. La plus grosse de ces *Big Four* en France est cette société, qui a désormais pris le nom de EY.

J'ai donc participé à l'aide aux décisions et suivi l'ensemble des orientations et des problèmes de l'entreprise, notamment pendant la crise de 2008-2009. Le courageux, chaleureux et expert président, Jean-Pierre Letartre, a pu imposer une stratégie rognant les dépenses salariales mais maintenant le *business model* de l'entreprise, fondé sur l'embauche permanente de nouveaux jeunes talents.

La fonction de cette société la conduisant à collaborer avec des entités de tous les secteurs économiques, j'ai aussi pu me retrouver, avec des économistes, des spécialistes du développement industriel, de l'informatique, à un excellent poste d'observation pour ausculter la vie économique de ce pays.

C'est grâce à EY que je participe aussi, tous les ans, à l'Académie des entrepreneurs, ouverte aux chefs d'entreprise, surtout de PME, dont la réussite leur a valu de recevoir des « prix de l'entrepreneur ». Une occasion privilégiée d'échanger avec des artisans de l'innovation et de la gestion.

Une autre expérience tout à fait passionnante pour moi a été, de 2009 à 2014, ma participation comme conseiller spécial pour la stratégie et la communication du président de Radio France, Jean-Luc Hees, avec qui cela a été un plaisir absolument constant de travailler et d'échanger. J'ai pu avoir un regard et mettre mon grain de sel sur tous les sujets concernant la conduite de cette grande entreprise, de la numérisation de la société à la synergie entre les chaînes de radio appartenant à la maison, des relations sociales internes aux rapports avec la tutelle étatique, et jusqu'à la gestion des orchestres ! Tout cela dans une ambiance chaleureusement amicale avec le président Hees !

C'est une époque où j'ai pu travailler avec des personnes de talent dans l'entreprise, je pense notamment à Philippe Val (alors directeur de France Inter), à mon amie Anne Brucy (directrice de France Bleu de 2010 à 2012), à Julien Delli Fiori (directeur de Fip), à Joël Ronez (responsable du développement numérique), à la jeune et talentueuse secrétaire générale Bérénice Ravache, à Sophia Aram, aussi drôle qu'avisée.

Dans d'autres domaines, j'ai eu l'occasion d'apporter ma collaboration – et d'apprendre, aussi – en étant appelé à participer bénévolement à des organismes à but non lucratif. Cela a été le cas pour le conseil scientifique de la Cité des sciences, où j'ai eu l'occasion d'apprécier les compétences et le talent de Joël de Rosnay, ou encore le conseil d'administration de la Fondation Pfizer pour la santé de l'enfant et de l'adolescent, aux côtés du remarquable pédiatre Claude Griscelli (originaire de Rabat, comme moi), puis de l'exceptionnel psychiatre Philippe Jeammet.

Les boîtes de sondage meurent aussi

Les années passant, l'activité sondagière est devenue plus compliquée. L'activité industrielle des études et des sondages a subi une concurrence très vive. Il y avait de plus en plus d'instituts sur la place de Paris et l'internationalisation est devenue une exigence forte : beaucoup de clients, surtout pour les études industrielles et de services, exigeaient désormais une étiquette commune, pour réaliser la même étude au même moment, dans un certain nombre de pays.

Nous avions mis en place un réseau d'instituts indépendants, Euroquest, qui pouvaient fournir ce genre de possibilités, notamment sur le plan de l'opinion et de la politique.

Pour la Commission européenne, nous avons réalisé en 1998-1999 une étude dite « Europinion ». Nous faisions un suivi *quotidien* en Europe des opinions sur la construction européenne, entre autres sur le possible passage à l'euro. Le commissaire chargé du passage à l'euro m'avait confié avoir en permanence en poche notre rapport, et attendre l'approbation majoritaire des Allemands pour lancer le processus. Ce qui fut fait !

Mais cela, pour le marché, n'avait pas les mêmes valeurs de garantie pour l'industrie que des instituts intégrés, avec la même marque partout. Et nous n'avions pas les moyens financiers d'affronter ce type de défi. Nous avons pensé qu'il était temps pour nous de passer la main. Nous avons été contactés par Vincent Bolloré, qui nous a expliqué qu'il entendait, lui, se développer dans le domaine de la communication, des médias et donc des études et qu'il était intéressé par l'idée de racheter CSA. J'ai, pendant plusieurs mois, discuté avec Bolloré et ses équipes. Il n'avait pas alors l'image qu'il a aujourd'hui chez certains. Nous avons fini par conclure un accord au terme duquel il nous rachetait en 2008, suivi d'une période de tuilage de quatre ou cinq ans pendant laquelle nous restions aux commandes, tout en intégrant un certain nombre de personnes provenant du groupe Bolloré. Hélas les choses se sont compliquées. En effet, malheureusement, comme il arrive parfois dans de telles opérations, j'ai dû constater que mes désaccords avec le repreneur, sur la stratégie de l'entreprise, ne cessaient de s'approfondir. J'ai donc décidé de quitter CSA, et l'ai fait par un communiqué public, diffusé par l'AFP[1].

La belle aventure s'est donc mal terminée.

Ma position face aux polémiques sur les sondages

Les sondages sont au cœur de beaucoup de controverses. Certains les soupçonnent d'être aux mains du pouvoir, des puissants ou, autre grief, imputent aux médias une mauvaise utilisation des résultats ; dans le monde de la recherche, il existe des courants théoriques qui dénigrent les sondages comme technique d'enquête.

Ce fut le cas du sociologue Pierre Bourdieu, qui a lancé une polémique dénonçant les sondages comme étant un artefact.

J'ai largement tenté, plus haut, d'expliquer nos discussions publiques avec Bourdieu et les « bourdivins »[2].

Comme sondeur, je suis enclin au débat car je suis devenu à mon corps défendant une sorte de porte-parole du monde des sondages, d'autant que j'étais en plus universitaire. Je me suis donc prêté à cette polémique permanente qui m'a aussi parfois, je dois le confesser,

1. En date du 26 janvier 2011.
2. Voir p. 188 et suivantes.

amusé. Notamment nos maints débats médiatiques avec Loïc Blondiaux, l'un des détracteurs les plus avisés des sondages[3].

J'ai pour ma part essayé constamment d'améliorer la technique des sondages pour que la méthode soit au-dessus de tout soupçon. Par exemple en renonçant, autant que possible, à ces batteries de questions où on propose aux personnes interrogées des phrases déjà formulées, en leur demandant si elles sont d'accord ou pas. Il y a évidemment un agrément *a priori* avec des phrases de type café du commerce chez des gens qui, au fond, ne savent souvent rien du sujet abordé.

Cela renvoie à ce que Bourdieu appelait fort justement une « imposition de problématique ». J'ai souhaité que mon institut mette toujours l'interviewé en position d'avoir une véritable opinion à exprimer, contre le risque de sembler accepter une réponse « poujadiste », sans opérer vraiment un choix.

J'ai ainsi participé à la polémique, pour défendre la méthode des sondages. Qui en est sorti vainqueur, je ne sais pas – souvent on ne convainc que les déjà convaincus ! En tout cas, si les véritables études d'opinion sont toujours là, c'est sans doute parce qu'elles ont montré leur efficacité. Très souvent leur véracité.

L'autre salve d'accusations concerne la supposée manipulation des chiffres et les supposées accointances entre les sondeurs et les institutions, les puissants, qu'il s'agisse du pouvoir politique ou des médias.

3. Voir notamment l'un de nos débats dans *Le Nouvel Observateur*, 19 avril 2007.

Il est exact que les sondages sont une activité payante. Ne peuvent s'offrir des sondages que ceux qui ont les moyens d'en acquitter les factures. Parmi eux, l'État et ses différents organismes. J'ai d'ailleurs toujours plaidé pour qu'un sondage effectué sur fonds publics soit mis librement à la disposition du public. Qu'après un délai raisonnable dû à l'actualité, mettons une année au maximum, l'ensemble des sondages financés sur fonds publics soient reversés à une institution extérieure, comme la Bibliothèque nationale de France ou la Fondation nationale des sciences politiques, et mis à la disposition des centres de recherche ou des citoyens qui exprimeraient le besoin de connaître ces données. Jusqu'à maintenant je n'ai pas été suivi. C'est pourtant un problème du fonctionnement de notre démocratie. À fonds publics doit normalement répondre un contrôle par l'opinion publique, et il ne faut pas accepter que ces données puissent appartenir en propre, de manière pérenne, à des politiques, parce qu'ils étaient gouvernants au moment de la réalisation des enquêtes. Il serait par exemple très instructif d'avoir accès après coup à tous les sondages payés par les équipes de campagne présidentielle et qui font partie du budget donnant lieu à remboursement des frais de campagne. Les chercheurs, les journalistes, les citoyens pourraient découvrir ce que les équipes ont cherché à savoir, les informations sur l'opinion à leur disposition à chaque étape de la campagne.

Les sondages ne sont pas très chers, contrairement à une idée répandue, en réalité tous les sondeurs ont travaillé pour des formations extrêmement minoritaires (j'ai personnellement effectué des sondages pour le Parti communiste français ou pour Lutte ouvrière, qui n'étaient pas bien riches). D'autres en ont fait pour le Front national dès ses débuts ; je m'y suis toujours refusé.

Bref, il n'y a pas eu de réelle impossibilité d'accès au monde magique des sondages pour des formations politiques, dans ce pays. Grâce au remboursement des dépenses de campagnes électorales, beaucoup de candidats ont pu être remboursés de leurs frais de sondages. Mais sans doute peut-on mieux faire. Peut-être en abaissant les seuils de résultats électoraux ouvrant droit à remboursement ? Rien n'empêcherait non plus, comme en Espagne, que l'État constitue un organisme commandant des sondages pour les partis politiques. Ou qu'il désigne sur appel d'offres des instituts privés qui seraient subventionnés pour cela, même en dehors de périodes électorales.

En ce qui concerne la prétendue manipulation des résultats, nous avons en France la chance d'avoir des instituts de sondage composés de professionnels authentiques, de qualité et fort bien formés, extrêmement attentifs aux questions d'éthique. Et si, dans certains pays, les sondeurs sont surtout des techniciens, chez nous le sondage a toujours été lié à l'activité universitaire, depuis la création du premier institut, l'Ifop, en 1938, par Jean Stoetzel, professeur de psychologie sociale à la Sorbonne. Ces professionnels veillent en permanence à la reprise la plus exacte de leurs résultats dans la presse.

L'histoire des sondages en France fait également qu'il n'y a pas d'instituts qui soient liés à une formation politique, contrairement au cas allemand ou britannique où l'habitude a fait que de grandes formations politiques ne traitent qu'avec un seul institut, qui devient leur partenaire. Dès lors, chez ces voisins, les habitudes de travail en commun sont synchrones avec un monde idéologique commun, ce qui se perçoit dans la façon même d'organiser les questionnements des enquêtes. Nous n'avons jamais connu cela en France. Tous les instituts ont toujours pratiqué le pluralisme de la clientèle. Et les différents clients politiques ont souvent eu l'intelligence, l'astuce, de ne pas mettre non plus tous leurs œufs dans le même panier ! Cela nous a protégé des risques possibles d'une manipulation, même non consciente, car chacun d'entre nous a toujours été garant du fait qu'il était un professionnel qui travaille avec un courant politique, mais aussi avec son adversaire et avec les différents concurrents sur le marché politique.

Donc je crois que cette histoire de manipulation des chiffres est un fantasme, que cela n'existe pas vraiment. Mais y a-t-il eu de temps en temps des essais de ce genre tout de même ? Oui ! Il y a longtemps, dans les années 1970 encore, des journaux ont publié des sondages émanant parfois d'officines inconnues jusqu'alors et donnant des résultats surprenants sur le résultat d'élections à venir. Les professionnels ont très vite identifié une volonté de manipulation, ce que c'était de fait. *France-Soir* s'y était prêté à l'époque. Depuis, une réglementation nouvelle est apparue, la Commission des sondages a été créée en 1977 avec l'obligation pour les instituts de lui communiquer, à chaque parution de sondages ayant trait aux élections, une notice technique complète comprenant le questionnaire administré, la structure de l'échantillon interrogé, les techniques de redressement utilisées, les résultats de chaque réponse en chiffres bruts et après redressements. La Commission des sondages a la charge de vérifier cette notice technique, d'intervenir publiquement pour faire connaître ses éventuelles critiques (ce qu'elle fait), voire de saisir la justice des excès ou fautes de tel ou tel professionnel (je ne crois pas qu'elle ait eu l'occasion de le faire). Si on additionne l'éthique des sondeurs, le pluralisme commercial des instituts et la stricte réglementation, nous sommes dans un pays où, si tout n'est pas parfait, on n'a certes pas à rougir de l'éthique de la fabrique des sondages.

La manière de poser les questions ou d'interpréter les résultats donne aussi prise à des polémiques ; on évoque le mode du questionnaire cousu de fil blanc pour orienter les réponses ou le tripatouillage dans les chiffres pour leur faire dire ce qu'ils ne disent pas vraiment. Ne tournons pas autour du pot, bien sûr que la formulation des questions peut inciter à certaines réponses, qui seront plus ou moins favorables à un courant d'opinion.

C'est du reste un problème compliqué pour les éventuels apprentis manipulateurs. Par exemple, dans un sondage électoral, si je voulais manipuler les chiffres pour aider un parti politique dont je me sens proche ou qui me paie bien pour avoir les résultats qu'il souhaite lire, dois-je amplifier artificiellement son score pour le contenter au risque de le laisser sombrer dans la suffisance ou de doper l'énergie de ses adversaires ou d'électeurs penchant pour lui mais pas décidés à voter, ou dois-je au contraire le mettre au-dessous de son score collecté, pour alerter ses électeurs potentiels, pour inciter le parti à maintenir son effort de mobilisation, et pour pouvoir dire *in fine* que son score final correspond à une belle dynamique de campagne ? On me concédera que les deux raisonnements se tiennent et que la manière de favoriser un camp en bidouillant les données est loin d'être évidente ! Avec une telle diversité d'effets contradictoires possibles, je souhaite bien du courage à celles et ceux qui voudraient se donner pour mission de manipuler l'opinion publique à coup de tripatouillages dans les données de sondage. Comment anticiper correctement les réactions politiques et psychologiques de tous les électeurs face aux résultats des sondages ? Personnellement, après des décennies de carrière, je ne saurais toujours pas le faire !

Il m'est bien sûr arrivé de me dire parfois, en lisant un sondage dans un journal ou en le voyant à la télévision, qu'une question était bizarrement posée et présentait un biais. Dans ce cas, le responsable de la levée de l'ambiguïté dans le questionnement, c'est l'institut, pas les médias. C'est l'institut qui administre le questionnaire donc c'est à lui de prendre ses responsabilités lors de son élaboration et de dire oui ou non à un client qui suggère (plus ou moins fortement) une formulation qui l'arrange.

Souvent l'élaboration du questionnaire se fait en commun, entre donneurs d'ordre et instituts. Le média se met d'accord avec le sondeur sur l'objet de l'étude et sur le contenu des questions mais les responsables de l'institut doivent avoir le dernier mot. De mon point de vue, la pratique me paraît plutôt respecter ces règles de l'art, en France.

Je me rappelle tout de même, il n'y a pas si longtemps, avoir eu une mauvaise surprise en lisant les résultats d'une enquête dans un quotidien. Je me suis permis d'appeler le collègue responsable de l'institut et de lui demander : « Mais à quoi joues-tu ? Ta formulation de question ne va pas ! » Il m'interroge pour savoir si je me place d'un point de vue éthique, je le confirme, et il me rétorque : « Roland, tu m'emmerdes, la seule éthique que je connaisse, c'est la satisfaction client ! »

Qu'il y ait ici ou là, parfois, des moutons noirs, cela n'est évidemment pas exclu. En revanche, la profession est maintenant tellement bien représentée par des instituts divers, concurrents, qui travaillent eux-mêmes avec des médias divers et concurrents, qu'on ne voit pratiquement plus ce genre d'excès et que, si c'est le cas, tout le monde finit par s'en apercevoir.

Ce qui me paraît plus fâcheux, c'est l'interprétation et le titrage des résultats, parfois, dans certains journaux ou médias audiovisuels. Quand un candidat gagne ou perd un point dans un sondage, je me suis toujours escrimé à expliquer que cela ne veut rien dire, que l'évolution se situe dans la marge d'erreur. Je réexplique sans cesse à qui veut m'entendre que le point gagné est peut-être en réalité une stabilité, voire un point perdu. On ne peut pas interpréter un déplacement si faible avec un titre du type « Progression de X ou Y ». Cela, c'est évidemment inadmissible… Le sondeur ne peut plus faire grand-chose, une fois les résultats donnés au commanditaire. Il peut conseiller pour l'interprétation des données, très peu pour le titrage. Il n'a pas voix au chapitre, heureusement d'ailleurs, dans la politique rédactionnelle des médias.

Dans les cas les plus graves, je reconnais avoir dû, plusieurs fois, faire savoir publiquement y compris par un communiqué transmis aux agences l'erreur de lecture qu'un titre pouvait ainsi suggérer. Mais je tiens à dire que ces dix dernières années, j'ai constaté beaucoup de progrès dans les titres et les commentaires des médias. Les journalistes sont devenus des utilisateurs fort avisés de la technique des sondages, même si bien sûr, de temps en temps, on pourrait espérer encore un peu plus de circonspection.

Le cas de l'élection présidentielle de 2002 est emblématique de cet enjeu dans l'exposition des résultats des sondages. La Commission des sondages avait d'ailleurs jugé utile d'appeler à la prudence, dans un communiqué du 16 avril 2002 qui fut peu repris dans les médias :

> La Commission rappelle qu'elle contrôle systématiquement tous les sondages ayant un rapport direct ou indirect avec une élection. Après avoir constaté qu'un certain nombre des règles qu'elle est chargée de faire respecter avait été méconnues, la Commission a été amenée à intervenir de plus en plus fréquemment depuis quelques semaines auprès des instituts de sondage ou des organes de presse qui ont assuré la diffusion des résultats. Elle estime nécessaire, à quelques jours du scrutin, d'insister sur la prudence avec laquelle les sondages d'intentions de vote doivent être interprétés et cela pour deux séries de raisons. La première tient aux modalités

de constitution des échantillons des personnes interrogées, à la proportion élevée des personnes sondées n'exprimant aucun choix et à celle, parmi les intentions exprimées, des personnes qui ne sont pas sûres de leur choix. La seconde tient à certains des procédés de redressement auxquels ont actuellement recours les instituts de sondage. Dans ces conditions, la Commission des sondages tient à souligner les limites de fiabilité des sondages. La Commission rappelle enfin que les sondages ne sont qu'un instrument d'analyse de l'opinion publique et non pas un outil de prévision des résultats électoraux.

Une autre critique souvent formulée à l'encontre des sondeurs concerne les erreurs des sondages.

Les sondages se trompent d'autant plus qu'à certaines périodes il se passe dans l'opinion des phénomènes que les personnes interrogées cachent à l'enquêteur, car il existe ce que la sondeuse Elisabeth Noelle-Neumann a appelé un « climat d'opinion[4] ». Cela veut dire qu'il y a des moments où l'on n'ose pas vraiment « avouer » son opinion à un enquêteur, perçu comme le gardien de la *doxa*. Ce qu'on pense semble défier la bienséance communément admise, on préfère le garder pour soi. C'est ce qui est arrivé pendant très longtemps avec le vote communiste et, plus récemment, lors de ses deux premières décennies d'existence, au Front national.

4. Elisabeth Noelle-Neumann, « The Spiral of Silence. A Theory of Public Opinion », *Journal of Communication*, 24, 1974, p. 43 à 51.

Des électeurs communistes puis Front national avaient une réticence à avouer qu'ils votaient pour ce parti « déviant » par rapport à la société établie. Le notant, cela nous a conduits à calculer des coefficients de redressement concernant ce vote ; le plus simple était de demander aux personnes interrogées comment elles avaient voté la dernière fois – elles dissimulaient aussi pour le passé mais là, les sondeurs connaissaient les résultats réels des élections et cela leur donnait une base de redressement statistique.

Nous avons mis du temps à trouver la bonne méthode, et il est normal qu'on nous l'ait reproché. Les instituts agissent toujours avec retard par rapport à des évolutions qu'une partie de l'électorat entend dissimuler. Cela dit, même si cela a existé hélas, après un certain délai ce problème a pu être résolu, notamment avec la banalisation du vote FN (puis RN) et aussi avec la généralisation de l'utilisation d'Internet pour les enquêtes (il est plus facile d'avouer un vote minoritaire, voire déviant, depuis un clavier d'ordinateur ou de smartphone qu'à une personne physique !).

De manière générale, les sondages peuvent de temps en temps se tromper. Le sondage est une méthode d'approximation à partir de l'interrogation d'un échantillon. On a tous appris à l'école la loi de Bernoulli : combien faut-il tirer de boules blanches ou rouges dans un sac pour avoir une bonne approximation du total respectif de boules blanches et rouges ? L'idée de génie a été d'appliquer ces formules portant sur des objets à des opinions.

Dans l'ensemble, cela fonctionne plutôt bien, mais la technique elle-même est une technique d'approximation, qui comporte forcément une marge d'erreur. Nous savons qu'on peut calculer la marge d'erreur avec un échantillon purement aléatoire et que cette marge d'erreur est valable à 95 %. Cela veut dire que, même si toutes les précautions sont prises, il reste toujours 5 % de cas dans lesquels la marge d'erreur ne sera pas respectée et que, dans 95 % des cas, les chiffres de résultats sont justes, mais avec une marge d'erreur.

Il demeure donc cette évidence que le sondage n'offre pas la garantie absolue du succès. Il faut toujours prendre en compte la marge d'erreur.

La loi française de 1977 impose aux sondeurs et aux médias, s'agissant des sondages ayant trait aux élections, de publier la marge d'erreur de leurs enquêtes ; cela est fort bien, et cela est dans l'ensemble bien respecté. Avec un bémol amusant : les sondages sont réalisés en France avec la méthode des quotas (on construit un échantillon à sonder qui respecte des catégories statistiques connues de la population électorale, par exemple l'âge, le genre, les catégories socio-professionnelles, les régions), or si l'on sait calculer les marges d'erreur des sondages sur un échantillon aléatoire (tirage au sort strict, sans quotas), on ne sait pas le faire pour les sondages par quotas. Donc la loi impose de publier une donnée qu'aucun statisticien ne sait calculer ! On dit souvent, pour excuser le législateur, que la marge d'erreur serait du même ordre pour les deux techniques d'échantillonnage, mais nul ne peut le prouver !

Il faut aussi dire et redire que le sondage ne prévoit rien ! Entre la date de publication d'un sondage et un scrutin, il peut s'écouler des heures, des jours, où l'opinion peut encore être sensibilisée, modifiée, se cristalliser, décider d'aller ou non voter et infléchir ce qui semble devoir être les résultats attendus. Cela peut expliquer des écarts entre les derniers sondages et les résultats réels du scrutin.

On ne peut pas demander aux sondages la certitude qu'au point près, ils vont prédire les résultats de l'élection à venir. Ils ne le seront jamais ! Faisons donc en sorte que les approximations soient les plus proches possibles de la réalité des chiffres, en sachant que ce n'est pas une science exacte et en rien une science prédictive.

Le plus important est évidemment que les sondages permettent de suivre les évolutions de l'opinion et des intentions de vote, de dessiner les courbes qui montrent comment et à quel moment se prennent progressivement les décisions électorales, quelle est la sociologie du vote, à quel degré les citoyens s'impliquent dans une élection ou dans la politique en général, et là les sondages sont irremplaçables.

Un épisode très connu en France, où la question des sondages a été mise sur le tapis, est celui du 21 avril 2002. Les sondages avaient donné de façon constante, jusqu'à une semaine avant le scrutin, l'indication d'un deuxième tour Chirac-Jospin. Et puis dans la semaine qui a précédé on a commencé à voir des sondages qui laissaient apercevoir que les scores de Le Pen et Jospin pouvaient désormais se chevaucher à l'intérieur de la marge d'erreur. Pourtant, bien peu de commentateurs ont jugé utile de faire état de cette incertitude nouvelle quant aux projections des résultats du scrutin, s'attachant (ce qui peut tout à fait se justifier) à donner les résultats nets pour chaque candidat, Jospin restant alors devant Le Pen, plutôt que d'indiquer des intervalles de confiance ou d'insister sur les évolutions.

Pourtant, dans les instituts de sondage, nous avons tous observé ce rapprochement des courbes, la dernière semaine. Cela m'a personnellement assez alerté pour que j'aie appelé *Le Monde* et *Libération*, en leur suggérant de mettre à la une de leur journal du vendredi les courbes d'évolution récentes pour que le lecteur ait sous les yeux la possibilité, évidente pour les spécialistes mais sans doute pas pour tous, de ce croisement des courbes. Ces deux journaux ont bien publié ces courbes inquiétantes, à vrai dire sans y croire tout à fait, à en juger par leurs commentaires, mais ils l'ont fait – je pense que personne n'y a prêté attention car personne ne voulait y croire.

Dans ce climat d'incertitude, j'ai par exemple reçu un appel téléphonique de Jean-Marc Ayrault, Premier ministre de 2012 à 2014, que j'avais eu comme client fidèle lorsqu'il était maire de Nantes. Il participait à une réunion nationale du Parti socialiste et il me dit, en parlant de l'expert en sondages du PS, l'excellent Gérard Le Gall : « Je pense que Gérard est devenu fou, il vient de nous affirmer que Le Pen pourrait passer devant Lionel ! » Et je lui ai répondu du tac au tac : « Tu sais, je dirais plutôt comme lui ! » Et Ayrault de me répondre : « Ah bon, tu es devenu fou aussi ? » Je cite ce cas, que j'ai gardé en mémoire, mais mon interlocuteur n'était pas le seul à partager cet état d'esprit et à refuser à tout prix de voir la tendance en face. Alors je veux bien qu'on en veuille éternellement aux sondages mais si les sondages n'ont pas enregistré la fin de la courbe – ils ne le pouvaient pas, les sondages ne sont pas prédictifs –, ils ont dessiné le chemin qui pouvait mener à cette inversion tardive de tendance. Celle-ci était d'ailleurs plus due à une baisse tendancielle du vote Jospin, à la faveur d'une dispersion des votes de la gauche sur de multiples candidatures, qu'à un subit raz-de-marée en faveur de Le Pen.

Alors lorsque les courbes ont fini par se croiser, au moment du scrutin, cela a été très préjudiciable à l'image de marque des sondages, c'est évident. Cela a été brandi comme un exemple majeur de la fausseté des sondages, mais ce qui est vrai, c'est qu'à l'intérieur de la marge d'erreur à l'instant T (deux ou trois jours avant le scrutin) les sondages avaient identifié la possibilité d'un croisement des courbes.

Mais on ne peut pas demander une telle sophistication dans la lecture des résultats de sondages, on ne peut pas demander au public, ni même aux journalistes, d'intégrer en permanence la notion de marge d'erreur dans leur interprétation des résultats.

Je reconnais d'ailleurs que, si j'avais bien anticipé la possibilité d'un croisement des intentions de vote, je ne croyais personnellement pas que cette hypothèse fût la plus plausible – j'ai, franchement, été assez ébranlé à la sortie de nos premières estimations, autour de 19 heures le dimanche du scrutin.

À travers la querelle du 21 avril 2002 a été relancé le sempiternel débat sur les effets des sondages. Or je tiens à rappeler que nous ne possédons pas de données d'enquête fiables permettant de trancher sur cette question, qui tient chez certains, il faut bien le dire, du fantasme. On peut avoir de temps en temps des impressions, liées à telle ou telle vague de sondages dans un contexte donné, mais on a aussi beaucoup de surprises, où finalement il serait bien difficile de prouver un quelconque effet de sondage. Prenons un exemple précis : le match Balladur-Chirac de 1995.

Balladur part très en tête, Chirac est considéré comme dans les choux. Mais ce dernier grignote petit à petit son retard, au point qu'on s'en inquiète dans l'équipe de Balladur. Mon institut décroche un contrat avec l'équipe Balladur pour essayer de mesurer quels sont les gens qui sont certains de leur position balladurienne ou chiraquienne et quels sont les plus hésitants, donc théoriquement les plus fragiles.

La surprise a été que ceux qui ont le plus changé, qui se sont le plus reportés de Balladur vers Chirac faisaient partie de ceux qui nous avaient dit jusqu'alors qu'ils étaient les plus *certains* de voter Balladur plutôt que Chirac. Ce n'est donc pas majoritairement chez les hésitants que la tectonique des plaques s'est activée. Rétrospectivement on peut émettre des hypothèses pour le comprendre : ces électeurs étaient beaucoup plus intéressés par la politique que la moyenne. C'est précisément en raison de cet intérêt qu'ils ont fini par regarder autrement la campagne, qu'ils s'y sont intéressés de suffisamment près pour préférer aller vers Jacques Chirac plutôt que vers son rival, qui avait leur faveur dans les premiers sondages. Les sondages n'ont donc sûrement pas influencé les indécis hésitants, bien que certains commentateurs l'aient alors affirmé, mais majoritairement des électeurs ancrés précédemment dans une autre intention de vote.

De façon plus générale, j'ai souvent été confronté à des clients ou à des personnalités politiques qui avaient du mal à accepter les résultats de nos sondages. Je les comprends car il est évidemment très difficile pour un dirigeant politique d'envisager qu'il puisse être battu. C'est le signe pour eux qu'il y a quelque chose qui ne va pas, mais ils pensent spontanément que c'est dans le sondage. Quand ils ont de la fièvre, certains jettent le thermomètre : c'est la vie permanente du sondeur politique !

Face à l'homme politique, le sondeur doit aussi savoir tirer d'une enquête les leçons politiques qui pourraient être utiles à ses propositions ou à son action. Cela se fait en général lors de séances de débriefing des sondages. Mais sans devenir pour autant conseiller en stratégie ou en communication. La frontière est délicate mais doit toujours être respectée !

Il est très rare que j'aie pris l'initiative de demander rendez-vous à un dirigeant politique. Soit c'est lui qui a demandé à me voir, soit cela était prévu, pour étudier une enquête par sondage ou qualitative conduite pour lui, ou pour elle.

Je me souviens de l'avoir fait une fois, pour Lionel Jospin, un an avant la fin de son mandat à l'hôtel de Matignon. À mon arrivée, il m'a dit en souriant : « Vous avez demandé à me voir. Nous avons une heure. »

Je venais lui expliquer que, selon moi, puisqu'il serait inévitablement candidat à la présidentielle, il devait rapidement abandonner ses fonctions de Premier ministre. Je pensais qu'on ne pouvait pas enchaîner directement l'activité de Premier ministre et celle de candidat à la présidentielle. Surtout, j'estimais qu'il avait fait toutes les réformes qu'il avait annoncées et qu'il n'en avait plus dans ses tiroirs, c'était le moment de partir. Il jouissait d'une bonne cote de popularité, qui allait forcément décliner s'il restait au pouvoir en donnant l'impression qu'il était désormais en roue libre.

Pendant notre heure de conversation, Jospin m'a écouté très attentivement, prenant en permanence des notes sur un petit cahier. Il me faisait préciser tel ou tel point, me faisait des objections, nous reprenions.

Je le sentais intéressé mais nullement convaincu ! Et en effet, il a conclu par une brève synthèse : « Vous n'êtes pas le premier à me suggérer cela, mais je vous remercie. Vous m'avez parlé de la manière la plus précise et la plus probante que j'ai entendue. Mais je ne vais pas le faire. Pour deux raisons : les Français ne comprendraient pas que je parte maintenant [je m'étais évertué à tenter de montrer le contraire !], et puis, voyez-vous, chaque matin, je viens travailler ici, et c'est pour moi un immense plaisir. Je suis un homme heureux d'arriver tous les jours à mon boulot ! »

Je dois dire que j'ai été sidéré par cette seconde raison ! Il fallait peut-être y voir la cause profonde de sa campagne ratée de 2002, où on le sentait presque candidat par devoir, pour barrer la route à Jacques Chirac. Il considérait avoir eu les « pleins pouvoirs » durant ces cinq années de cohabitation, avoir accompli le programme de la gauche plurielle. Et puis sans doute se sentait-il trop confiant, trop fort, par rapport à un Chirac pour lequel il n'avait guère d'estime.

En tout cas, le sondeur politique rencontre souvent les dirigeants politiques.

En 2012, l'humoriste Marc Jolivet m'a demandé de jouer mon propre rôle dans son spectacle de la salle Gaveau à Paris, *Tout ce qu'il faut savoir avant d'aller voter*. Ce fut bien amusant. Dans un texte écrit pour moi par l'excellent journaliste et ami Christophe Barbier (coauteur de la pièce avec mes autres amis Gérard Miller et Claude Posternak), je venais donner des conseils absurdes à un homme politique, censé être mon client pour les sondages. C'était une charge contre les sondeurs, sans doute, mais bienveillante et fort drôle. Ma modestie ne saurait m'interdire de narrer que j'eus un beau succès !

Un soir à la sortie, je rencontrai Michel Barnier, l'ancien ministre, venu assister à la représentation avec une amie, qui me lança : « Vous êtes gonflé ! Moi, je n'aurais jamais osé faire ça ! » Je ne crois pas avoir osé lui dire que je n'en étais guère surpris !

L'activité sondagière est liée à l'existence même de la démocratie. Aucun pays autoritaire, quelle que soit la nature de l'autoritarisme, n'autorise de sondages libres. Le sondage n'existe que parce que la démocratie politique existe. La démocratie libérale n'est pas complète si n'existe pas l'intervention de l'opinion. J'en étais assez convaincu avant de devenir sondeur, et j'en suis mille fois plus convaincu aujourd'hui que j'affiche des décennies d'études au compteur. Les dirigeants politiques sont au service de l'opinion et craignent forcément l'opinion, qui est leur juge permanent. Parfois trop d'ailleurs. L'important pour le personnel politique devrait être de savoir garder un cap, au lieu de s'arrêter à chaque mini-événement, d'imaginer chaque fois une petite mesure pour colmater une brèche et espérer que « ça se calme ».

Le sondage, pour peu qu'il soit correctement mené, exerce une fonction essentielle dans nos démocraties modernes, il donne la parole au peuple, il porte sa parole. Grâce aux sondages, on ne peut plus avoir des orateurs qui prétendent que « l'opinion ne comprendrait pas que… » ou que « l'opinion n'admet pas que… », faisant parler les électeurs comme s'ils faisaient campagne depuis le fond d'une arrière-salle de bistrot. L'opinion s'exprime désormais directement. Je suis donc à la fois enchanté de constater cette pression permanente permettant à la citoyenneté de s'exprimer, et aussi un peu inquiet de constater qu'on la met à toutes les sauces, qu'un sondage en chasse un autre, qu'on veut leur faire dire politiquement des choses que visiblement ils ne veulent pas dire. Le sondage pourrait alors finir par tuer le sondage.

J'ai déjà insisté sur ce point, pour l'essentiel mon optimisme citoyen s'est trouvé renforcé par le fait que les sondages, conduits en France de façon extrêmement professionnelle avec ce pluralisme des instituts et des clientèles, garantissent que nous disposons d'un tableau de bord de l'opinion, nous comprenons mieux les Français, nous prenons en compte leurs structures d'opinion.

J'ai créé le baromètre sur le racisme et l'antisémitisme pour la Commission nationale consultative des droits de l'homme. J'ai fait les enquêtes de ce baromètre les premières années, j'ai participé aux débats publics sur les résultats. Ce que nous avons appris, et que nous avons transmis aux journalistes et au public intéressé, c'est que la réalité du racisme dans notre pays est sans commune mesure avec les images qu'on pouvait en avoir, par exemple sur le thème « la France n'est pas raciste ».

Dans ce domaine comme dans maints autres, nous avons désormais des connaissances fiables sur la réalité des phénomènes sociopolitiques, et je suis fier d'avoir lancé des enquêtes de ce type afin de cerner correctement l'ampleur et l'évolution des données d'opinion.

Mes engagements internationaux de sondeur

Puisque j'ai toujours estimé que l'horizon ne s'arrêtait pas au territoire français et que ce qui se passait de par le monde devait nous concerner, mes engagements internationaux ont été l'occasion d'articuler mes convictions de professionnel des sondages avec mes convictions citoyennes. À l'étranger, chaque fois que j'en ai eu l'occasion, j'ai fait se rencontrer mes engagements personnels en faveur de la démocratie et mon métier de chercheur et de sondeur.

Je pense d'abord au Chili sous la dictature de Pinochet. Après le coup d'État de 1973, on le sait, une dictature sévère s'est installée. Les chercheurs en sciences sociales sont arrêtés, souvent directement dans les universités ; beaucoup de collègues ont dû abandonner leur métier pour échapper à l'emprisonnement arbitraire ou du fait de la répression. Des sociologues deviennent alors chauffeurs de taxi ou agriculteurs. Il n'y a évidemment plus de sondages. Rien ne se passe plus jusqu'à l'année 1980 environ quand, sous la pression des États-Unis, la dictature chilienne commence à adopter un visage moins purement répressif. Cela ne se traduit pas dans les médias audiovisuels, qui restent totalement entre les mains du pouvoir, ni dans la presse écrite. Mais on commence à voir une ouverture puisque est autorisée une radio de la Démocratie chrétienne qui s'appelle Radio Cooperativa. On sent alors que Pinochet souhaite apparaître à l'étranger comme moins rigide.

À ce moment-là, à la double demande de l'ambassade de France et des institutions européennes, je suis invité à aller au Chili pour examiner les moyens d'aider les confrères, anciens sondeurs ou anciens sociologues. Je suis donc allé périodiquement au Chili, pendant plusieurs années, en toute discrétion, pour essayer de donner ce petit coup de main.

Ainsi j'ai contribué, très modestement, à réintéresser à l'opinion publique d'anciens collègues sondeurs ou sociologues qui avaient réussi à travailler sur ces instruments malgré la dictature. Cela a abouti aussi au fait que d'anciens étudiants en sociologie ou jeunes professeurs en sociologie se sont transformés en enquêteurs, que les sociologues formés ont établi des questionnaires et qu'ils ont pu continuer à étudier ou plutôt recommencer à étudier l'opinion chilienne, sous la dictature.

Par exemple, en accord avec la radio démocrate-chrétienne que j'évoquais, un dispositif a été mis au point : la création d'un questionnaire mensuel posé à un échantillon représentatif de Chiliens sur leur état d'esprit, sur la façon dont ils voyaient les choses, conclu à chaque vague par une intention de vote pour le cas où les élections seraient libres au Chili. Puisque c'était un questionnaire de trente questions, une fois par mois Radio

Cooperativa dévoilait aux auditeurs une intention de vote nationale ! Les auditeurs ont représenté jusqu'à 40 % des Chiliens. La radio révélait donc ce que serait un potentiel vote libre des Chiliens. Je pense que cette opération a joué un certain rôle dans la prise de conscience par les Chiliens qu'ils n'étaient pas seuls, qu'il existait bien une opinion chilienne, qu'elle était restée majoritairement favorable à la démocratie et qu'elle était favorable à un « non » à un plébiscite constitutionnel et acquise à un soutien aux partis politiques de l'arc-en-ciel démocratique. Cela a duré jusqu'à 1990. On est alors passé au fameux référendum plébiscite et à la victoire du « non » contre Pinochet, et donc au remplacement de la dictature par un régime démocratique. On peut dire qu'il y a eu une préparation des esprits, mois après mois, année après année, en montrant aux Chiliens qu'une opinion publique existait et qu'elle se tenait prête à se manifester dès lors qu'on lui en offrirait la possibilité. Les sondages, qui sont toujours un miroir tendu à la société pour qu'elle réfléchisse sur elle-même, sur ses tendances, ont ainsi pu jouer pleinement leur rôle démocratique en permettant à la société de prendre conscience du maintien de sa force de résistance à la dictature.

Beaucoup d'enquêteurs ont été arrêtés, jetés en prison et au bout d'un certain temps relâchés. Au fond, la dictature chilienne dans cette période des années 1980 ressemblait plutôt à ce qu'était devenue dans ses dernières années la dictature franquiste en Espagne. Cela n'était plus la répression tous azimuts, aveugle, c'était prioritairement empêcher que les militants de la démocratie puissent agir au grand jour. Les opposants subissaient une pression permanente par l'arrestation. Et le pouvoir relâchait les gens quand il pensait qu'ils étaient assez affaiblis psychologiquement pour ne pas recommencer à agir publiquement.

Ce qui me frappe, c'est que dans tous les endroits où j'ai été acteur ou témoin des enquêtes ou contribué à la formation des sondeurs dans des régimes qui n'autorisaient pas ces études, j'ai toujours constaté que l'opinion publique continuait d'exister et que les gens éprouvaient un vrai contentement à pouvoir affirmer leur opinion face à des enquêteurs dont ils savaient qu'ils n'étaient pas des envoyés du régime. Donc oui, c'est un vrai risque pris par les personnes courageuses qui mènent ces enquêtes en régime non démocratique, mais c'est un risque assumé car la contrepartie, c'est d'avoir la satisfaction de donner à l'opinion publique nationale le moyen de faire entendre sa voix.

Lors de cette expérience chilienne, j'ai rencontré, toujours par l'entremise de mes amis de l'ambassade de France, d'abord Jean Mendelson, et par les institutions européennes, les militants de l'opposition à la dictature. J'ai même participé à un certain nombre de réunions regroupant l'ensemble des futurs leaders de la nouvelle démocratie. Je me souviens par exemple qu'il y avait une forte dissension entre les leaders sur ce qu'il fallait répondre à un éventuel référendum. Certains pensaient qu'il fallait s'abstenir, boycotter le plébiscite car on ne pouvait pas croire à la démocratie référendaire organisée par une dictature. J'étais au contraire de ceux qui disaient qu'il fallait y aller, ne serait-ce que parce que nous connaissions ces résultats d'études. Je me rappelle avoir dit et répété plusieurs fois : « Le seul mot d'ordre doit être non, non et non ! » J'avais obtenu le soutien immédiat de quelqu'un comme Sergio Bitar, ancien ministre d'Allende, leader de la gauche chrétienne que j'ai fortement admiré et qui m'avait alors appuyé.

Plus d'un an avant le « non » au référendum, je discutais avec mon collègue Juan Gabriel Valdés, qui sera dix ans plus tard ambassadeur de son pays aux Nations unies. Il m'explique que son organisme conduit nombre d'études qualitatives et la donnée qui lui paraît alors la plus importante est celle-ci : les jeunes Chiliens n'ont plus peur. Depuis 1973, leurs parents, leurs grands-parents les incitent à ne pas sortir, à ne pas manifester, c'est trop dangereux. Mais c'est fini, les jeunes n'ont plus peur.

Il y voyait, non sans raison, l'annonce inéluctable de la fin de la dictature.

C'est étonnant : à quelques semaines d'intervalle, à Bucarest, Pavel Campeanu me disait la même chose : les Roumains, en particulier les jeunes Roumains, n'ont plus peur. Ils ne craignent plus d'affronter le dictateur, ils sont prêts.

J'ai souvent repensé à ces constatations de deux politologues engagés dans leur pays. J'y ai à nouveau repensé quand la jeunesse, et d'abord les femmes d'Iran, ont lancé leurs courageuses manifestations de 2022. Quand le peuple, quand la jeunesse n'a plus peur d'affronter les régimes autoritaires dans la rue, ces régimes sont condamnés.

Revenons au Chili. Ce n'est évidemment pas moi qui ai gagné sur la ligne du « non » au plébiscite, mais j'ai eu le sentiment de participer à cette ébullition démocratique chilienne, aidée en cela par ma modeste compétence de sondeur et de politologue. J'ai donc eu la chance d'être dans ce pays pour participer à la bataille des idées. On se réunissait parfois dans les sous-sols de la cathédrale de Santiago parce que l'archevêque, le cardinal Henriquez, était un extraordinaire soutien pour tous ceux qui se battaient contre la dictature et qu'il y avait une certaine inviolabilité des établissements religieux – c'était donc là qu'on pouvait tenir des réunions secrètes. Un de ces soirs, j'ai eu la surprise de m'y retrouver en compagnie de mon collègue et grand ami anglais Denis McQuail, dont j'ignorais tout de la présence au Chili. Souriant, il m'a gentiment dit en anglais : « Je suppose que si tu es là, alors c'est correct d'y être ! »

Aujourd'hui encore j'éprouve de la joie à avoir vécu ces moments – avoir pu être présent au Chili, avoir vécu la fraternité qu'engendrent parfois les couvre-feux : on refaisait le monde dans un restaurant. À 23 heures, minuit, selon l'heure de début du couvre-feu, chacun devait rentrer chez soi, mais une question s'imposait : est-ce qu'on rentre dormir ou est-ce qu'on reste dans le restaurant jusqu'à l'aube ? Évidemment, souvent on restait, on continuait la discussion politique. Il y avait toujours un camarade qui avait une guitare, et c'était parti : musique et idées, vapeurs d'alcool et fumée de cigare. Cela tisse des liens qui ne s'oublient pas ! Avec à la fois ceux qui sont (re)devenus universitaires et ceux qui sont devenus des sondeurs.

Je pense aussi à mon amie Marta Lagos, de la Démocratie chrétienne, aujourd'hui plus à gauche sur l'échiquier politique chilien, devenue directrice d'un grand institut d'études d'opinion à Santiago, et à son mari, politologue spécialiste de l'Allemagne, qui a été le premier ambassadeur du Chili démocratique en République fédérale.

Beaucoup de ces personnes sont devenues des figures de la démocratie chilienne et je garde avec elles et avec ce pays de forts liens affectifs.

Je me suis aussi beaucoup investi en Pologne, mais dans un contexte très différent. Là-bas, pas de clandestinité, pas de risques de répression, car je n'y suis arrivé comme sondeur qu'après l'instauration de la démocratie pluraliste, en 1989. Je suis allé dans le pays immédiatement, comme sondeur français, invité à donner des conseils pour les premières opérations d'estimation des résultats électoraux à la télévision publique polonaise. Cela à d'ailleurs eu un bon succès. À partir de là, comme j'avais des contacts avec les sondeurs polonais et avec les forces progressistes, et que j'étais aussi chargé d'enquêtes, à Varsovie, pour le groupe Hersant qui avait pris le contrôle d'un des principaux quotidiens du pays, *Rzeczpospolita*, il s'agissait de définir une stratégie de diffusion du quotidien. Nous avons pensé, mon associée Claude Suquet et moi, que nous pourrions renforcer la présence de la société CSA en Pologne. Nous avons donc décidé de prendre le contrôle d'un institut d'études polonais.

J'avais d'abord pensé au Centre d'études de presse de l'université Jagellonne de Cracovie, qui s'intéressait non seulement aux données de presse mais aussi aux sondages. J'y fus reçu en grande pompe, découvrant qu'étudiants et chercheurs me connaissaient – mon livre sur les médias dans la collection Thémis avait curieusement été l'un des seuls livres français disponibles dans leur bibliothèque, pendant la période communiste. Le doyen m'avait demandé de faire un petit discours introductif, comprenant notamment un historique de la Fondation nationale des sciences politiques. J'avais donc mentionné la date de création de notre FNSP, en 1945. Le doyen m'avait alors, répondu en souriant, mais non sans affectation, que l'université Jagellonne datait de… 1364 !

Il s'est avéré que son centre n'envisageait pas une association avec un institut privé.

Après plusieurs contacts, nous avons décidé, Claude et moi, de jeter notre dévolu sur l'Institut Demoskop, à Varsovie, qui nous avait bien impressionnés. Nous avons donc constitué avec cet institut une holding dans laquelle nous avions une participation majoritaire.

Ce fut extrêmement intéressant, dans une période de grande ébullition politique, de voir s'affirmer une opinion publique polonaise, de la mesurer et de la publier, à l'occasion des élections de 1989 puis dans les années suivantes.

Nous avons conduit des enquêtes comparables aux sondages effectués dans tous les pays occidentaux, des études sur les préoccupations des citoyens, leurs attentes, leurs comportements politiques.

L'opinion polonaise de l'époque était très en attente de pluralisme d'expression. Nos enquêteurs n'avaient aucune difficulté à obtenir des réponses. Les Polonais avaient soif de s'exprimer et il a été gratifiant de nous dire qu'avec notre institut, nous apportions une contribution à l'éclosion des « cent fleurs » d'une démocratie naissante.

Mais l'affaire a dû s'arrêter là après peu d'années parce qu'il existe en Pologne, juridiquement, une forme de société qui ressemble beaucoup à ce qui serait chez nous un mariage indissoluble, donc, étrangement, la seule solution pour ces entreprises est de durer éternellement ou de disparaître ! Demoskop était animée par deux collègues polonais inséparables, dont les parents avaient été eux-mêmes inséparables toute leur vie, et ils avaient conclu cette forme d'accord indissoluble. Mais s'est produit entre eux, pour des raisons qui me restent mystérieuses encore aujourd'hui, des désaccords tels qu'ils sont brutalement devenus des ennemis absolus. Nous n'avons donc pu que constater, impuissants, la dissolution de cette entreprise.

J'avais eu une autre occasion de me rendre en Pologne.

En octobre 1990, je reçois un coup de téléphone du Premier ministre, Michel Rocard. Nous savons que notre « ami » Tadeusz Mazowiecki est candidat à l'élection présidentielle qui doit avoir lieu fin novembre et que, d'après les sondages, il est en mauvaise posture. Rocard me demande d'aller voir si je peux aider Mazowiecki à se rétablir, par des conseils stratégiques ou de communication. Il précise, comme dans une célèbre série américaine, que si mon rôle vient à être connu, l'État niera avoir eu connaissance de mon intervention !

Je comprends rapidement que la candidature de cet ami n'a aucune chance. Ce qu'il dit est juste et intéressant mais outre que Wałęsa continue à être populaire auprès de leur électorat commun, Mazowiecki ennuie carrément la Pologne. Il est terne, sans relief.

On me dit alors qu'un autre Français vient d'arriver et qu'il a une botte secrète. Je vais à la réunion à laquelle je suis convié ; je vais savoir comment cette élection peut, finalement, être gagnée… Le Français entre dans la pièce, avec un grand document roulé sous son bras. Je reconnais Jacques Séguéla ! Après quelques mots d'introduction, il déplie son document : c'est une affiche, que je reconnais tout de suite – la photo du candidat Mazowiecki domine un village et une église. C'est, photo du candidat mise à part, la reprise très exacte – avec le même village – de l'affiche présidentielle de François Mitterrand en 1981. Je demande à mon voisin de me traduire le slogan qui orne l'affiche. Il me répond : « La force tranquille », soit le slogan utilisé par Séguéla pour Mitterrand en 1981. Quoi ? La force tranquille ? Contrairement à Mitterrand, qui devait effacer les traits d'un socialiste prêt à tout changer et que certains voyaient « le couteau entre les dents », le problème polonais est de donner au candidat l'image de l'énergie, de l'élan, du dynamisme. J'ai beau essayer, aussi diplomatiquement que possible, de faire entendre mes réserves, je sens bien que personne ne m'écoute. On doit penser à de la jalousie de ma part : mais enfin, se disent-ils visiblement, comment peut-on ne pas être convaincu par l'affiche qui a… fait élire Mitterrand ?

Bref, Mazowiecki a continué de dégringoler dans les sondages et ne s'est pas qualifié pour le second tour.

J'ai eu l'occasion de croiser dans d'autres pays la problématique du sondage comme activité professionnelle et comme forme d'engagement pour aider à l'émergence même de la démocratie.

C'est bien sûr le Maroc qui me vient à l'esprit. Le Maroc, cher à mon cœur comme j'ai déjà eu l'occasion de l'exposer ici. J'ai toujours été très attentif à ce qui s'y passait. Dès lors, une fois à la tête d'un institut de sondage, la question s'est posée de pouvoir mettre un pied dans le marché marocain, afin de contribuer à l'expression de l'opinion publique marocaine. C'est ce que j'ai fait en créant avec un inséparable ami d'enfance marocain depuis la classe de sixième, Hafid Berrada, l'Institut CSA Maroc, en juin 2000. Nous avons, pendant plusieurs années, réussi à installer un institut qui a réalisé de nombreux sondages pour des clients privés et pour des journaux. Nous avons contribué à donner l'envie à un certain nombre de publications et d'organismes, notamment les quotidiens *L'Opinion* ou *Al Ahdat*, de s'appuyer sur les sondages pour étudier l'opinion marocaine. Les Marocains interrogés s'exprimaient facilement et l'on voyait à quel point l'opinion du pays était structurée politiquement : les citoyens ont tout de suite été capables d'exprimer leurs opinions partisanes ; en fonction de ces préférences se dessinaient des structures d'opinion extrêmement cohérentes. Cela était tout à fait remarquable, et pas forcément attendu de la part des Marocains eux-mêmes.

Nous avons même travaillé un moment avec les autorités, à l'approche des élections municipales de 2003, en étudiant ce que pourrait être le comportement électoral dans les douze plus grandes villes marocaines. J'ai gardé en mémoire qu'au moment de faire un débriefing de nos résultats avec le ministre de l'Intérieur, après les élections, je pouvais avec satisfaction dresser le constat que le bilan était fort bon. En effet, dans la très grande majorité des villes que nous avions étudiées, les résultats électoraux confirmaient nos données d'avant scrutin.

Pour la seule ville où nous avions un écart significatif, le ministre m'a dit, avec humour : « Là, j'ai peur que vos résultats soient plus exacts que les miens ! » Chacun comprendra...

Après quelques années, nous avons connu un coup d'arrêt très brutal. Ce fut en 2009, à l'occasion du dixième anniversaire de l'accès au trône de l'actuel monarque. Nous avions organisé un sondage bilan politique sur ces dix années. Cette grande enquête a été réalisée avec l'hebdomadaire indépendant et progressiste *TelQuel*, le plus grand magazine d'information marocain, dirigé par Ahmed Benchemsi, remarquable journaliste et défenseur intransigeant des droits humains. Et nous avions obtenu le partenariat du journal *Le Monde*, en France, ce qui était évidemment important pour notre dispositif.

Nous savions qu'aucune question ne pouvait porter directement sur la personne du roi. Nous avons donc choisi de prendre, point par point, chacun des domaines d'action de ce qui constituait un bilan et nous les avons fait juger par les Marocains, de même que le bilan global de ces dix ans.

En vérité, les résultats de l'enquête furent fort favorables au pouvoir royal. 91 % des sondés avaient senti un changement positif pendant la décennie écoulée ! Sur la plupart des domaines testés – écoles, hôpitaux, équipements routiers notamment –, la grande majorité des Marocains donnaient leur agrément. Un sur deux attestait le caractère démocratique du régime. Concernant une possible critique de l'autoritarisme du pouvoir, la majorité exprimait en substance cette idée que mieux valait que le pouvoir fût entre les mains du roi qu'entre celles d'élus ne pensant qu'à leurs intérêts. La mainmise du pouvoir sur l'économie leur posait-elle problème ? Non, sauf à 17 % d'entre eux.

Deux zones d'ombre seulement étaient détectables dans ce bilan très largement positif. Celui de la pauvreté du pays – un tiers seulement des sondés estimait que la situation sur ce plan s'était améliorée pendant ces dix ans, cependant qu'un autre tiers pensait que non, un quart qu'elle s'était aggravée, le reste ne se prononçant pas – et surtout le droit des femmes, les Marocains se déclarant majoritairement plus conservateurs que le pouvoir royal. Le nouveau Code de la famille, promulgué en 2004, entendait faire des femmes les égales des hommes, sauf en matière d'héritage où le Coran, inégalitaire sur ce point, passe pour ne pas pouvoir être contredit, s'agissant d'un texte sacré et incontournable. Mais les femmes avaient acquis le droit de se passer d'un tuteur pour se marier, le droit de réclamer le divorce, l'abrogation de la polygamie. Désaccord de la majorité des Marocains, 16 % seulement allant jusqu'à réclamer des droits supplémentaires pour les femmes.

Au total, des résultats plus que favorables, dont bien des dirigeants au pouvoir se seraient bruyamment satisfaits.

Le fait même que nous ayons posé des questions qui tournaient autour de ce dixième anniversaire de la monarchie a été jugé insupportable par le palais royal. Au moment où *TelQuel* et son édition en langue arabe, *Nichane*, imprimaient leurs exemplaires, le 1er août 2009 – *TelQuel* avait fait le pari de porter son tirage à 100 000 exemplaires, soit le double du tirage habituel, avec une pagination exceptionnelle de seize pages consacrées au sondage –, la police marocaine est venue à l'imprimerie saisir l'ensemble des exemplaires pour, fait exceptionnel, les mettre immédiatement au pilon ! Évidemment cela a été terrible, un choc pour nous tous.

L'ordre en avait été donné par le ministre de l'Intérieur, ami de jeunesse du roi – lorsqu'il sera, plus tard, nommé en France, il déploiera des trésors d'amitié envers les progressistes français et m'invitera fort amicalement pour évoquer devant un public choisi ma carrière et mes liens avec le Maroc...

Le porte-parole du gouvernement marocain, Khalid Naciri, avait alors commenté : « La monarchie ne peut être mise en équation, même par la voie d'un sondage. »

Heureusement, l'équipe de *TelQuel* avait gardé un PDF de l'ensemble du dossier. Ils l'ont donc publié sur Internet et ont eu plus d'un million de lectures de ce numéro dans les jours qui ont suivi. Même chose pour *Le Monde*, dont le numéro a été interdit de diffusion dans le royaume. Bilan : aucun sondage n'a jamais été autant diffusé au Maroc !

Mais cela a été un sale coup pour nous – et plus encore pour *TelQuel*.

Cet épisode a marqué une rupture car il envoyait le message de l'incapacité, sous une monarchie de droit divin, à faire avec des sondages le minimum de ce qui est exigible pour un système démocratique pluraliste.

L'après-midi de cette intervention policière musclée, j'ai eu au téléphone (j'étais alors en France) une bonne dizaine de membres du gouvernement marocain qui me faisaient tous savoir qu'ils n'y étaient pour rien et que, s'ils avaient été appelés à se prononcer, ils auraient essayé de l'empêcher mais que, hélas, les choses étant ce qu'elles étaient… c'était hélas arrivé. CSA Maroc, devenu entre-temps LMS-CSA après une fusion avec l'institut de mon ami Abdenbi Louitri, a continué d'exister, mais sans plus s'aventurer dans les sondages politiques.

Malgré tout, j'ai pu, il y a maintenant un peu plus de quinze ans, mettre en place une nouvelle entreprise, Marocmétrie, dans laquelle j'ai pris pour associée majoritaire Médiamétrie France, afin de créer les outils d'une mesure automatique des audiences de télévision. Après la disparition de Hafid Berrada, c'est Henri False, de Médiamétrie – présent depuis le début de l'aventure et avec qui j'entretiens des relations très amicales depuis des décennies, du temps où il était à l'INA ou à France 3 –, qui a pris les rênes de la société.

Depuis maintenant plus de quinze ans, nous mesurons ainsi quotidiennement les audiences de télévision, avec des boîtiers installés chez un échantillon représentatif de familles marocaines. Cela a été plus compliqué à faire au Maroc que dans un pays comme la France, parce que tous les moyens d'accès à la télévision y sont utilisés, y compris des petits couscoussiers sur les toits des maisons dans certains villages ou bidonvilles. Il nous a donc fallu recruter des spécialistes du numérique qui fussent en même temps de véritables hackers, puisque eux-mêmes savaient quels étaient les possibles moyens d'accès gratuit à la télévision !

Il est toujours extrêmement rare, dans les pays en développement, d'avoir accès à des données fiables, générées automatiquement, sur les audiences des chaînes. Mais au

Maroc elles existent, elles se sont installées sur ce marché, elles ont été adoptées par tous les acteurs concernés.

À mes yeux, c'est un élément du chemin vers le pluralisme. Le fait de pouvoir mesurer les audiences contribue à la transparence et au pluralisme, à la fois sur le plan commercial pour le marché de la publicité, et sur le plan politique pour mesurer l'impact des passages à la télévision des détenteurs du pouvoir et des politiciens marocains de tous bords. Cela fait donc partie, je le crois profondément, des manières de lutter pour la progression de la démocratie concrète au Maroc.

En Algérie, de la même façon, j'ai essayé d'implanter un institut d'études et d'opinion. Avec un partenaire algérien, Chafik Mesbah, nous avons créé une société. Là, l'expérience a été de beaucoup plus courte durée.

Il y a eu une grande méfiance de la part du pouvoir à l'égard d'une expression quelconque de l'opinion, et la répression, l'arrestation des enquêteurs a été quasi systématique. Un texte réglementaire prévoyait que s'il y avait des enquêtes auprès de l'opinion, l'armée devait au préalable approuver les questionnaires. Ou plus exactement, il y avait quinze jours d'attente après le dépôt d'un questionnaire, à l'issue desquels, s'il n'y avait pas d'opposition, l'enquête était autorisée. Heureusement, dans les systèmes bureaucratiques, la décision est en général longue à venir. Nous avons donc pu « sonder », car il n'y avait pas de réponse de l'armée. Chacun conviendra que c'étaient des conditions beaucoup plus compliquées qu'au Maroc.

En 2002, nous avons conduit une grande enquête à l'occasion du quarantième anniversaire de la fin de la guerre d'Algérie. Le sondage portait sur les souvenirs croisés, sur les références croisées de l'opinion algérienne et de l'opinion française sur les « événements ». À la suite de cette parution, les pressions, les menaces, les difficultés ont été telles que nous n'avons pas eu d'autre choix que de renoncer à être présents en Algérie.

Il faut avouer que dans le contexte particulier du gouvernement du FLN, avec son lot de tensions mémorielles avec l'ancien colonisateur et de tensions diplomatiques avec le voisin marocain, je cumulais les handicaps. J'étais forcément suspect, pour ne pas dire coupable, aux yeux de plusieurs dirigeants algériens puisque j'avais le grand tort d'être à la fois un sondeur (grief démocratique), français (grief mémoriel) et marocain de cœur (grief de déstabilisation au service d'une puissante ennemie). C'est ainsi que le ministre de l'Intérieur algérien de l'époque a envoyé un message à ses collègues – plusieurs d'entre eux me l'ont montré – disant qu'il fallait se méfier de moi car j'étais sûrement un émissaire du régime marocain.

Tout cela n'a fait que renforcer ma conviction intime que le sondage est bien un outil démocratique ou de démocratisation et qu'il peut gêner les gouvernants, surtout ceux qui prétendent s'arroger le monopole de la représentation et être la voix du peuple.

Cette conviction s'est également renforcée avec mon expérience dans la Roumanie communiste, que j'ai évoquée plus haut[5]. L'exemple roumain illustrait une réponse de la société roumaine que je trouvais extrêmement émouvante et qui nous a permis de montrer qu'il y avait une

5. Voir chapitre V, « Les bienfaits de la recherche comparative internationale ».

opinion publique prête à se manifester après la dictature et sans doute prête à manifester, un jour, contre la dictature.

En Roumanie comme au Maroc ou ailleurs, la réalisation de sondages de qualité, selon des méthodes scientifiques éprouvées, a permis de prouver qu'il existait bien une opinion publique, soit un ensemble d'idées et de valeurs partagées par une large partie de la société. Voilà pourquoi j'ai toujours plaidé pour la vertu émancipatrice des sondages, qui offrent une parole au peuple et qui lui donnent la chance de prendre conscience de ses opinions partagées. Réaliser des sondages, notamment de façon semi-clandestine, notamment en bravant les interdits, dans des régimes peu ou pas démocratiques, a toujours été ma forme d'engagement personnel, ma façon de prolonger mes engagements politiques de jeunesse, d'y être fidèle, en armant les citoyens par la matérialisation de leurs opinions.

Chapitre VIII

LE GOÛT DE LA TRANSMISSION : ENSEIGNEMENT ET MÉDIAS

Dans mon activité, deux moyens existent si l'on a soif de transmettre ses connaissances et de les mettre en débat : la pédagogie et la participation à la vie des médias.

Le goût de l'enseignement

J'ai été amené à enseigner jeune et cela a été très naturel pour moi. Bien sûr, j'ai toujours joui du privilège d'être chercheur sans obligation d'enseignement – je crois que nous sommes un des rarissimes pays au monde en sciences sociales où cela existe, et cela a ses vertus. Mais c'est bien aussi de pouvoir enseigner si on le souhaite, et je l'ai souhaité rapidement parce que c'est un prolongement évident des recherches – transmettre ses résultats, ses analyses. J'ai pu le faire tout de suite dans la maison où je conduisais mes recherches, à Sciences Po, et parce que j'avais envie de ce contact avec les étudiants. Je l'avais moi-même été très peu de temps avant, j'avais le sentiment que je les comprenais bien. Et puis c'est devenu par la suite plus que cela, un vrai goût pour l'enseignement, un vrai plaisir de la rencontre avec les étudiants, une vraie satisfaction de constater la progression du travail avec eux. Oui, un attachement très profond à cette fonction enseignante.

Si j'ai éprouvé une véritable passion pour l'enseignement, je dois dire que lorsque j'ai décidé d'arrêter, je me suis senti soulagé, car arrive le moment où on a le sentiment qu'on n'enseigne plus mais qu'on rabâche, qu'on a déjà tout raconté. Il faut, je crois, savoir arrêter et je pense avoir su le faire à temps, autour de l'année 2000.

Si on m'interrogeait sur ce que je souhaitais transmettre à mes étudiants, je crois que c'est tout ce qui transparaît dans les chapitres précédents : d'abord un savoir en science politique bien sûr, et la tolérance, le pluralisme, le recours à des sources contradictoires pour forger ses opinions, savoir considérer le phénomène politique avec le détachement de l'observateur, quels que soient les engagements que l'on peut avoir par ailleurs. Je pense que tout cela s'est reflété dans le contenu de mon enseignement et dans la nature de mes rapports avec les étudiants.

J'ai commencé à peu près en même temps que la carrière de chercheur, en 1966, en devenant maître de conférences à Sciences Po Paris, et chargé de travaux dirigés à la fac de droit.

À Sciences Po, j'ai eu l'occasion de faire tout ce qu'on peut faire dans l'institution : du cours magistral au séminaire (transversal aux différentes sections d'étude), aux conférences de méthode, dans la section politique et sociale, avec un enseignement de science politique. À la fac de droit, j'enseignais le droit constitutionnel en travaux dirigés, rue d'Assas. Comme un accord s'était noué entre la faculté de droit et les instituts catholiques, acceptant la tutelle des facultés laïques pour leurs programmes, leurs diplômes et la nomination de leurs enseignants, j'ai été envoyé par la faculté de droit du 92, rue d'Assas, un peu plus bas dans la rue, à l'Institut catholique de Paris, pour y enseigner la même chose, sauf que là-bas, bien que simple chargé de travaux dirigés, contrairement à la fac de droit à l'époque, on faisait vraiment partie du corps enseignant avec voix délibérative à l'assemblée générale des enseignants. C'était d'autant plus inattendu pour moi que l'un des problèmes qui se posaient à l'époque était les relations avec le Vatican. Il y avait de fortes discussions, avec intervention de lobbys très puissants, à propos de rumeurs selon lesquelles le Vatican voudrait progressivement supprimer tout ce qui n'était pas religieux dans les instituts catholiques. Il y avait une résistance du corps enseignant, et c'était paradoxal pour moi, non catholique, d'avoir voix au chapitre de ces discussions, à l'issue desquelles il y avait des votes, pour lesquels évidemment je m'abstenais !

Des années heureuses d'enseignant à Sciences Po

J'ai eu, fatalement, des étudiants qui sont devenus célèbres, en politique ou dans d'autres activités. Et je n'arrête pas de rencontrer, en France ou à l'étranger, des hommes et des femmes qui me disent avoir été mes élèves. Comme Sciences Po est un endroit qui valorise l'enseignant, je sens dans leurs voix de la gratitude, et cela est gratifiant. Le premier moteur du beau métier d'enseignant est de se dire qu'on a été, peut-être, utile dans la formation intellectuelle de ses élèves.

Durant toutes ces années, j'ai rencontré des personnalités extrêmement intéressantes. Beaucoup ont fait un sacré bout de chemin depuis. Si je me remémore les gens à qui j'ai attribué les meilleures notes de conférence, il y avait un trio, en tête duquel se situe Laurent Fabius. Il n'est pas beaucoup plus jeune que moi : il avait suivi les études de Normale Sup avant de venir à Sciences Po et moi, j'étais encore un jeune enseignant puisque je l'ai compté parmi mes élèves en 1968. Il faisait preuve d'un grand brio et travaillait énormément. S'intéressant à tous les sujets, il avait le mérite, pour un maître de conférences confronté parfois à un temps mort, d'avoir toujours une réponse à la question « qu'en diriez-vous, Fabius ? » et de relancer le débat. Il appartenait à un groupe politique de Sciences Po qui s'appelait Base, favorable au mouvement de Mai 68, mais hostile à la « chienlit » – disons, déjà, une position de centre gauche.

Dans le trio il y avait deux autres brillants étudiants, qui ont chacun très bien réussi dans leur secteur : Patrick Viveret, philosophe, entré plus tard dans le cercle des fidèles de Michel Rocard et nommé par lui à la Cour des comptes. Il a été un animateur de la rocardie et du mouvement associatif, où il a développé une pensée extrêmement féconde. D'autre part Laurent Joffrin, qui est devenu journaliste, jusqu'à diriger avec un grand talent *Libération* et *Le Nouvel Observateur*, avant d'opter pour l'action politique au service de la rénovation de la gauche.

J'ai aussi eu l'occasion de recruter un chargé d'études pour mon institut CSA parmi mes étudiants : André Gattolin, qui avait déjà, au moment où il sortait de Sciences Po, publié un livre sur la politique et qui deviendra plus tard sénateur écologiste. J'ai aussi eu la chance d'avoir, parmi mes étudiants remarquables, Anne Sinclair, extrêmement présente, investie, absolument passionnée par la politique, ou encore Ruth Elkrief, qui avait effectué un stage au *Monde* dont j'ai fait partie du jury. Nous savions tous dès cette époque, nous comme elle, qu'elle ne pouvait devenir que journaliste politique tant elle avait déjà passion et talent dans ce domaine. Et puis le brillant Claude Weill, qui deviendra l'un des meilleurs dirigeants du *Nouvel Observateur* ; ma talentueuse complice historienne des médias, Isabelle Veyrat-Masson ; Kathleen Evin, douée et inventive, qui deviendra journaliste dans la presse écrite puis animatrice d'intelligentes et exquises émissions culturelles sur France Inter ; Bettina Laville, future énarque et membre de l'équipe gouvernementale de Jospin, et surtout la meilleure connaisseuse des problèmes d'écologie ; Pascal Breton, futur producteur à succès de télévision ; Philippe Gombert, futur avocat puis président de la chaîne Relais et Châteaux ; ou encore Philippe Robinet, aussi sympathique que sérieux, que je retrouverai plus tard comme sondeur puis à la tête des éditions Calmann-Lévy !

C'est dans mes travaux dirigés de la fac de droit (et aussi au Centre de formation des journalistes) que j'ai rencontré comme étudiant Christian Sauvage, qui deviendra journaliste dans la presse chrétienne, puis rédacteur en chef des pages Livres du *Journal du dimanche* – et mon ami.

Cela crée des relations particulières, lorsque vous recroisez ces brillants ex-étudiants dans leur vie professionnelle. Le souvenir des relations prof-élèves laisse une sorte de complicité. Même si Laurent Fabius me fait souvent ce sale coup, quand je le rencontre par hasard dans une réunion, de s'amuser à me vieillir en me présentant ainsi : « Vous connaissez Roland Cayrol, il a été mon prof ! »

Je pourrais évoquer beaucoup d'anciens étudiants avec qui j'entretiens toujours des relations amicales. Comme Roger Barralis, infatigable gardien de la flamme PSU au sein de l'Institut tribune socialiste et du Centre Sauvageot. Ou le professeur de médecine Michel Detilleux, qui m'a prodigué ses conseils précieux et ses indications bibliographiques permanentes au moment de la crise du Covid.

Je me souviens enfin des disparus, comme ce bon étudiant attachant qu'a été Thierry Gilardi, devenu commentateur émérite du football sur Canal Plus puis TF1.

Si ces années d'enseignement à Sciences Po m'ont procuré beaucoup de bonheur, une chose y a sans doute manqué : il n'y a pas, dans cette maison, de véritable corps enseignant, unifié et solidaire. L'avantage d'une institution qui recrute largement des vacataires dans tous les corps de métier comporte une faiblesse. On recrute des individus, très souvent brillants. Ceux-ci accomplissent leur mission, ils sont notés par les étudiants et on tient compte de ces évaluations pour les conserver ou pas. Mais d'une façon transversale, entre les enseignants, il n'y a pas beaucoup de contacts, pas beaucoup d'échanges. Cela, je le trouve un peu regrettable.

J'ai eu l'occasion d'améliorer cela, à mon niveau. Le directeur de Sciences Po de l'époque, Alain Lancelot – avec qui j'étais ami, venant du même laboratoire, le Cevipof, qu'il a dirigé –, a voulu créer dans la section politique et sociale une filière d'études consacrées à la communication et il m'a demandé d'en inventer les contours : penser les cours, les conférences et séminaires qui figureraient dans cette option et trouver les enseignants idoines. J'ai mis en place ce parcours, j'ai recruté quelques dizaines d'enseignants extérieurs et j'ai décidé, avec l'accord de Lancelot, de les considérer comme un corps enseignant ; nous avions des réunions régulières sur le programme, sur la façon de voir les choses, sur la façon d'apprécier les étudiants et de les noter. Bref, j'ai essayé de créer un véritable corps et cela nous a beaucoup aidé pour assurer l'homogénéité et le succès de cette nouvelle filière.

Souvenirs du fameux « Grand Oral » de fin de diplôme

J'ai eu des contacts fructueux avec des enseignants de la maison, à l'occasion des jurys de fin de diplôme. J'ai été pendant très longtemps membre du jury de l'exposé oral, le fameux « Grand O » qui a fait peur à tant de générations. Pendant très longtemps je fus même président de ces jurys. Un sujet tiré au sort, une heure de préparation et dix minutes d'exposé oral, suivies de dix minutes d'échange avec le jury. La note de cet exposé oral comptait assez lourdement dans le total des points.

Chaque jury était composé de trois personnes de trois disciplines différentes. C'était donc l'occasion de passer des journées entières avec des collègues d'autres disciplines que la mienne.

Je me souviens du tout premier jury auquel j'ai participé et dont le président était Jean-Baptiste Duroselle, le fameux historien des relations internationales. C'était un homme délicieux. On s'arrêtait tous les quatre candidats, quelques minutes, pour faire le point des notes que nous étions en train d'attribuer, afin de vérifier si nous étions bien d'accord. Je constatais que je convergeais plutôt bien avec Duroselle. Mais j'étais systématiquement un point en dessous de lui, ce qui me surprit car je me croyais très bienveillant envers les étudiants. Il m'a dit : « C'est un problème d'âge. Vous êtes encore un jeune prof qui, en écoutant ce que disent les élèves, pense à chaque bêtise entendue : un point de moins ! Alors qu'à mon âge, chaque fois qu'ils disent quelque chose de juste, je me dis : “Ah bah, c'est déjà ça, un point de plus !” »

J'ai aussi siégé plusieurs années avec Alain Lancelot dans le jury. Pourtant très cordial envers les candidats, il aimait parfois poser des questions d'une grande simplicité, tout en sachant que les étudiants ne se sentent pas à ce moment dans leur état normal. En face, ils imaginaient immanquablement qu'il y avait un piège. Une de ces questions, que j'ai fini par lui demander de cesser de poser, bien qu'elle le fît rire, était la suivante : « Les grandes villes se développent en général plutôt vers l'ouest et vers le sud. Comment est-ce que vous expliquez que Marseille ne se soit pas développé vers le sud ? » Certains étudiants étaient désemparés, ne sachant trop quelle réponse donner, même si celle-ci était évidente puisqu'au sud de Marseille, il n'y a que les eaux de la Méditerranée !

On a aussi entendu des sottises, reprises à l'envi, dans ces jurys de Grand O. En cascade, par des étudiants qui ne les avaient pas inventées. Mais c'était dans les manuels, dans les cours polycopiés parfois ! Le meilleur exemple, paix à son âme, m'est venu de Jacques Chapsal, le directeur de Sciences Po. Il avait rédigé un ouvrage, dans la collection Thémis aux PUF, sur la vie politique de la Ve République.

En 1966, il fait paraître une mise à jour de ce volume. Et il l'envoie d'abord à trois chercheurs du Cevipof : Alain Lancelot, Jean Ranger et moi, en nous demandant d'éventuelles propositions de correction. Jean Ranger me prévient : « Ne lui réponds surtout pas, il prend de toute façon très mal ce qu'on lui indique. Donc il faut lui dire : rien à signaler ! » Alain Lancelot, lui, pense qu'il ne peut pas laisser passer une phrase. L'auteur expliquait que le fonctionnement du pouvoir exécutif sous la Ve République, avec sa dyarchie président de la République-Premier ministre, faisait penser au fonctionnement de la double monarchie austro-hongroise. Et Lancelot fait valoir à Chapsal qu'il s'agit en fait de deux cas opposés : il y a deux fonctions, une fonction divisée en deux, incarnées par deux personnes, pour la République française (un Premier ministre et un président), alors que c'est le contraire pour la monarchie austro-hongroise, où le même monarque exerçait tous les pouvoirs. C'était indiscutable. Mais Chapsal a très mal accepté cette remarque, et il a décidé de laisser ce passage dans son Thémis. J'en ai été furibard, ultérieurement : on ne pouvait rien dire, face aux malheureux étudiants qui nous répétaient sans cesse que la Vᵉ République fonctionnait à l'image de la double monarchie austro-hongroise !

Cela a fait partie des petits plaisirs – que dis-je ? des petits énervements – des examens universitaires que j'ai fait passer durant toutes ces années. Quant à Alain Lancelot, le courage qu'il a eu d'affronter l'ire de Jacques Chapsal en osant critiquer son manuel a en fait marqué le début d'une vraie collaboration entre eux et lui a valu, en 1969, de figurer officiellement sur la couverture de la nouvelle édition avec la mention « édition revue et augmentée par Alain Lancelot ». Comme quoi…

Au fil des années, je n'ai cessé de rencontrer des femmes et des hommes qui, ravis ou un peu marris, m'ont reparlé de leur « Grand O » avec moi. C'est dire combien l'événement avait été important dans leur vie. Très souvent, je ne les reconnaissais pas (ce n'est pas comme s'ils avaient été mes étudiants, eux je ne les avais vus que vingt-cinq minutes !).

J'avais remarqué qu'un journaliste et critique de cinéma de talent de *Libération*, Gérard Lefort, ne manquait jamais une occasion, même inattendue, de m'égratigner dans ses articles. Des années après, je le rencontre au cours d'une soirée. Il vient vers moi et m'explique qu'il m'en veut parce qu'il n'avait pas obtenu la note que, selon lui, il méritait pour son exposé oral. Il avait, de fait, reçu une très bonne note (14/20 au coefficient 6 des épreuves de sortie.), mais il pensait que sa prestation aurait mérité deux points de plus ! Et il ajoute, honnêtement et très gentiment navré, qu'il se rend compte maintenant de sa sottise d'avoir eu un tel comportement. Cela m'a au moins permis de ne plus jamais être cité par lui !

La création de la filière ZEP pour les étudiants de Sciences Po en 2001

J'ai aussi participé à la création de la filière d'entrée à Sciences Po pour les ZEP, en 2001. Un minigroupe informel s'est monté autour du directeur de Sciences Po de l'époque, Richard Descoings, pour faire en sorte que Sciences Po reçoive des élèves des couches populaires dans des conditions de rupture par rapport au cursus normal des étudiants entrant à l'IEP.

Cela a été une des réformes qui ont réussi, qui ont marqué et qui ont fait polémique. Elle a fait débat dans l'université et chez les intellectuels d'une façon générale. Et aussi à Sciences Po, auprès des enseignants comme des élèves opposés au principe, notamment ceux du syndicat étudiant UNEF de la maison. Ces adversaires de l'idée, pourtant fondée sur la volonté de lutter contre les inégalités, entendaient « protéger la valeur du diplôme », ayant peur que l'arrivée de hordes populaires mette en cause l'aura de la filière Sciences Po, et/ou affirmaient craindre qu'il s'agisse d'une rupture du principe d'égalité.

Un jour, je suis dans le bureau de Richard Descoings, on est au cœur de cette vive contestation. Et je vois Descoings partir pour le conseil d'administration de la Fondation nationale des sciences politiques qui doit statuer définitivement sur cette proposition. Il a l'air assez guilleret, alors que chacun pense que cela va tanguer.

Je le lui fais remarquer, soulignant son air décontracté. Alors il me dit : « Je suis tranquille, regarde ! » Et il me montre une lettre qu'on lui a fait porter le matin, signée par le vice-président du Conseil d'État. Pour Sciences Po, le vice-président du Conseil d'État, c'est un peu comme Lénine pour le Parti communiste bolchevik ! L'homme lui écrit en substance : je ne pourrai pas être à la réunion du conseil de la Fondation cet après-midi, mais je tiens à vous dire, d'un point de vue purement juridique, à quel point je ne peux qu'approuver l'ensemble des opérations que vous envisagez et qui me paraissent se situer dans le droit fil de ce que le droit français à produit de meilleur. Et Richard d'ajouter : « Voilà, face à leur supposé obstacle juridique sur la rupture du principe d'égalité, j'ai cette lettre, je ne les vois donc pas nous empêcher de le faire ! » Et il avait raison.

Je suis fier d'avoir pu participer à la réflexion sur ce dispositif de réelle démocratisation de l'accès à une grande école, de diversification des profils sociologiques des étudiants de Sciences Po, dispositif qui a ensuite fait tache d'huile, sous des formes parfois moins audacieuses, dans d'autres établissements prestigieux. Si on ne veut pas que perdurent les inégalités sociales dans l'accès aux écoles qui produisent les élites de demain, il est de notre responsabilité d'inventer des dispositifs qui gomment les effets délétères de certaines situations sociales et économiques, en permettant à des jeunes filles et garçons brillants de profiter pleinement de la promesse républicaine de l'ascension sociale par le diplôme, ce qui n'est hélas guère plus le cas dans la France d'aujourd'hui.

La création de l'école de journalisme de Sciences Po en 2004

J'ai aussi participé, plus activement, à la création de l'école de journalisme de Sciences Po. Je me suis toujours intéressé à la formation des journalistes, pensant qu'ils jouent un rôle essentiel dans une démocratie, en tant qu'acteurs du pluralisme et fournisseurs d'une information vérifiée à l'intention des citoyens.

J'ai enseigné au Centre de formation et de perfectionnement des journalistes, rue du Louvre à Paris, et qui existe bien sûr toujours. J'y suis devenu membre du conseil d'administration et vice-président. J'ai eu le plaisir de travailler au conseil aux côtés des journalistes Bernard Pivot, vedette sans conteste de télévision et homme d'une charmante élégance, Vincent Lalu, bien connu au *Matin*, devenu directeur de *La Vie du rail*, Gilles Dansart, le patron de *Mobilettre*, consacrée à toutes les formes de mobilité et de locomotion – à ce titre, je le retrouverai plus tard à *C dans l'air* –, ou Christian Sauvage, déjà mentionné. De notre secrétaire général aussi, Éric Berdoati, devenu ami et maire de Saint-Cloud. Ou encore de l'industriel Jérôme Seydoux – qui avait eu ce joli mot, en commentaire d'une excuse d'un directeur faisant valoir que la médiocre situation financière du CFPJ n'était due qu'à un problème de trésorerie : « Mais, cher monsieur, les entreprises meurent toujours d'un problème de trésorerie ! »

Il y avait au CFPJ beaucoup d'étudiants en commun avec Sciences Po. Je me disais très souvent qu'il était regrettable que Sciences Po, lieu de formation et de brassage des futures élites de la République, n'ait pas plus voix au chapitre dans la formation des journalistes, et je m'en étais ouvert au directeur de Sciences Po, Richard Descoings. Nous avions pensé à un moment à une entrée de l'IEP Paris dans l'institution CFPJ. Mais, après étude, Richard m'a fait valoir qu'il n'était juridiquement pas tenable qu'une institution publique prenne des parts dans une école privée. Dont acte. Et puis une crise est intervenue au sein du CFPJ qui a entraîné sa cessation d'activité (elle reprendra quelques mois plus tard).

Nous avons pensé, avec Richard Descoings, que c'était le moment de reprendre la main et créer, au sein de l'IEP, une véritable école de formation des journalistes. Il m'a demandé de constituer une petite équipe pour réfléchir à la fondation de cette école. J'ai donc monté avec Arnaud Mercier, Éric Dupin et Jean-Louis Missika un groupe de travail, qui a fabriqué un projet clé en main. Nous avons proposé une charte déontologique, une organisation des cours, des épreuves de sélection, un parcours étudiant. Bref, un kit de l'école de journalisme était prêt, qui a été débattu ensuite dans une commission plus officielle présidée par Michèle Cotta, entourée d'une dizaine de journalistes. L'école a été fondée presque totalement sur la base de notre travail.

Toutefois, de sérieux désaccords sont survenus entre notre petit groupe et Richard Descoings. Aucun d'entre nous n'a donc accepté de participer au démarrage de l'école. J'ai au moins la satisfaction d'avoir vu naître une formation que j'appelais de mes vœux depuis longtemps, et qui fonctionne depuis lors.

En matière d'enseignement du journalisme, j'ai aussi eu l'occasion de professer à l'école de journalisme d'Alger, pendant l'ère Boumédiène, président du pays de 1965 à 1978. Une expérience particulière, dans un régime particulier ! Un jour, un de mes étudiants vient me voir et me dit : « Vous avez remarqué que je suis très différent de mes collègues ? » Un peu interloqué – je n'avais rien repéré –, je lui demande en quoi. Et il m'explique : « Eux citent le président Boumédiène dès la première phrase de leurs articles. Moi, je ne le fais qu'au deuxième, voire au troisième paragraphe ! »

Mon expérience à la New York University

J'ai aussi beaucoup enseigné, presque tous les ans, aux États-Unis. Mon principal point de chute a été la New York University, où j'ai adoré travailler. J'y professais en français et en anglais.

J'y ai été toujours accueilli avec une amicale bienveillance par mes collègues new-yorkais, d'abord par Tom Bishop, le responsable des études de littérature et de civilisation française, grand spécialiste de Beckett, par Nick Wahl, doyen de l'institut français de la NYU, et d'autre part enseignant du gaullisme à Sciences Po Paris, et aussi par l'ami Mark Kesselman, lors de mes incursions à l'université Columbia et de nos fructueux échanges comme chercheurs.

Le contact avec l'université américaine a été pour moi extrêmement enrichissant. Ce sont des universités privées, donc chères, mais NYU comptait 40 % d'élèves boursiers

– cela voulait dire que les étudiants avaient une petite indemnité et qu'ils ne payaient ni droits d'inscription ni frais de logement. Au fond, ceux-là vivaient dans des conditions finalement meilleures financièrement que la plupart des étudiants français. Les autres, en revanche, payaient et travaillaient beaucoup pour financer leurs études.

Le contact avec les étudiants américains est extrêmement différent. Ils sont à la fois plus révérencieux envers les professeurs et beaucoup plus décontractés. La quantité de travail abattue par ces étudiants m'a bluffé ! Bien supérieure à celle des étudiants français. Le coût élevé des études explique peut-être un autre état d'esprit étudiant : on n'est pas là pour perdre son temps, il faut rentabiliser l'investissement.

Il faut dire que les étudiants américains n'avaient pas fait grand-chose pendant le secondaire. Il était incroyable de découvrir leur océan d'ignorance lorsqu'ils arrivaient dans l'enseignement supérieur, par exemple sur l'histoire ou la géographie, qui ne leur avait pratiquement jamais été enseignées. Tout était à faire, alors ils mettaient les bouchées doubles et acquéraient *in fine*, en peu de semestres, au moins le niveau des étudiants européens.

Le mélange de travail sérieux, de fréquentation assidue des bibliothèques, de fraternité entre étudiants et de sympathie avec les professeurs, tout cela m'a beaucoup plu.

L'un de ces séjours m'a permis, sur un plan purement politique, de vivre une expérience inédite dont je garde un souvenir amusé. Cela s'est passé à New York, en août 1980, lors de la convention d'investiture du Parti démocrate, qui devait permettre au président sortant Jimmy Carter de se représenter comme candidat à la présidentielle. J'avais connu par des collègues des membres de la délégation de Californie venant participer à la Convention. Une personne de cette délégation est tombée fortement malade la veille de l'ouverture des débats. La délégation n'avait plus la possibilité de faire venir qui que ce fût de Californie. Ils avaient besoin de trouver un délégué de remplacement, au pied levé. Ils m'ont demandé d'être celui-là.

J'ai donc siégé comme l'un des délégués de la Californie à cette Convention démocrate, mandaté pour voter Carter. J'ai assisté à l'incroyable allocution de Ted Kennedy, qui a fait un discours long pour les États-Unis (vingt minutes), où il exposait une sorte de modernisation de la social-démocratie. Un discours remarquable, jugé comme tel par la Convention. Il a reçu une ovation enthousiaste. La présidence de séance a arrêté les débats et les chefs de rang ont demandé aux délégués de continuer à applaudir – nous l'avons fait pendant de très longues minutes pour permettre, sous la tribune, une négociation entre les équipes des deux candidats. Quand la discussion a été terminée, on nous a dit, à nous mandatés pour voter Carter : « Vous pouvez cesser d'applaudir », et nous avons reçu des feuilles de papier nous disant, si nous étions interrogés par une radio ou une télévision (présentes dans la salle même), ce que nous devions répondre. Nous devions dire que nous avions trouvé extraordinaire le discours de Ted Kennedy, qu'il était dans la grande tradition du Parti démocrate américain mais que, pour des raisons d'efficacité, et compte tenu de son bilan, nous étions favorables à Jimmy Carter.

J'ai donc vu ce qu'était l'incroyable organisation d'une convention démocrate, sa discipline de vote, ses tractations, avec les yeux d'un délégué officiel, moi le Frenchy qui s'est retrouvé là par hasard !

Un souvenir mémorable de jury de thèse

J'ai bien sûr aussi participé à de nombreux jurys de thèse. Je fus par exemple membre, en 1974, du jury de thèse sur le feuilleton télévisé d'un doctorant qui allait devenir un très estimé dramaturge belge, Jean-Marie Piemme.

Un professeur de l'université de Liège, Jacques Dubois, un homme distingué et remarquable, m'avait un jour appelé pour me demander d'être membre de ce jury. Le contenu de la thèse reposait sur une approche très marxiste et brechtienne du sujet. J'étais surpris que rien ne m'ait été dit sur ce que j'allais lire, mais je l'ai lue et j'ai trouvé que, dans son genre, la thèse était très bien faite. Nous avons eu une soutenance assez animée. Et une discussion du jury extrêmement musclée. Certains des professeurs belges étaient vent debout contre l'idée qu'un marxiste de pareille obédience pût devenir leur pair, c'était pour eux un véritable scandale. J'ai dû batailler et expliquer que même si je n'étais pas forcément d'accord avec les présupposés théoriques de cette thèse, je trouvais qu'elle méritait d'être considérée comme une vraie thèse. À un moment, durant notre délibération très tendue, quelqu'un m'a interpellé : « Mais est-ce que vous imaginez qu'un torchon pareil puisse être publié par un éditeur ? » Bravache et peu impressionné par sa virulence, j'ai répondu que oui, que cela me paraissait évident. La soutenance s'est bien terminée, la minorité d'obstruction a fini par accepter que les honneurs académiques fussent rendus à son auteur.

Comme j'avais dit que cette thèse méritait d'être éditée, j'ai été de ceux qui ont essayé de convaincre un éditeur de la publier. Elle est parue en 1975 à l'Union générale d'éditions, sous le titre : *La Propagande inavouée. Approche critique du feuilleton télévisé*. Bien que n'adhérant pas à tout son contenu idéologique, je suis assez fier d'avoir contribué à sa reconnaissance académique et éditoriale, même si son auteur a ensuite préféré le théâtre à l'université !

Mes interventions dans le secondaire

Toujours dans le cadre de ce plaisir de transmettre, j'aime à raconter que j'ai souvent répondu à l'invitation de professeurs du secondaire ou d'associations de professeurs pour parler devant des élèves dans des établissements du secondaire. En général autour du sujet : à quoi sert la politique ? Je le fais bien volontiers, souvent à l'initiative de professeurs d'histoire, parfois de ceux qui sont chargés de l'instruction civique, pour les classes allant de la quatrième à la seconde. Cela m'intéresse beaucoup, parce que dans la démocratie d'abstention où nous vivons, les élèves du secondaire sont parfois incroyablement navrants pour les gens comme nous qui nous passionnons pour la politique, tant ils montrent à quel point cela ne les concerne pas – ils vivent souvent dans des familles où la question politique n'est jamais abordée –, plus par totale indifférence que par mépris. C'est donc très compliqué d'arriver à les motiver, dans le domaine sur lequel je suis invité. Mais c'est aussi un défi passionnant.

Je me suis aperçu que les enseignants étaient très contents d'avoir quelqu'un de l'extérieur pour le faire, parce qu'ils ne savent pas trop bien comment aborder le sujet. Souvent, quand ils m'accueillent, avant qu'on aille dans la classe, les profs me disent : comment allez-vous introduire le sujet, par l'histoire ? Je réponds non aussi sec. L'idée de commencer par l'histoire m'a toujours paru ce qu'il y avait de plus rébarbatif possible pour les adolescents. « Par la philosophie. » Cette réponse fait toujours son petit effet. Le corps professoral est *illico* très inquiet et incrédule, m'expliquant que les élèves n'ont jamais fait de philosophie. Bon, je commence par une référence à Platon, l'idée que, quand on joue tout seul avec un ballon contre un mur, on n'a besoin d'aucune règle, mais dès qu'on est deux avec le ballon, il en faut. C'est cela, le fondement de la politique, la mise en place de mécanismes pour définir des règles qui soient acceptées par le plus grand nombre, idéalement par tous, afin d'organiser la vie sociale. Et cela marche incroyablement bien auprès des élèves. C'est une expérience que j'ai reproduite cent fois et qui fonctionne toujours ! Voilà une des petites choses que j'aime faire, qui illustrent, je crois, mon goût du contact et mon souhait de me faire comprendre.

Transmettre par les médias

On l'aura saisi, j'ai toujours eu la conviction que le journaliste jouait un rôle fondamental, un peu à la façon du fameux hussard noir de la République, de l'instituteur selon Péguy. J'ai donc considéré très tôt les médias comme un terrain de recherche et les journalistes comme des interlocuteurs légitimes pour les épauler dans leur fonction de transmission des connaissances politiques à destination des citoyens. J'ai été assez vite sollicité par les médias en ma qualité de politologue. J'ai répondu avec plaisir à ces invitations, non pour me mettre complaisamment et narcissiquement en scène, non pour étaler mes opinions que j'aurais feint d'exposer comme des analyses scientifiques (je ne vise personne !), mais pour apporter un complément au regard journalistique en donnant plus d'arrière-plan politologique ou historique aux analyses proposées. De la presse écrite à la radio puis à la télévision, j'ai accumulé une très longue expérience des collaborations médiatiques. Toutes ces expériences ont sans doute modifié la perception que je pouvais avoir des journalistes, en positif comme en négatif. Cela m'a permis de mesurer la complexité de leur travail, mais aussi de toucher du doigt plusieurs défauts professionnels. Fatalement, mieux on connaît un milieu, mieux on en perçoit les charmes et les travers !

Mes collaborations avec la presse écrite

J'ai beaucoup collaboré avec les journaux dans le but de donner un éclairage plus politologique que la simple couverture journalistique de l'actualité. C'est par l'analyse des élections et par celle des médias que j'ai commencé ma vie de politologue médiatique, parce que les journalistes n'ont pas toujours la culture historique des élections ni une connaissance approfondie de la sociologie électorale ou de l'audiovisuel. J'ai donc été amené à écrire des papiers permettant d'expliquer des faits que le chercheur connaît d'une autre façon que le journaliste. Je l'ai fait pendant plusieurs années, à partir de mi-1970, pour le journal *La Croix* ou *Le Monde*. Je publiais des articles où j'estimais jouer un rôle de passeur entre le monde de la recherche et le grand public, au moins le public cultivé[1] ! En ce qui concerne l'analyse du rôle des médias dans ses colonnes, ma collaboration au *Monde* a commencé à la fin 1975. J'ai ensuite signé un certain nombre d'articles sur l'opinion ou les élections, soit seul, soit souvent avec mon collègue et néanmoins ami Jérôme Jaffré, alors directeur des études politiques de la Sofres[2]. J'ai eu, par la suite,

1. Dans *Le Monde*, mon premier article date du 10 novembre 1975, « L'actualité télévisée ou la mastication muette » ; dans ce même journal, et toujours à propos des médias, on peut notamment consulter mes articles sur « Les bonnes recettes de Mr Jo Mannix », 2 février 1976 ; « L'homme politique et la télégénie », 6 décembre 1976 ; « Le Japon ?... connais pas ! », 2 mai 1977 ; « Un champ nouveau pour la persuasion », 6 mars 1978.

2. Parmi cette série d'articles de Cayrol-Jaffré dans *Le Monde*, on peut citer le premier : « Des municipales aux législatives, y a-t-il

l'occasion de travailler avec d'autres quotidiens, comme *Le Parisien*, *La Tribune* et, pendant son existence, *Le Matin de Paris*. J'ai rencontré beaucoup de journalistes compétents et sympathiques avec lesquels j'ai toujours gardé les meilleures relations, comme Yves Thréard, du *Figaro* (retrouvé ensuite sur plusieurs plateaux de télévision).

Et j'ai su garder un lien avec la presse quotidienne régionale ; aujourd'hui encore, je donne volontiers des interviews sur l'actualité politique à *La Provence*, à *La Dépêche du Midi*, à *Nice-Matin*, au groupe Ebra, premier groupe de la presse quotidienne régionale avec notamment *L'Est républicain*, *Le Progrès*, *Les Dernières Nouvelles d'Alsace*, *Le Dauphiné libéré* et *Le Bien public*. À chaque fois, j'ai à cœur, dans mes interviews, d'apporter ce « plus » politologique qui essaie d'éclairer l'actualité par les données de la science politique ou des éléments de l'histoire politique du pays.

Je trouve, en effet, particulièrement importante une presse qui maintient un contact étroit avec les citoyens, au niveau local et régional.

J'ai même participé à la fondation, en 2004 à Bordeaux, de *aqui.fr* (« AQUI » pour Aquitaine), un site Internet d'information régionale de qualité couvrant l'actualité de douze départements, aux côtés de mon ami Joël Aubert, ancien directeur de la rédaction de *Sud-Ouest*, un homme d'une rare qualité hélas aujourd'hui disparu. J'ai partagé

---

plusieurs électorats socialistes ? », 22 mars 1977 ; et parmi les suivants : « Électorats de la majorité : unité et clivages », 11 mars 1978 ; « Quel est le meilleur candidat socialiste pour 1981 ? », 1er décembre 1978 ; « Vers l'éclatement de l'électorat majoritaire ? », 16 avril 1981 ; « Les "cibles" du second tour », 4 mai 1981.

avec Joël les mêmes valeurs sur le journalisme et la démocratie ; je suis resté fidèle à l'équipe d'AQUI.

J'ai également collaboré à des magazines, comme sondeur et/ou comme auteur.

Au *Nouvel Observateur*, où j'ai retrouvé mes anciens étudiants Laurent Joffrin et mon ami Claude Weill, où j'ai eu également la chance de connaître plusieurs personnes de qualité : l'irremplaçable Jean Daniel, avec qui j'ai eu tant de conversations et d'échanges, Claude Perdriel, homme délicieux et animateur infatigable que je retrouverai au *Matin de Paris*, dont je serai le sondeur attitré et un collaborateur, Claude Krief, que j'ai énormément apprécié depuis le Club Jean-Moulin, Pierre Bénichou, l'un des hommes les plus drôles de Paris, et l'inestimable Bernard Guetta, qui a été correspondant du *Monde* à Moscou, à Varsovie ou à Washington, récemment éditorialiste de politique étrangère à France Inter et aujourd'hui député européen.

À *L'Express* – où j'ai même été sous contrat, entre les élections législatives de 1978 et la présidentielle de 1981 –, du temps jamais retrouvé de Jean-François Revel, Albert du Roy, Olivier Todd et Robert Schneider.

À *L'Expansion*, où j'ai connu Vincent Giret, que je retrouverai au *Monde* puis à Radio France.

Et quelques autres titres.

J'ai fait la connaissance de journalistes talentueux et amicaux que je n'ai jamais perdus de vue, notamment en les retrouvant plus tard à la radio ou à la télévision, comme Christophe Barbier.

J'ai donc beaucoup collaboré avec la presse écrite. L'un de mes souvenirs les plus amusés fut le titre étonnant que le journal *Le Monde* a un jour choisi pour un de mes papiers. Je faisais chaque année ou presque, à l'époque, un compte-rendu du colloque tenu à l'occasion du prix Italia, organisé par la RAI – l'équivalent pour la télévision de ce que sont les Oscars pour le cinéma. Il portait cette année-là sur le feuilleton télévisé. J'y relatais notamment les propos de ma collègue Violette Morin (du Centre d'études transdisciplinaires, à l'EHESS), qui abordait la question du découpage de l'histoire pour séquencer en épisodes une série, en essayant de trouver le moment où « le spectateur doit en avoir le souffle coupé » (on dirait aujourd'hui terminer un épisode sur un *cliffhanger*). Le secrétariat de rédaction n'a rien trouvé de mieux que de donner à mon article[3] ce titre mystérieux et un peu lunaire : « Dans la durée du souffle coupé. » C'est sûrement la réécriture poétique la plus inattendue du titre d'un de mes articles !

Mon expérience en radio

J'ai eu une riche collaboration avec ce média irremplaçable qu'est pour moi la radio. C'est un média superbe de spontanéité, et particulièrement efficace pour la diffusion des idées parce que, contrairement à la télévision, les auditeurs ne peuvent pas avoir le regard attiré par la façon dont l'orateur est habillé, s'il a ou pas une cravate ou comment il se tient devant une caméra. Seul ce qu'on dit les intéresse. J'ai eu souvent, avec beaucoup

3. Paru le 10 octobre 1977.

d'auditeurs croisés ici ou là, des discussions beaucoup plus motivantes que je n'en ai eu avec des téléspectateurs.

J'ai évoqué plus haut mes débuts à Radio Monte-Carlo – c'est là que j'ai connu mon excellent ami Dominique Bromberger (ancien étudiant et adversaire syndical à Sciences Po !), Jean-Michel Desjeunes, Pierre Lescure, Gérard Carreyrou et quelques autres –, puis à France Inter, pour commenter des élections, municipales, législatives et présidentielles à partir de 1971. Il fut même un temps où l'on organisait en France des soirées électorales spéciales pour des élections cantonales (je me souviens de ma participation à celles de 1970 sur RMC ou de 1976 sur Antenne 2) !

France Inter a été pendant de nombreuses années, à partir de 1971, la radio avec laquelle j'ai le plus travaillé. Je dois dire que je m'y suis senti parfaitement à l'aise. C'est là que j'ai connu, parmi des dizaines d'excellents professionnels, Jean-Luc Hees (d'abord comme journaliste, puis comme président de Radio France), Yves Mourousi, Alain Bedouet, Philippe Gildas, Pierre Le Marc, Roger Gicquel, Jean-Louis Burgat, Jean-François Achilli, Éric Gilbert, dans les journaux d'actualité du matin ou de 13 heures, ou pour le programme interactif avec les auditeurs *Le téléphone sonne*. Pendant des années, à la fin de cette fameuse émission, on vous donnait – signe de modernité ! – la cassette audio du débat auquel on venait de participer.

Un souvenir cocasse, au hasard : un jour de 1974, avant le scrutin présidentiel, j'avais accepté, allez savoir pourquoi, de répondre, au journal de 13 heures, à la question suivante : que se passerait-il si les deux candidats finaux avaient exactement le même nombre de voix ? Bon, j'y vais, j'entre en studio, et là, un coup de vent venu d'on ne sait où fait s'envoler l'ensemble des papiers contenant tout le déroulé du journal. Affolé, voilà le malheureux présentateur à terre, cherchant à récupérer et à classer ses indispensables feuilles. Depuis le sol, il me fait un signe de moulinet avec la main, m'enjoignant de continuer à parler jusqu'à ce qu'il puisse reprendre son micro. Je crois avoir réussi l'exploit – sur cette importantissime question ! – de tenir cinq bonnes minutes !

J'ai également noué avec RTL un accord de collaboration avec mon institut de sondage pour l'élection présidentielle de 1981. C'est là que j'ai eu le plaisir de travailler avec Olivier Mazerolle.

Je me souviens de la présentatrice vedette Anne-Marie Peysson, que les auditrices retrouvaient à la télévision tout au long de la journée et à qui elles s'identifiaient, elle m'avait demandé à propos du candidat François Mitterrand : « Est-ce qu'il va nous exproprier de nos maisons de campagne ? »

J'ai, en tant que chroniqueur, participé sur RTL à une émission hebdomadaire, *On refait le monde*. J'ai passé là deux saisons avec Christophe Hondelatte comme animateur (2003-2005) puis, après quelques années d'interruption, sept saisons avec Marc-Olivier Fogiel (de 2012 à 2019). À chaque fois ce furent des expériences extrêmement stimulantes, puisqu'il s'agissait de débats pluralistes avec quatre invités sur des sujets d'actualité brûlante, rendus abordables à un public populaire grâce au talent de ses animateurs. Pour tout dire, j'aurais bien continué un peu, mais l'animateur succédant à Fogiel m'a fait savoir par SMS qu'il rayait... les vieux hommes blancs de sa liste de collaborateurs !

J'ai cité mes participations radiophoniques principales mais je n'aurai garde d'oublier France Culture (pour ses journaux, avec l'ami Marc Riglet, ou pour *Esprit public*), le réseau de radios chrétiennes RCF, dont je mesurais d'autre part l'audience avec mon institut, Fréquence protestante, Radio Shalom ou Radio Totem, émettant depuis l'Aveyron mais diffusant aussi dans mon département du Lot ! Et, pour les auditeurs d'Afrique du Nord, en particulier ceux de mon Maroc d'origine, Medi 1 (émettant depuis Tanger), où j'ai longtemps tenu une chronique hebdomadaire de commentaire de l'actualité française et européenne.

Retour sur mes collaborations avec la télévision

La télévision est venue me chercher, pour exposer une vision politologique de tel ou tel événement dans les journaux télévisés, en trente secondes voire une minute trente. Ce sont, sous leurs actuelles dénominations, France 2 et France 3 qui ont été les plus assidues à me demander, dans les années 1970, notamment Jean-Pierre Elkabbach et Jean-Claude Héberlé (disparu en 2013). Puis ce fut TF1 après 1981. Je suis allé plus ou moins régulièrement à diverses émissions ; lorsqu'on vous étiquette comme « bon client » du petit écran, on vous fait des propositions inattendues, comme participer à *Aujourd'hui madame* sur la deuxième chaîne !

Ma première contribution très importante a eu lieu, en 1980, dans *Les Dossiers de l'écran*, où j'ai participé à un débat sur le marketing politique. Je me rappelle avoir réfléchi à la façon dont je pouvais m'exprimer sur ce sujet, moi qui n'étais ni professionnel du marketing, ni politique, ni journaliste. Cela a plu suffisamment aux producteurs pour qu'ils me réinvitent ensuite régulièrement dans ces *Dossiers* qui, dans ces années, étaient une vitrine de choix à la télévision, avec un très grand public. J'ai tout de suite éprouvé ce qu'était le regard d'un téléspectateur face à son petit écran. Après mon premier passage aux *Dossiers de l'écran*, le grand magazine papier de télévision *Télé 7 Jours* a publié, dans son courrier des lecteurs, la missive courroucée à mon égard d'un spectateur me reprochant d'avoir porté une veste comportant quatre boutons à une manche, et trois à l'autre ! Commentaire inclus de la rédaction : « Quel œil ! »

J'ai ensuite eu l'occasion de participer à de nombreuses soirées électorales, je l'ai déjà mentionné.

J'ai gardé des souvenirs très agréables de pas mal de journalistes, comme bien sûr Jean-Pierre Guérin, l'avisé et très fin directeur de l'information de TF1 après 1981, ou le regretté Pierre-Luc Séguillon, qui avait la charge du service politique. Yves Mourousi, la star de l'info sur TF1, officiait au journal de 13 heures avec la sympathique et compétente Marie-Laure Augry. Il était notamment célèbre par le tonitruant « Bonjour ! » par lequel il commençait quotidiennement son journal. Chargé de présenter les soirées électorales, il m'avait dit : « C'est la première fois que je vais dire "Bonsoir !" » Il savait d'autre part que j'avais du mal à reconnaître les départements français sur une carte géographique muette et il prenait un malin plaisir, les lundis à 13 heures, lendemains de scrutin, à me montrer une telle carte, accrochée sur un chevalet, et à me demander : « Vous pouvez expliquer, dans le Sud-Ouest, ce que donnent les résultats par département ? » J'étais contraint, muni de la règle qu'il m'avait tendue, de faire des moulinets avec le bras pour expliquer mon commentaire !

J'ai eu l'occasion de collaborer régulièrement à plusieurs autres chaînes, comme à France 24, notamment pour son émission *Politique*, animée par Roselyne Febvre.

L'apparition des chaînes d'info a été un moyen de travailler autrement avec la télévision. De 1999 à 2017, je l'ai fait à I-Télévision (devenue entre-temps I-Télé), à BFMTV avec Laurent Bazin, et plus souvent encore à LCI, avec qui j'ai conclu un contrat, toujours sans exclusivité.

À BFMTV, lancée en novembre 2005, j'ai été heureux de retrouver d'excellents journalistes comme Ruth Elkrief et Olivier Mazerolle, et plus récemment, avec plaisir, Alice Darfeuille (connue à I-Télé) pour ses émissions du week-end.

À LCI, apparue dès juin 1994 sous la direction d'Étienne Mougeotte, j'ai retravaillé avec Arlette Chabot, rencontrée à France 2. J'ai notamment eu le privilège d'être fort bien dirigé par elle dans des émissions de « duels », successivement avec Jérôme Sainte-Marie, sondeur et analyste politique (remercié en cours de saison par la chaîne en raison de sa collaboration non rendue publique avec Marine Le Pen), et avec l'historienne et essayiste Barbara Lefebvre, avec qui il a été tout à fait plaisant de croiser le fer, malgré nos désaccords, notamment sur l'Europe et la souveraineté de la France. J'ai eu le plaisir de retrouver Élizabeth Martichoux (croisée à RTL), analyste politique avisée et très professionnelle. J'ai en outre, pendant les trois dernières saisons, participé, les samedis de 18 à 20 heures, aux émissions débats animées par Amélie Carrouer, dont je tiens à louer le sérieux et le travail autant que l'aisance et la présence à l'antenne.

De toutes ces contributions médiatiques, l'émission fétiche a été pour moi *C dans l'air*, sur la 5. C'est la matrice de ce qui est devenu et que j'appellerais en m'amusant « mon » public. Chaque fois que je rencontre des inconnus, ils me parlent d'emblée de *C dans l'air*. J'adore cette belle émission parce que ce sont des séquences suffisamment longues pour qu'on ait le temps de s'exprimer et suffisamment pluralistes pour qu'il y ait un débat. Les invités sur le plateau sont suffisamment respectueux pour que règne une atmosphère où l'on ne se coupe pas, on s'écoute et on se parle poliment, même en cas de réels désaccords. Et les sujets filmés, pourtant réalisés dans l'urgence de l'actualité, sont de qualité. C'est, je trouve, une réussite exceptionnelle. Une réussite d'audience, aussi. Cela a même été étonnant de voir une émission comme celle-ci, sérieuse, pas racoleuse, qui ne cède pas aux sirènes de ce qu'on appelle aujourd'hui la *punchline*, atteindre très vite d'excellentes audiences et savoir conquérir de nouveaux téléspectateurs assidus, année après année. Cela est sans doute dû à l'idée de l'inventeur et longtemps producteur de l'émission, Jérôme Bellay, d'habituer les téléspectateurs à retrouver des « familles » d'invités, récurrents à l'antenne et constituant peu à peu des points de repère. Ces invités récurrents font eux-mêmes passer, cela se sent à l'antenne, le plaisir de se retrouver pour débattre. Je peux en témoigner pour ce qui me concerne, en m'excusant de ne citer ici, au fil de la plume, que Christophe Barbier, Yves Thréard, Pascal Perrineau, Raphaëlle Bacqué, Brice Teinturier, Nathalie Mauret, Catherine Nay, mon collègue et ami Dominique Reynié, Nathalie Saint-Cricq, Bruno Jeudy, Jean-Dominique Giuliani, Françoise Fressoz, Nicole Bacharan, Sophie Fay ou Philippe Dessertine. Un bel échantillonnage de journalistes et de spécialistes, toutes et tous gens de qualité !

Tout cela sous la houlette d'une équipe de responsables de production expertes, comme Annabelle Ambler, Jocelyne Paris, Marion Losset, Anne Robidel, Christina Hadjidakis.

Cela est dû aussi, évidemment, à la qualité des animateurs de l'émission, Yves Calvi d'abord (dès 2001) puis Caroline Roux à partir de la saison 2016. Sans oublier le joker Axel de Tarlé, et avant lui Laurent Bazin.

Yves a su incarner l'émission par sa personnalité, sa franchise, sa sympathie naturelle, sa décontraction, ses faux airs incrédules devant les propos d'un invité. Beaucoup pensaient, au moment de son départ, que l'audience de l'émission allait s'éroder. Eh bien non, Caroline a repris le collier dans un style différent ; elle a mis quelques mois à trouver le ton juste mais elle a pleinement réussi à relever le défi, avec une intelligence pétillante et une grande capacité d'attention aux propos de chacun, l'élève dépassant progressivement le maître !

Arriver à faire des émissions de cette qualité en parvenant à conquérir un si grand public, je dis chapeau bas !

C'est surtout à cause de (ou grâce à) *C dans l'air* que j'ai été classé par les grincheux comme « politologue médiatique ». Il est vrai que, dans un de ses spectacles, Fabrice Luchini m'a dépeint comme « le Jean Gabin de Caroline Roux » !

Le souci de l'international

J'ai toujours estimé normal de collaborer avec des médias étrangers. Je l'ai fait longtemps avec des organes de la presse écrite comme de l'audiovisuel – en Europe, aux États-Unis, ailleurs – avec le souci d'expliquer la politique française en politologue, et aussi parce que nous sommes tous si contents d'être bien reçus à l'étranger que nous devons bien leur rendre un peu la pareille !

Au fil des années, j'ai gardé des liens plus étroits avec nos voisins belges et suisses. Comme sondeur, j'ai eu l'occasion de contourner les interdits de la loi française, en publiant, alors que ce n'était pas autorisé en France, les résultats de sondages d'intentions de vote pendant la dernière semaine avant le scrutin, surtout avec *La Tribune de Genève*. J'ai été, nombre de fois, présent sur les antennes de la télévision suisse – la dernière fois, le soir même de l'élection présidentielle française le 24 avril 2022 ; à 19 h 30, nous avons pu donner (et commenter avec Christophe Barbier) les estimations définitives des résultats et la réélection de Macron, alors que cela était interdit avant 20 heures sur les chaînes françaises.

De même, j'ai beaucoup travaillé avec la radio-télévision publique belge. Pendant des années, jusqu'à sa disparition en 2010, avec le chaleureux et grand correspondant de la radio belge à Paris, l'ami Istvan Felkaï ; en télévision avec, autre ami, le très fin et subtil Pierre Marlet, longtemps envoyé spécial permanent à Paris, que j'ai retrouvé avec plaisir à la radio pour la campagne électorale française de 2022 – en débattant régulièrement avec Pascal Perrineau sur les ondes de La Première.

Des évolutions sensibles

Au fil des décennies, les médias ont bien sûr changé. La presse écrite a perdu en audience (les quotidiens nationaux d'abord, les régionaux ensuite, la presse magazine enfin), et aussi en prestige et en autorité. Je n'essaierai pas de gloser sur son niveau, sa qualité, tant les éléments constitutifs peuvent être contradictoires : disparition d'éléments d'analyse au profit de sujets « magazine », rétrécissement de la palette du vocabulaire utilisé dans un souci de démocratisation de l'audience, faiblesse croissante des ressources financières entraînant une diminution des budgets de reportage et d'enquête, concurrence accrue, et enfin style et fonction mêmes des médias audiovisuels.

Radio, télévision, chaînes d'info en continu, Internet sont venus rythmer nos vies en permanence ; les grands rendez-vous, les plages de réflexion tendent à s'effacer devant la nécessité de toujours laisser ouvert le robinet de l'actualité – l'audience en activité devant une chaîne d'info ou un réseau social se renouvelle en moyenne totalement toutes les vingt minutes. Il faut à la fois, pour les chaînes ou sites d'info, se distinguer, mais chacun est bien obligé de traiter des sujets abordés par les autres ; une actualité chasse l'autre, on ne parle que du Covid puis on l'oublie, un fait divers fait la une mais il est vite relayé par un autre encore plus émouvant et significatif, la guerre en Ukraine devient le lieu commun du débat récurrent, quoi qu'il se passe sur la planète.

Tout cela se fait sous le contrôle du public, puisque le niveau d'audience (ou le nombre de clics), source des recettes publicitaires, est l'objectif angoissant à atteindre en permanence.

On ne peut plus accepter des chiffres d'audience momentanément plus faibles par volonté ou nécessité de remplir une mission d'information. Non : certains, sur les chaînes d'info, disposent, en régie, d'une mesure d'audience instantanée grâce au boîtier de raccordement Internet utilisé, élément sans doute insuffisant mais jugé suffisamment parlant statistiquement. Ils peuvent, pendant l'intervention d'un débatteur à l'antenne, donner des injonctions dans l'oreillette de la personne animant l'émission : « Interromps-le, l'audience s'en va, passe à Machin, vite ! » L'instrument, longtemps fantasmé, d'une dictature instantanée de la mesure d'audience est devenu réel. Qui l'eût cru, à ce point ?

Tous les médias ont dû s'adapter – *vox populi, vox dei* – et tous leurs collaborateurs évidemment, politologues compris ! Heureux ou malheureux, navrés (comme je le suis parfois) ou résignés.

L'incroyable mépris de certains universitaires pour les médias

Il me faut confesser que chez certains collègues, j'ai ressenti une sorte d'incompréhension, sinon une jalousie devant mon exposition médiatique : pourquoi donc suis-je si présent sur les chaînes alors qu'à l'évidence, ce sont eux les meilleurs ? J'ai aussi éprouvé – parfois chez les mêmes ! – une aigreur d'intellectuels méprisant le grand public et considérant qu'il ne faut pas se commettre dans ce type de cirque, qu'un chercheur se fourvoie en allant dans les studios. Je n'adhère évidemment pas à cette vision des choses. Je crois au contraire qu'il est primordial de participer à la transmission de ce qu'on croit savoir. Je pense qu'il est très important de participer aux débats de la société or je constate que, dans certaines têtes, des barrières existent entre le monde universitaire et le monde médiatique.

Je me souviens que la rectrice-chancelière des Universités de Paris, Hélène Ahrweiler, avait eu l'idée, en 1985, de créer une *Télé Sorbonne*, à l'image de *Radio Sorbonne* dont elle avait été l'une des initiatrices. Elle avait pour cela organisé un groupe de travail, régulièrement convié à déjeuner à la Sorbonne dans les salons du rectorat. Elle avait demandé à chacun des présidents des treize universités parisiennes de venir, ainsi qu'à deux experts extérieurs qu'elle avait elle-même choisis : le responsable de la communication du CNRS et moi-même. Pour le déjeuner, il y avait un tel climat de chaleur et de fraternité entre les présidents des universités que pour la rectrice, faire un plan de table respectant les critères par lesquels chacun jugeait de son importance relative et tenir compte des inimitiés et incompatibilités entre convives était un insoluble casse-tête. Toutes les places, pour tous les invités à l'exception de celle, centrale, de la rectrice, étaient donc tirées au sort dans une corbeille à l'entrée. On piochait un numéro et on prenait la place indiquée par le numéro, chacun acceptant ainsi sans barguigner de déjeuner à côté de qui le sort l'avait placé. Bonjour l'ambiance ! Durant ce déjeuner j'ai entendu s'exprimer, de façon incroyable, toutes les aigreurs possibles antitélévision, toutes les réticences face à la coopération des universitaires avec les journalistes. Et j'ai perçu l'ampleur de leur méconnaissance du fonctionnement des médias et de leurs préjugés à l'encontre de mes collègues. Face à un aréopage aussi prestigieux, censé mettre sur pied une télévision universitaire, j'ai été sidéré par ces comportements souvent puérils, fermés à toute innovation et vraiment déconnectés de leur mission théorique de démocratisation des savoirs.

Je sais bien que d'estimés collègues pensent qu'il n'y a pas d'intérêt, pour des intellectuels, dans la perspective d'une bonne santé de la démocratie, à prendre la parole dans de grands médias populaires. Il m'arrive de comprendre leur sentiment, mais je ne le partage pas. Je crois au contraire qu'il est essentiel d'utiliser les canaux de masse pour participer à la formation obstinée des citoyens !

L'inéluctable mise en scène de l'actualité

Il est clair qu'il existe des règles du jeu pour les prestations audiovisuelles. Des règles non dites. On ne regarde pas la caméra, on doit faire des phrases courtes avec un vocabulaire compréhensible par le plus grand nombre. Et, j'y ai fait allusion déjà mais c'est peut-être le plus bizarre par rapport aux usages d'enseignants chercheurs, il faut commencer un développement par sa conclusion : on commence par répondre brièvement à la question posée puis on développe l'argumentaire, alors qu'en classe c'est à la fin de l'argumentaire qu'on conclut ! Certains universitaires invités n'arrivent pas à s'y faire, car on ne parle pas au grand public comme à des élèves. Les auditeurs et téléspectateurs sont des adultes, qui ont leur socialisation, leur façon de voir les choses et à qui on doit parler comme on parle normalement dans la vie de tous les jours, pas comme un enseignant qui donne des leçons, ou pire, qui donne l'impression de leur donner la leçon tout en apportant des éléments de connaissance. La bonne attitude consiste, je le crois, à la fois à préserver le niveau de ce qu'on dit pour ne pas être assimilé à un commentateur superficiel de l'actualité, à la fois à apporter une valeur ajoutée en termes de science politique, d'histoire, de comparaison dans le temps ou l'espace, tout en respectant l'exigence de simplicité et en chassant le ton professoral. Au fond, tout cela va de soi. Hélas ce n'est pas le cas pour tout le monde. L'application de ces règles, l'exigence que l'expert a de les appliquer font qu'il y a toujours une mise en scène. Chaque émission se passe dans un studio, qui a été conçu pour qu'elle se déroule d'une certaine façon. La manière même dont sont disposés les participants, par exemple autour d'une table ou face à face, annonce déjà une certaine dramaturgie. Le choix même des invités est constitutif d'une scénographie.

Nous savons donc bien que nous faisons partie de cette mise en scène. Ma philosophie face à ces dispositifs médiatiques a toujours été de préserver une marge d'autonomie, sans surtout donner l'impression d'être celui qui vient mettre les pieds dans le plat et qui se contrefiche de tous les autres acteurs dans le studio.

Je me souviens d'avoir un jour répondu à l'invitation de Daniel Schneidermann, créateur et animateur de l'émission *Arrêt sur images*. Il me dit au commencement de l'enregistrement, sur le plateau : « Bonjour, Roland Cayrol ! » Je lui rends son bonjour et il enchaîne : « Vous voyez, nous sommes déjà dans la fausseté du paraître, car on s'est déjà vus au maquillage et je fais semblant maintenant de vous dire bonjour. » Ce à quoi je lui ai rétorqué : « Non, je vous réponds bonjour mais vous êtes totalement transparent pour moi, c'est au téléspectateur que je dis bonjour. » On imagine que cela ne lui a guère plu mais les deux sont vrais : il y a certes une mise en scène, mais il y a sans doute dans cette mise en scène des éléments justifiés, voire indispensables pour nouer une relation avec le public.

Attention au journalisme paresseux

Les journalistes exercent une fonction extrêmement importante de tri dans l'actualité pour désigner ce qui mérite d'être rapporté, c'est-à-dire d'être porté à notre connaissance. Pour exercer de façon satisfaisante cette mission démocratique, il faut que la profession soit armée d'une déontologie chevillée au corps. À cet égard, j'ai souvent été admiratif de la qualité de nombre des journalistes que j'ai côtoyés, mais j'ai aussi été parfois ahuri par l'absence de profondeur de quelques autres, qui visiblement ne travaillent tout simplement pas assez. Trop de journalistes, me semble-t-il, estiment que cela ne sert à rien de lire des livres ou des travaux de recherche. Ils pensent que c'est « sur le tas », sur le « terrain », voire parfois en invitant des experts dont on met un point d'honneur à ne pas lire ce qu'ils ont écrit, qu'ils apprendront des choses utiles et que c'est cela, la réalité de leur métier. Le travail préparatoire, l'approfondissement sont alors remplacés, professent-ils, par la notion de « talent ».

Une vieille anecdote traîne dans le métier et se transmet entre générations, tant elle est pratique pour justifier par le talent une vision paresseuse de ce métier. Une anecdote qui se veut à la gloire de Lucien Bodard, un écrivain, journaliste très longtemps, grand reporter à *France-Soir* à partir de 1948. Il était connu pour être un bon vivant ne préparant pas énormément ses reportages. L'histoire qu'on m'a racontée cent fois, avec une intonation admirative, se passait pendant les événements de la guerre du Congo-Kinshasa. Elle concernait des échanges entre Bodard et Max Clos ; ce dernier était journaliste au *Figaro*, petites lunettes, toujours bien habillé, l'image du sérieux professionnel. En pleine nuit, il est dit que Max Clos cogne à la porte de la chambre de Bodard et lui apprend que le fracas des armes se fait à nouveau entendre dans un coin pas loin d'où ils étaient. « J'y vais, tu viens avec moi ? » lui propose-t-il. Et il entend Bodard, du fond de son sommeil un peu alcoolisé, lui répondre : « Oh vas-y, vas-y, moi j'y vais pas, de toute façon je le raconterai mieux que toi ! »

Je crains que cela se soit aggravé au fil des années, parce que les médias sont devenus plus pauvres, donc les rédactions quantitativement moins importantes. De ce fait, la spécialisation a diminué voire disparu, et on demande à des hommes ou à des femmes pourtant très bien formés dans les écoles et universités d'enchaîner toujours plus de sujets différents dans la semaine, sur des thématiques très variées. Certains ne sont donc pas « fautifs » de ne pas avoir le temps (le luxe) du recul critique qu'ils pourraient manifester grâce à une expérience acquise. Je crains que ces facteurs structurels n'expliquent la désinvolture que j'ai pu percevoir chez certains dans ce métier, qui accroît le risque de dérive médiatique.

Les relations problématiques entre les journalistes et le personnel politique

Beaucoup de critiques, voire de fantasmes, circulent à propos des relations entre journalistes et politiques. Toutes les thèses sont défendues. L'hostilité excessive, d'abord, jugée insupportable parce que les uns et les autres ne se respecteraient pas et que les débats s'enliseraient. Journalistes et politiciens se livreraient donc à un jeu de rôles. Les seconds ayant compris qu'une certaine défiance s'était répandue vis-à-vis des premiers, ils trouvent électoralement payant de capitaliser sur cette défiance. Inversement, les journalistes pourraient s'appuyer sur un rejet d'une large partie de la classe politique en se montrant pugnaces et ainsi frotter l'opinion dans le sens du poil.

Il y a d'autres accusations selon lesquelles tout le jeu médiatico-politique ne serait qu'un cirque. Tout ce petit monde, qui se connaît, s'apprécie et sort des mêmes écoles, ferait semblant de s'engueuler alors qu'en fait ils sont plus que copains…

Évidemment, selon moi, il y a du vrai dans ces deux formes de critique. Une forte volonté d'autonomie existe chez les uns et les autres. Les politiques entendent rappeler que le suffrage universel c'est eux, ils ont cette légitimité que le journaliste n'a pas. Il est donc, selon eux, impossible d'établir de relations équilibrées puisqu'il y a un déséquilibre fondamental. Les journalistes pensent au contraire que leur rôle est de démasquer, de dévoiler les turpitudes, les erreurs et les impasses du politique. Les intervenants des plateaux et des studios entendent montrer à l'auditeur ou au téléspectateur leur autonomie, quitte à la surjouer. Ainsi se manifeste une réelle volonté d'indépendance, dans chaque milieu par rapport à l'autre.

Il existe aussi une cohabitation, une recherche permanente de la rencontre. Les journalistes n'aiment rien tant que de fréquenter les puissants, de déjeuner ou de dîner avec eux, parfois plus si affinités ; les politiques sont heureux de l'influence qu'ils sont en train d'acquérir en ayant de bonnes relations avec des journalistes chargés de les « couvrir ». Plus encore en France que dans aucun pays d'Europe, cette connivence entre ceux qui font l'actualité et ceux qui la couvrent est présente. Elle l'est tellement qu'elle justifie encore plus que chacun essaie de démontrer le contraire par des proclamations d'autonomie.

Est-ce qu'on peut faire autrement ? Je le crois. Il existe des journalistes qui n'acceptent pas d'aller passer le week-end ou même de dîner au domicile d'hommes politiques. Ils sentent confusément qu'ils vont y perdre le minimum d'indépendance de jugement qui est la leur. Mais certains de leurs confrères ont du mal à accepter ce raisonnement.

Dans le même ordre d'idée, lorsque j'étais administrateur du journal *Télérama*, je me souviens, que nous imposions des règles déontologiques à la rédaction. Parmi elles, il était stipulé que les journalistes devaient, sur le budget du journal, acheter les places pour les spectacles dont ils ou elles allaient faire la critique. Très franchement, la plupart d'entre eux ne comprenaient pas cela. Ils ne voyaient pas l'intérêt de se priver d'y aller gratuitement et de créer de surcroît une augmentation des dépenses du journal. « À quoi ça sert ? » pestaient-ils. Pourtant, l'idée d'accepter l'invitation c'est déjà courir le risque de l'inclination bienveillante envers ceux qui nous invitent.

Je dirais un peu la même chose pour les journalistes politiques, les journalistes culturels, les journalistes spécialisés dans l'automobile. La frontière est, il est vrai, parfois difficile à dessiner. Il est malaisé de mesurer pratiquement, au quotidien, la différence entre une indépendance sourcilleuse et la nécessité de bonnes relations permettant de mieux comprendre ce qui se passe chez l'autre. Mais je crois qu'il faut une ossature déontologique forte et sans arrêt renforcée. Elle existe parfois, et même, reconnaissons-le, elle existe souvent. Pas forcément toujours !

Journalistes et personnel politique, le risque de l'entre-soi

À la suite des travaux sociologiques sur les origines sociales des étudiants et étudiantes dans les cursus de journalisme et de science politique, à Sciences Po en particulier – « l'école du pouvoir », disait Pierre Bourdieu –, citoyens et militants ont pointé le manque de diversité sociale dans les rédactions et ont dénoncé le fait que beaucoup de journalistes politiques sont sans doute amenés à partager un système de valeurs commun avec beaucoup de personnalités politiques, parce qu'ils ont les mêmes types de trajectoire sociale, les mêmes origines, etc.

C'est vrai. L'absence de diversité sociale dans les élites politico-médiatiques est un vrai défi pour la société française. Bien sûr, le fait d'avoir fréquenté les mêmes bancs d'université ou de grande école crée des connivences. L'étonnant, selon moi, c'est surtout de constater que bien qu'on le sache, la composition sociale de chacun des groupes, politiques d'un côté, journalistes de l'autre, soit restée pratiquement toujours aussi déséquilibrée par rapport à la société globale. On glose beaucoup sur l'existence de ces biais mais on fait peu de choses pour modifier les inégalités sociales de recrutement des futures élites. Les responsables ne sont ni les journalistes ni les politiques qui sont issus de ces systèmes, ce sont les systèmes de formation qu'il convient de modifier, pour remettre en cause tous les mécanismes de reproduction sociale des élites entre elles. C'est l'ensemble du système académique qui doit évoluer, pour permettre ensuite au monde médiatique et au monde politique d'être composés autrement, avec des références différentes, avec des profils plus diversifiés et plus représentatifs de la réalité de la société française. Cela me semble fondamental, tout à la fois pour lutter contre les inégalités, pour atténuer les risques de déconnexion entre l'opinion publique, les médias et les politiques et pour limiter les risques d'incompréhension mutuelle. J'espère, à ma place, contribuer modestement à cette mission.

Une expérience de documentariste, pour La Chaîne parlementaire

J'ai pu d'autre part, en lien direct avec la télévision, aborder ces dernières années une activité différente : celle d'auteur de documentaires. J'ai déjà évoqué[4] la réalisation d'un film portrait sur François Mitterrand, en 1984-1985.

J'ai pu, des années plus tard, renouveler cette expérience grâce à ma collaboration avec LCP (La Chaîne

4. Voir p. 29 (chapitre I, partie « François Mitterrand »).

parlementaire), notamment des entretiens avec Brigitte Boucher ou plus encore des commentaires politologiques en direct de congrès et de réunions de partis politiques, avec l'ami Jean-Pierre Gratien ; et il m'a été possible d'être l'auteur de trois films, tous tournés avec l'excellent réalisateur Olivier Vaillant.

J'avais toujours été attaché à la création d'une chaîne parlementaire – j'avais découvert C-Span aux États-Unis. J'avais même participé, aux côtés de Gilles Achache et des meilleurs constitutionnalistes français, à une association baptisée « Marianne », dont l'objet était de convaincre les autorités de créer une telle chaîne, qui soit aussi une chaîne citoyenne. Nous avions reçu le soutien de Pierre Lescure, pour Canal Plus. Nous étions entrés en contact avec les sociétés chargées, par les présidents des Assemblées du Parlement, de leurs projets audiovisuels. En 1985, je devais, pour ce qui me concerne, établir un contact avec l'une d'elles, la Compagnie générale des eaux, et m'étais vu objecter par son président, le banquier Guy Dejouany : « C'est un beau projet, mais je ne vais tout de même pas vous sous-traiter mes relations avec les élus ! » L'affaire en était restée là…

Donc, trente ans plus tard, je suis redevenu documentariste pour La Chaîne parlementaire dans des films produits par Viva TV, qui a eu en charge la gestion des rapports avec la chaîne, dirigée à partir de 2018 par Bertrand Delais, lui-même documentariste avec lequel j'avais plusieurs fois collaboré comme participant à ses films. Il s'est agi de choisir (et de faire adopter) des sujets, de construire les films, de sélectionner les personnalités interviewées, de réaliser les entretiens et de les monter, de suivre le tournage et le montage de l'ensemble avec le réalisateur, avec qui je ne me rappelle pas avoir eu la moindre anicroche !

Ce fut un travail passionnant, qui est resté un travail de politologue puisque j'ai eu l'occasion, entre 2016 et 2022, d'aborder successivement trois thèmes appartenant à mon domaine d'étude : « Sondages, influences et pouvoirs », « Faut-il supprimer l'ENA ? » et « L'abstention, premier parti de France ? »

Nous étions vraiment là dans la volonté de transmettre puisque, à chaque fois, j'ai pu avoir recours aux meilleurs spécialistes. J'ai donc eu la chance de présenter de véritables paroles d'experts, tout cela je le crois d'une manière certes pédagogique mais, je l'espère, plaisante à regarder !

Le livre est un moyen de diffusion des connaissances irremplaçable, mais le film ne l'est pas moins, et il atteint des publics aux horizons plus variés.

Chapitre IX

ET MAINTENANT ?

Je suis un universitaire, chercheur, spécialiste d'une branche des sciences sociales nommée la science politique (certains disent aussi la « politologie »). Il s'agit d'une discipline académique qui nécessite la mise en œuvre de méthodes scientifiques, éprouvées et reproductibles. Son objet est d'étudier les phénomènes politiques, c'est-à-dire tous les aspects de la gestion de la vie en collectivité.

Lorsqu'on exerce ce métier, on est « politologue » ou « politiste », les termes sont synonymes. Je me rappelle les années 1960 où l'on débattait, dans nos milieux, de ces deux appellations. L'une évoquait plutôt « sociologue », l'autre « juriste », c'est sans doute pourquoi j'en tenais, comme Colette Ysmal, pour « politologue » alors que notre collègue Jean-Luc Parodi préférait « politiste ». M'estimant spécialiste de sociologie politique, j'ai continué à préférer « politologue ».

Aujourd'hui, une certaine mode fait réémerger le terme « politiste ». Le journal *Le Monde* cherche à l'imposer de manière exclusive. Et Wikipédia prétend que dans le domaine universitaire, une opposition s'opérerait entre les deux termes : « Le substantif “politiste” tend à être préféré à celui de “politologue”. L’usage du mot “politiste” vise à distinguer le spécialiste “authentique” de science politique, qui fait avant tout de la recherche “fondamentale”, du “politologue”, expert que ce soit dans l’interprétation sur le vif de l’actualité politique dans les médias (“commentateur politique”) ou dans l’élaboration de recommandations opérationnelles au monde politique (“conseiller du prince”). »

Cette interprétation me paraît non seulement oiseuse (on peut, de fait, opter pour l’un ou l’autre) mais fausse : un commentateur politique ou un conseiller politique ne sont ni des politologues ni des politistes. Seuls les spécialistes de science politique le sont.

Tant que j’en aurai la possibilité, je vais continuer à exercer cette activité que j’ai choisie et qui me plaît. Rencontrés au hasard, beaucoup de gens, même peu intéressés par la politique, me disent : « Ça doit être très intéressant ! » Je ne leur donne pas tort.

Je suivrai donc avec passion – et envie de comprendre, et puis de faire comprendre – la vie politique des pays que je connais bien et de ceux que j’apprends à découvrir. Avec ma grille d’analyse, que je ne cache pas, humaniste, imprégnée de l’esprit des Lumières et de volonté de progrès.

Au sujet d’Emmanuel Macron, je ne renie ni le titre ni le contenu de mon dernier livre, *Le Président sur la corde raide*. Entre-temps, pourtant, il s’est passé deux événements assurément non négligeables : Macron a été réélu et les électeurs ne lui ont ensuite envoyé qu’une majorité relative de députés à l’Assemblée nationale.

Il avait remporté le scrutin de 2017 grâce, bien sûr, à son talent personnel, grâce à la volonté de changement exprimée par le peuple français à l'égard de l'ensemble du personnel politique, mais aussi grâce à un coup de génie, sachant intégrer l'état de l'opinion : l'idée du « en même temps », gauche *et* droite.

Les Français s'étaient en effet lassés de la guéguerre permanente des partis, ils demandaient que l'on « coupe les deux bouts de l'omelette », selon une formule héritée de la IIIe République, et ils souhaitaient que tous les dirigeants politiques raisonnables, de gauche, du centre et de la droite, à l'exception donc des extrêmes, s'assoient enfin autour de la même table pour adopter des réformes permettant au pays de s'en sortir. Tous les sondeurs le savaient depuis longtemps – les observateurs patentés, eux, doutaient que cela fût possible – et Macron le proposait ! Pari gagné.

Nombre d'analystes s'attendaient à un retour du vieux monde et à la vengeance inéluctable de la gauche et de la droite. Elle ne s'est pas produite, mais les conditions du démarrage du second mandat présidentiel semblent redonner vigueur à ce pronostic.

Le premier mandat avait permis au nouveau président de réaliser nombre de réformes, à l'exception notable de celle des retraites, qu'il n'avait d'ailleurs pas annoncée dans son programme présidentiel.

Mais, il faut le reconnaître, les aléas de l'actualité l'ont fortement bloqué : crise des Gilets jaunes, crise du Covid. Au total, le bilan en a évidemment été altéré et l'opinion l'a estimé mitigé. Elle a pourtant exprimé un jugement global plutôt favorable, toutes les enquêtes l'ont montré.

Malgré les soubresauts des épisodes sur la pénurie des masques et l'alternance de phases de confinement et de libertés, l'opinion a tiré un bilan globalement positif de la gestion de la période Covid du premier mandat, surtout grâce à la mise en place de la protection étatique du « quoi qu'il en coûte ». D'autant qu'on juge toujours un pouvoir par comparaison avec les solutions alternatives des oppositions, et que celles-ci n'avaient guère convaincu.

La phase des Gilets jaunes a laissé plus de traces politiques. Divisés sur les événements violents, les Français ont compris, et largement accepté, les revendications des protestataires. Le président a su sortir de son chapeau – cela a été son initiative personnelle, souvent peu prisée par ses partisans – l'idée du « grand débat national ». Il rejoignait là encore un trait fort de l'esprit public qui souhaite toujours, et de plus en plus, être « mis dans le coup » de toutes les réformes à apporter à la société. Le grand débat a été un succès, le président donnant énormément de sa personne dans maintes et maintes réunions. Mon vieil et cher ami et collègue Pascal Perrineau, désigné à l'initiative du président du Sénat, en a été le principal, excellent et utile garant.

Assurément, la plupart des cahiers de doléances remplis pendant ce grand débat sont ensuite restés dans les tiroirs, mais le désamorçage de la crise a été réussi.

Il en reste toutefois aussi l'opinion, répandue, d'une injustice de notre société et de l'idée qu'on n'obtient décidément rien sans une mobilisation, voire le maniement d'une certaine violence. Là encore, comme pour le Covid, la comparaison avec les solutions ou le manque de solutions proposées par les oppositions a joué en faveur du président.

Bref, réussites, semi-réussites, parfois semi-échecs, comme sur la retraite, avantage sur les oppositions… Emmanuel Macron a passé avec succès, malgré une entrée très tardive en campagne due à la situation internationale et à son mandat de président du Conseil de l'Union européenne, l'examen de passage de sa seconde élection présidentielle. En perdant un peu – moins que prévu par les experts – de ses électeurs se définissant comme de gauche et en gagnant sur sa droite. Selon un sondage Ipsos réalisé auprès de 4 000 inscrits sur les listes électorales juste avant le premier tour, 16 % des électeurs Macron de 2017 déclaraient vouloir voter cette fois pour un candidat de gauche, pendant que 39 % des anciens électeurs Fillon choisissaient Macron dès le premier tour.

Cela a souvent été souligné, y compris par Macron lui-même, une telle réélection a été, sous la Ve République, un exploit : depuis de Gaulle, les seuls présidents réélus l'avaient été au sortir d'une période de cohabitation, où la continuité politique était incarnée par un Premier ministre d'opposition, cela permettant au président sortant d'adopter la posture du changement ! Après le seul précédent gaullien de 1965, la réélection d'Emmanuel Macron a donc bien été une prouesse, rompant avec l'habitude française de sortir les sortants.

Évidemment, le fait de se trouver au second tour, comme en 2017, face à Marine Le Pen lui a facilité la tâche. La plupart des citoyens résolument antimacroniens, ceux de gauche comme ceux de droite, n'étaient pas prêts à voter pour Marine Le Pen, malgré les efforts plutôt réussis de dédiabolisation et de normalisation de la candidate de l'extrême droite. Certains diront : ils n'étaient alors pas *encore* prêts à cela…

Mais la majorité des électeurs n'a pas, pour autant, souhaité donner un blanc-seing à leur président réélu. Et nombre de macronistes tièdes ont eu le sentiment qu'ils avaient participé, à la présidentielle, à la reine des batailles et se sont totalement désintéressés des législatives, allant grossir les rangs des abstentionnistes. Tout cela a donné un résultat logique, non prévu par Emmanuel Macron ni par moi non plus d'ailleurs : une majorité certes, mais relative, d'élus au Palais-Bourbon.

Je l'ai écrit maintes fois, et dans ce livre aussi : on peut considérer comme saine cette situation, qui ouvre la voie à une nouvelle Ve République dans une version parlementaire.

Vingt-trois pays européens sont dans cette disposition et ils n'en meurent pas !

On m'objecte souvent que la France, elle, n'a pas la culture du compromis, nécessaire à une période de majorité relative – à laquelle a été soumis, rappelons-le, le gouvernement Rocard de 1988 à 1991 sans que cela le contraignît alors à renoncer à ses réformes.

On ne voit pas quel sort aurait été jeté sur ce pays, sur ces citoyens qui savent trouver des compromis en tout, dans leur vie familiale, scolaire, professionnelle, et qui en seraient incapables en politique, pourtant une sphère normale du compromis, dans toutes les démocraties parlementaires.

Il est vrai que nos députés ont du mal à s'y faire. Les vociférations des élus de La France insoumise au Parlement ou dans la rue en témoignent quotidiennement.

Il est vrai aussi, que, devant les nécessités de la culture du compromis, les dirigeants de la majorité sont ceux qui doivent en priorité changer de comportement – ils ne disposent plus des importantes facilités de la majorité absolue, qui leur garantissaient de faire adopter leurs textes de loi par un Parlement discipliné – et les macroniens éprouvent visiblement, bien souvent, des difficultés à s'y habituer ! Y compris le président de la République, qui doit rogner une part de sa verticalité. On n'est plus Jupiter quand on n'a plus de majorité absolue à l'Assemblée… Mais, cher Emmanuel Macron, on peut être président sans être Jupiter ! C'était d'ailleurs l'esprit de votre discours du 9 juillet 2018, prononcé devant les états généraux du Parlement, plaidant pour un rééquilibrage des pouvoirs !

Je suis de ceux qui pensent qu'il faut aussi savoir saisir les chances de ce changement de paradigme politique. Les nécessités du compromis me paraissent un avantage comparé à la guerre permanente entre coalitions, où chaque camp entend défaire systématiquement, à la prochaine élection, ce qu'a fait l'autre camp.

Bien sûr, il faut parfois user de toutes les procédures offertes par la Constitution et par le règlement des Assemblées, au grand dam des oppositions composant les minorités relatives. Mais ces dernières devraient aussi savoir modérer leurs discours et leurs gémissements :

lorsque le pouvoir brandit l'article 49.3[1], c'est l'utilisation d'un procédé constitutionnel, pas un coup d'État[2] !

Il est clair que, pour trouver des compromis, il faut pouvoir disposer d'opposants qui acceptent ces compromis, que ce soient des accords de gouvernement appelés à durer le temps d'une législature, comme en

1. Dans le cadre du « parlementarisme rationalisé », les constituants de 1958 ont institué des mécanismes permettant de limiter les éventuels excès et dérives non responsables des mœurs parlementaires, type IVe République. L'article 49, alinéa 3, de la Constitution permet ainsi au gouvernement d'engager sa responsabilité (donc son existence) sur un texte qu'il juge fondamental pour sa politique et qu'il présente à l'Assemblée. Le gouvernement dit donc aux députés : ce texte est pour moi essentiel, si vous n'en voulez pas, vous devrez aussi vous débarrasser de moi ! Si l'opposition désapprouve le texte, elle doit déposer une motion de censure. Si la censure est votée par la majorité absolue des députés composant l'Assemblée – les abstentionnistes ne comptent pas –, le gouvernement est renversé (ce n'est arrivé qu'en 1962) et le texte est rejeté. Dans le cas contraire, le gouvernement reste en place et le texte est considéré comme adopté. Une révision constitutionnelle de 2008 stipule que l'article 49.3 concerne désormais les seuls projets de loi de finances (le budget) ou de financement de la Sécurité sociale, à quoi s'ajoute – mais seulement une fois par session parlementaire – tout autre type de projet ou de proposition de loi.

Notons que, d'après son article 67, la Loi fondamentale (Constitution) de la République fédérale d'Allemagne va encore plus loin. Elle stipule en effet que, de surcroît, la motion de défiance déposée par des députés au Bundestag (Assemblée nationale) doit, pour être suivie d'effet, s'accompagner d'un vote majoritaire de leur part, désignant à l'avance un successeur au chancelier (Premier ministre) qu'ils sont en train de renverser. C'est ce qu'on appelle la « motion de défiance constructive ».

2. Le 20 octobre 2022, Jean-Luc Mélenchon a tweeté : « La macronie est un régime de violence autoritaire. Encore un 49.3. Le monde éberlué voit la France couler hors de la démocratie. »

Allemagne, ou d'accords ponctuels, texte par texte, avec éventuellement des alliés de circonstance, variables selon les textes, comme c'est censé être le cas en France depuis 2022.

Dans les deux cas, il y faut des discussions entre formations politiques où chacun cède un peu de ses certitudes : ainsi les Allemands (ou les Belges, parfois les Italiens, les Néerlandais, les Danois) prennent-ils un temps long pour adopter, après les élections, un programme précis de gouvernement. Lorsqu'un tel accord de gouvernement est impossible (cas de la France de 2022, où personne n'était preneur), les discussions ont lieu en permanence, projet de loi par projet de loi. C'est pour nous une nouveauté, en tout cas depuis le gouvernement Rocard, et cela prend, chaque fois, du temps, mais c'est le temps nécessaire à un fonctionnement démocratique pluraliste. Il faut s'y habituer – il peut arriver qu'on ne s'y habitue pas ! Et évidemment, cela n'arrête point les bisbilles et les accrochages permanents en assemblée plénière du Parlement, même quand la discussion continue simultanément dans les bureaux des ministres ou dans les couloirs des Assemblées…

Sur le plan politique, la nécessaire gestion des compromis a, pendant toute la première partie du second mandat Macron, concrètement prouvé la possibilité de trouver des arrangements entre la majorité relative, macronienne, et la droite républicaine, ou une partie de celle-ci. C'est cette entente, parfois rugueuse, qui a permis l'adoption de la plupart des textes.

Il est clair qu'on ne peut passer des compromis qu'avec ceux qui y sont eux-mêmes prêts ! Le problème pour la macronie est que cette entente, n'apparaissant guère relayée, même ponctuellement, par des accords partiels avec la gauche, met en cause le logiciel de base de la promesse macronienne, celle de la collaboration entre gauche *et* droite, dont j'ai souligné l'originalité et la force dans son ascension. Le macronisme va-t-il définitivement apparaître comme un centre-droit[3], ou bien le logiciel de base (« marcher sur deux jambes ») a-t-il une quelconque chance d'être rétabli ?

Quant à la pérennisation du système Macron, il est clair qu'il aurait intérêt à ne pas s'enfermer dans la solution la plus simple, celle d'une gestion politique au seul centre-droit. On s'y enferme d'abord parce que c'est la solution la plus facile, aisée à mettre en œuvre dans la composition actuelle du Parlement. Mais toute autre formule suppose à la fois qu'Emmanuel Macron le souhaite, ce que nous ne savons pas, et qu'il opère des choix politiques sur certaines thématiques qui soient, celles-là, sensibles aux citoyens se définissant comme de gauche. Il ré-élargirait ainsi sa majorité populaire sur son aile progressiste, qui a été la moins emballée jusqu'à aujourd'hui.

Le lecteur aura compris, dans cet ouvrage, mes propres souhaits de citoyen. Le chercheur sera attentif aux tentatives de régler ce problème, parce qu'il pourrait s'avérer central pour la pérennité de la formule macronienne au sein de la vie politique française, y compris après la fin du mandat présidentiel d'Emmanuel Macron.

---

3. Luc Rouban, « Du giscardisme au macronisme : le changement dans la continuité ? », *Parlement[s], Revue d'histoire politique*, 1 (35), 2022.

En cas d'échec de toutes les tentatives de compromis, le pouvoir peut faire jouer des mécanismes pour trancher le conflit. Ce peut être le recours au référendum, mais le pouvoir en place hésite forcément devant cet arbitrage populaire, sachant que le peuple consulté a tendance à ne pas se prononcer sur le texte en cause mais sur le président qui pose la question. Le général de Gaulle en a pour la première fois fait l'expérience en 1969, les Français se prononçant alors sur son départ et non sur la modification du Sénat et la régionalisation, objets théoriques de la consultation.

Ce peut être la dissolution de l'Assemblée nationale (entre les mains du seul président, dans notre Constitution), et donc le recours à de nouvelles élections législatives. La menace en est parfois suggérée. Mais là encore, on n'est pas à l'abri d'un effet boomerang, même si le pouvoir argue d'un blocage intempestif des institutions par des oppositions stériles. Là encore, le peuple peut refuser d'entrer dans ces arguties et faire valoir son désir de changement pour en sortir – Jacques Chirac l'a éprouvé, je l'ai évoqué plus haut, en prononçant la dissolution en 1997[4].

Ce peut aussi être la démission du président de la République et la tenue d'une nouvelle élection présidentielle. Dans le cas de la France d'aujourd'hui, où le président est dans son second mandat – il ne peut pas en briguer un nouveau, l'exercice de plus de deux mandats successifs étant constitutionnellement interdit –, cela voudrait dire un départ définitif d'Emmanuel Macron, sauf

4. Voir p. 42 (Chapitre I, partie « Jacques Chirac »).

à tenter éventuellement de revenir, au moins un mandat plus tard. Un ami du président m'a fait remarquer que rien ne plaît autant à Emmanuel Macron que d'être disruptif et de faire ce que jamais personne n'a fait avant lui ; on ne saurait, de ce fait, éliminer une telle hypothèse. Mais je trouverais bien audacieux de m'avancer ainsi sur le terrain de la psychologie personnelle de l'actuel chef de l'État !

Ces sorties possibles de crise, référendum, dissolution, démission, sont envisageables. Mais reconnaissons que le pays n'a pas besoin d'ajouter une crise à la crise, et que le statut de la politique n'en sortirait guère grandi.

Et n'écartons pas non plus le risque que la majorité populaire, *a fortiori* dans notre démocratie électorale abstentionniste, ne décide alors de renverser la table et d'envoyer à Paris une majorité extrémiste, en l'occurrence du Rassemblement national, qui pourrait dans ces circonstances s'être trouvé des alliés aujourd'hui rétifs.

Tant qu'à faire, les aléas du compromis, même compliqués à gérer, paraissent préférables à toutes ces solutions radicales dont il n'est au demeurant pas sûr du tout qu'elles permettent de mettre en place à nouveau un système de majorité absolue, même si c'est aujourd'hui le rêve de tous les grands partis politiques.

Au-delà de la gestion des compromis, je m'interroge sur la pérennité ou l'héritage du macronisme.

Lorsqu'en 2027, au plus tard, l'actuel président aura accompli ses mandats, que restera-t-il de son expérience, lui qui aura bousculé la politique française et mis à bas les partis de gouvernement au pouvoir depuis des décennies ?

Certains imaginent cette période comme une parenthèse à l'issue de laquelle le pays retrouverait une vie politique « normale », c'est-à-dire dominée à nouveau par les formations classiques à l'évidence avides de prendre le relais. C'est évidemment une hypothèse. On jugerait, en bien ou en mal, le bilan des présidences Macron mais la suite présenterait une rupture avec le système Macron au profit par exemple d'une revigoration de l'affrontement gauche-droite.

Mais on peut aussi penser que ce système perdure jusqu'en 2027, voire surtout après cette date. Alors, le macronisme survivrait à Macron. C'est possible, les mêmes effets qu'en 2017 peuvent se produire en 2027 ! Mais cela suppose, me semble-t-il, plusieurs conditions.

D'abord, il y faudrait une organisation partisane macronienne, qui relaie la politique du pouvoir en direction des citoyens et qui lui fasse remonter les attentes populaires. C'est un problème constant pour Emmanuel Macron et ses amis. Il a construit sa conquête de l'opinion sur le rejet des partis. Il sait que les partis sont l'habitacle des ambitions personnelles et que leurs courants n'ont souvent d'existence que comme écuries de présidentiables rivaux, donnant naissance à des débats artificiels. Il a lui-même souffert, dans son action de ministre de l'Économie de François Hollande, des manœuvres des frondeurs du Parti socialiste de l'époque. Se méfiant comme de la peste de ces dérives et de ces magouilles, il n'a pas voulu mettre en place une structure qui reproduirait ces inévitables défauts.

Ses marcheurs des débuts, acceptés comme membres grâce à un clic gratuit sur Internet, n'ont pas eu voix au chapitre de la République en marche. Distributeurs de tracts, oui, foule admiratrice acclamant le chef, oui, participants aux orientations et aux décisions stratégiques, non, en aucun cas ! Macron savait ne pouvoir compter que sur ses amis proches de la phase de conquête ; il n'a pas voulu prendre le risque, inutile puisqu'il avait fait la preuve qu'on peut parvenir au pouvoir sans l'aide d'un parti organisé, de construire une véritable formation politique structurée, dans laquelle les militants puissent dire leurs désaccords comme leurs accords et participer à des discussions et à des décisions sur le fond. C'est d'ailleurs cela qui a fait fuir le plus grand nombre des adhérents de la première année.

Mais nous avons changé d'époque. À l'heure de la Ve République parlementaire, il faudrait pouvoir disposer de partis qui soient investis par les citoyens, qui participent au débat public avec ceux de l'opposition et qui soient des relais autonomes reconnus par les médias.

Le président a donné des signes en ce sens, notamment avec l'apparition du parti Renaissance, sans que, ces derniers mois, la différentiation d'avec la République en marche soit très claire. Cela ressemble de nouveau à une formation de pure approbation de la ligne présidentielle, à la tête de laquelle a été nommé un ami du chef de l'État, Stéphane Séjourné, dont le talent n'a pas jusqu'ici suffi à prouver que le changement soit profond. Visiblement, des efforts restent à fournir pour faire de la macronie partisane un lieu démocratique et vivant !

Deuxième nécessité : il va falloir installer des mécanismes de résolution des conflits internes à la majorité (relative). On voit déjà apparaître les germes de rivalités et de compétition entre les personnalités. Seule l'intervention de l'Élysée, parfois moins bien vécue que ce ne fut le cas lors du premier mandat, permet de préserver les apparences. Ce manque d'un débat public interne à la majorité, l'aspect solitaire et aléatoire du moyen mis en œuvre pour faire régner une discipline majoritaire ne peuvent sans doute pas durer éternellement.

Et puis, le moment venu – reconnaissons que c'est encore trop tôt ! –, le mouvement devra, s'il veut éviter la fracturation interne sur l'autel des ambitions personnelles, disposer de mécanismes de désignation d'un candidat présidentiel (puisque Macron ne pourra plus être candidat) et d'adoption d'un programme à présenter aux électeurs.

Le dernier impératif – je vais, je le sais, employer un gros mot – est d'ordre idéologique. Oh, je ne renie pas ce que j'ai écrit sur la fin des idéologies totalisantes, sur l'obsolescence des lendemains qui chantent, le futur bonheur des peuples, le « changer la vie » de 1974 et les promesses enchantées pour le siècle qui vient ! Mais je parle du projet macronien. Où va-t-on ? Où souhaite-t-on nous entraîner ? Pas dans un vague futur lointain, mais à dix, quinze ans maximum ? En quoi le projet macronien vaudrait-il la peine de mobiliser les citoyens ? En quoi serait-il un dessein, une visée différente des autres et pourrait, au-delà même des mandats d'Emmanuel Macron, permettre d'imaginer et de justifier une pérennisation de l'expérience ?

Je sais bien qu'à chaque amendement, à chaque amodiation de chaque réforme, on nous affirme : « Mais nous restons fermes sur notre projet ! » Le problème, c'est que nous ne savons pas, ou nous ne savons plus, quel est ce projet !

Oui, ce qui va manquer de plus en plus cruellement dans notre vie politique, cela risque d'être cette absence de définition du projet, cette absence d'un *récit* des années qui viennent, selon un mot désormais à la mode chez les communicants.

La social-démocratie n'en finit pas de mourir, en France et dans toute l'Europe, où elle est née. Elle est exsangue parce qu'elle a réussi. Partout elle est parvenue, sous des gouvernements divers, à faire adopter son modèle : un capitalisme consensuel, une démocratie politique, une gestion organisée des conflits de classe, une réduction progressive des inégalités sociales. Parfois, les moyens de moderniser la social-démocratie se sont écrasés face aux duretés de la vie politique – ainsi le projet de troisième voie qui avait porté au pouvoir le travailliste Tony Blair a-t-il été remisé aux oubliettes après le comportement de toutou docile de son fondateur envers les États-Unis, pendant la guerre d'Irak.

La droite, qui a énormément changé au fil des décennies, s'est largement rapprochée du modèle social-démocrate, n'y introduisant que des tempéraments conservateurs, et ne sort pas du dilemme de la coexistence, en son sein, d'une droite modérée, « républicaine » dit-on en France, et d'une droite extrême, radicalisée, surfant sur un rejet de la mondialisation et arc-boutée sur le thème d'une insécurité selon elle attisée en permanence par l'immigration.

Que dire alors du macronisme, qui entendait promouvoir le « en même temps » de ces deux grandes tendances ? À vrai dire, la formule conserve sans doute tout son sens au niveau parlementaire, je dirais au niveau politicien, *a fortiori* à l'heure de la difficile construction des compromis politiques.

Mais au niveau des électeurs, des citoyens ? Comment ceux-ci peuvent-ils s'y retrouver et choisir ? Pourquoi l'expérience macronienne devrait-elle être pérennisée ?

Le seul élément nouveau, dans la période contemporaine, a été, sur le plan idéologique, le surgissement de l'écologie. Après une lente imprégnation, d'abord dans les seules couches urbaines aisées puis très progressivement dans toutes les catégories de la société française, l'écologie est devenue, surtout avec la montée des connaissances sur les dérèglements climatiques, l'une des grandes préoccupations des citoyens. Elle sera sûrement la matrice essentielle du renouvellement idéologique de nos partis.

Mais elle recouvre aussi bien des différences, à expliciter dans les projets des uns et des autres. Faut-il à l'écologie un parti spécifique ou tous ont-ils une légitimité à s'en préoccuper ? Le débat entre les exigences de progrès économique ou de justice sociale et la préservation de l'environnement et de la planète, autrement dit entre « la fin du siècle » et « la fin du mois », peut-il être tranché ? Ou même, selon la formule de Thomas Piketty[5], est-il possible de « lutter sérieusement contre le réchauffement climatique sans une redistribution profonde des richesses » ? Faut-il choisir entre une écologie « de gouvernement » et une écologie du « rêve raisonnable » ? En tout cas, les projets politiques des uns et des autres doivent être

5. *Le Monde*, 5 novembre 2022.

éclaircis pour que l'offre politique soit compréhensible et puisse être enfin comparée.

On pourrait raisonner de la même manière sur bien d'autres thèmes. Les inégalités de naissance peuvent-elles être efficacement et suffisamment combattues par l'éducation, et comment ? L'inégale répartition des richesses, mais aussi des responsabilités dans notre société, suscite-t-elle, au-delà des grandes professions de foi, des propositions réalisables et opérantes ? L'agriculture peut-elle devenir plus respectueuse en matière de protection de l'environnement et de qualité de l'alimentation tout en nourrissant une planète plus peuplée, et comment ?

Ne tentons pas d'élaborer une liste exhaustive des problèmes à résoudre. Il me paraît clair cependant que la politique a besoin de réponses, de projets enfin adaptés au monde dans lequel nous vivons et à celui vers lequel nous allons, oui, une dimension idéologique qui rassemble de manière cohérente les réponses aux grandes questions devant lesquelles se trouve et se trouvera de plus en plus le pouvoir, dans les dix années qui viennent.

Je l'ai dit, le pouvoir français actuel est particulièrement concerné par ces dilemmes car il en va de la possibilité d'une pérennité (ou pas) de l'expérience que nous vivons depuis 2017.

Cela est d'autant plus important, me semble-t-il, qu'en 2027, s'il n'y a pas d'ici là l'une des sorties de crise évoquées plus haut, nous pourrions être devant une éventualité électorale inédite.

Je suis de ceux qui ont toujours, jusqu'ici, expliqué pourquoi le Front national (puis le Rassemblement national) ne pouvait pas gagner dans un scrutin présidentiel.

Que le plafond de verre ne pouvait pas être crevé car la majorité des électeurs, de gauche comme de droite, comme je l'ai relevé plus haut, refusaient au second tour de voter pour son représentant (sa candidate).

Je crois que 2027 peut se présenter autrement. Non pas parce que le RN aurait une marge de progression importante – je ne suis pas de ceux qui lui voient un boulevard en raison des chiffres actuels de l'économie, de l'immigration et de l'insécurité –, mais parce que les exemples suédois ou italien nous ont montré que les formations de la droite modérée pouvaient, à la longue, ne voyant plus pour elles d'autre moyen d'arriver au pouvoir, se résoudre – ou se résigner – à conclure une alliance avec la droite extrême. Les mêmes causes peuvent produire les mêmes effets.

Et l'abstention électorale, massive en milieu populaire, encore plus forte chez les jeunes, inexorable en France comme ailleurs précisément parce que les électeurs se sentent de plus en plus éloignés du discours et des promesses politiques, pourra aussi jouer en ce sens.

C'est dire combien la vie politique méritera d'être suivie avec attention dans les années qui viennent.

Par les politologues… et par les citoyens !

INDEX

TABLE DES MATIÈRES

Des mêmes auteurs (*suite*)

La télévision fait-elle l'élection ? (Avec Jay Blumler et Gabriel Thoveron), Paris, Presses de Sciences Po, 1978.
La Presse écrite et audiovisuelle, Paris, PUF, 1973.
Le Député français (avec Jean-Luc Parodi et Colette Ysmal), Paris, Armand Colin, 1973.
François Mitterrand, 1945-1967, Paris, Presses de Sciences Po, 1967.

Sous le pseudonyme de Jean Duchateau :
Meurtre à l'Élysée II, Paris, Calmann-Lévy, 1994.
Meurtre à TF1. 5 jours qui ébranlèrent la République, Paris, Calmann-Lévy, 1988.
Meurtre à l'Élysée, Paris, Calmann-Lévy, 1987.

Arnaud Mercier

Mercier Arnaud, Charon Jean-Marie (codirection), *Les Gilets jaunes. Un défi journalistique*, Paris, Éditions Panthéon-Assas, 2022.
Mercier Arnaud, Maarek Philippe (codirection), *2017 : la présidentielle chamboule-tout. La communication politique au prisme du « dégagisme »*, Paris, L'Harmattan, collection « Communication et civilisation », 2018.
Mercier Arnaud, Pignard-Cheynel Nathalie (codirection), *#info. Commenter et partager l'actualité sur Twitter et Facebook*, Paris, Éditions de la Maison des sciences de l'homme, 2018.
Mercier Arnaud (dir.), *La Communication politique*, 2e édition revue et augmentée, Paris, CNRS Éditions, collection « Les essentiels d'Hermès », 2017.

Mercier Arnaud (dir.), *Médias et opinion publique*, Paris, CNRS Éditions, collection « Les essentiels d'Hermès », 2012.
Mercier Arnaud, Charon Jean-Marie (codirection), *Armes de communication massive. Informations de guerre en Irak : 1991-2003*, Paris, CNRS Éditions, collection « Communication », 2004.
Mercier Arnaud, Cayrol Roland (codirection), *Dossiers de l'audiovisuel*, « Télévision, politique et élections », n° 102, 2002.

Composition et mise en pages
Nord Compo à Villeneuve-d'Ascq

Achevé d'imprimer sur Roto-Page en mai 2023
par l'Imprimerie Floch à Mayenne
pour le compte des Éditions Calmann-Lévy
21, rue du Montparnasse 75006 Paris

PAPIER CERTIFIÉ

CALMANN LEVY s'engage
pour l'environnement en réduisant
l'empreinte carbone de ses livres.
Celle de cet exemplaire est de :
800 g éq. CO_2
Rendez-vous sur
www.calmann-levy-durable.fr

N° d'éditeur : 8546967/03
Dépôt légal : mai 2023
N° d'imprimeur : 102562

Imprimé en France